UNDIVA

Eirik Ildahl

UNDIVA

Korrektur: Kristin Holte
Omslagsdesign: Trond Kulterud
Sats/layout: Marianne Cecilie Dahl/mcddesign.no
Satt med Sabon Pro 9,8 pt

Forlag: BoD – Books on Demand, Oslo, Norge
Trykk: Libri Plureos GmbH, Friedensallee 273, 22763 Hamburg, Tyskland

ISBN: 978-82-938-7312-9

1

Gudrun: Alt er over.

Philip: Tvert imot. Huset er her. Hagen er her. Vi har så vidt begynt.

Gudrun: Ikke gjør deg dum.

Philip: Bråkmakerne er borte. Vi er her.

Gudrun: Prosjektet er borte.

Philip: Du er den viktigste delen av prosjektet. Du er her.

Gudrun: De hilser ikke på oss lenger. Det er ikke en jævla sjel herfra og til Verdens Ende som hilser på oss.

Philip: Vi er ikke til for dem. Vi har et større prosjekt.

Gudrun: Det går rykter om oss. At jeg kjederøyker marihuana, ligger med alle klientene våre og at jeg hjernevasker dem til å bli anarko-nudister.

Philip: Ikke sant? Det kommer til å bli en kostelig anekdote i nittiårsdagen din.

Gudrun: Jeg orker ikke mer.

Philip: Slapp av. Jeg er her for deg.

Gudrun: Vi kommer ingen vei på denne måten. Det må finnes en annen måte.

Philip: Dette har vi visst hele tiden, Gudrun. Alle vil ha forandring, men ingen vil forandre seg. Men forandringen begynner alltid med dem selv. Det er smertefullt og krever tålmodig arbeid med hver eneste klient.

Gudrun: Det er over sju milliarder mennesker i verden! Jeg orker ikke mer.

Philip: Det er bare den femte sesongen. Vi har så vidt begynt.

Gudrun: Jeg deserterer! Jeg svikter. Nei, jeg er en forræder, OK? Prøv å forstå meg?

Philip: Hvor har du tenkt å gjøre av deg? Hvilke planer har du?

Gudrun: Er du ikke skuffet og sint?

Philip: – –

Gudrun: Er du også redd for å snakke om følelsene dine nå?

Philip: – –

Gudrun: Hvis ikke engang vi to kan kommunisere, hvordan kan du da forlange at jeg skal holde ut med å prøve å gi nye perspektiver på livet til de jævla angstbiterske nevrotikerne som kommer hit og bare tror de skal få gratis dop og sex?

Philip: Det vet du.

Gudrun: Det har jeg faen meg ingen anelse om! Tar du meg for nek du bare kan pule når det passer deg og ellers utnytte til å lage så mye PR og halloi at det helvetes veggispensjonatet ditt går rundt?

Philip: Du vet det.

Gudrun: Er jeg dum? Hva er det jeg vet?

Philip: Jeg elsker deg. Du vet det.

Gudrun: Og?

Philip: Betyr jeg ikke noe for deg?

Gudrun: Jo. Selvfølgelig. Masse. Men ikke *så* mye.

Jeg har alltid hatet forfattere som skriver om forfattere.

Det er så usigelig navlebeskuende. Som om forfattere ikke kan finne noe viktigere å fortelle om enn sin egen kunst og sine egne trivielle rutiner. Spesielt i en verden som står på randen til å utslette den enkeltes verdighet, den enkeltes rettigheter og selve muligheten til å ha en egen, personlig eksistens.

Derfor vil jeg i stedet fortelle om hunden min, Karma.

Hun er en skikkelig proaktiv tispe. Blond og rufsete med verdens mest uskyldige, brune blikk, men når jeg slipper henne løs på vidda, tar det bare et halvt kilosekund før smågnagerne hyler i dødsangst og det knaser i lemenbein. Karma storkoser seg på fjellet.

Det eneste skåret i gleden er sauene. Å jage sau er ikke lov, men det er rimeligvis et synspunkt som er hinsides Karmas fatteevne. Ingenting er så forlokkende som flyktende saueromper. Heldigvis har bøndene hentet flokkene ned fra beitet nå, så jeg kan la rovdyret mitt gå løs med god samvittighet.

Bortsett fra det er hun verdens snilleste følgesvenn. Men når jeg vil skrive om henne, er det fordi jeg har en drøm om at hun skal gjøre en forskjell for menneskeheten. Ikke i dag eller i morgen, men når jeg er ferdig med arbeidet mitt.

Jeg sitter og arbeider på en hytte rett under tregrensen i Dovre, mens Karma later seg i lyngen og gjør et og annet streiftog ute i terrenget for å jakte lemen. Hytta er så antikk at den har utedo og mangler innlagt vann. Likevel regner jeg med at de finner frem til meg en av dagene, for posisjonen til Nanny lar seg ikke skjule. Det dummeste jeg kan gjøre er å skru den av, for det ville automatisk gjøre meg mistenkelig. Jeg håper bare at jeg rekker å fullføre denne betraktningen. Det er tross alt dette temaet jeg har viet hvert ledig øyeblikk til de siste førti årene.

De femtifem årene jeg var historiker, er historie, og de tretti årene som genetiker er også historie. Det er for så vidt sjelden i vår tid ikke å ha mer enn to karrierer å vise til, men jeg våger å påstå at jeg til gjengjeld var en fremstående representant for min stand i begge funksjoner, så lenge de varte.

Å være forfatter er ingen karriere akkurat, men min relative suksess i tidligere liv har tillatt meg å spare såpass at jeg kan holde det gående her oppe hvis jeg supplerer de sparsomme innkjøpene med selvplukkede villepler og en og annen tjuvslaktet antilope. Det blir mindre multekonjakk enn i mine tidligere liv, men det er også greit. Etter fylte hundreogtjue kretsløp bør man visstnok være like påholden med spriten som før fylte tjue. Og jeg har saktens brukt hundreårsvinduet godt.

Men nå skriver jeg om å være forfatter igjen. Som de sier, ræva er bak enten du snur deg sånn eller sånn. Det er på tide å komme til saken, i den grad det står klart for meg hva jeg har gitt meg i kast med.

Selv om dette må bli en personlig beretning, har jeg ingen store litterære ambisjoner. Jeg er fagmann. Da jeg begynte å leke med tanken på å grave i denne dunkle tidsalderen, var det historikeren i meg som ville dokumentere fortiden. Imidlertid ble det raskt klart for meg at enhver overkommelig skildring innebærer en radikal fortolkning. Hvis jeg skulle fortelle den fullstendige historien, måtte det ta like lang tid å fortelle historien som å oppleve den, og vi snakker tross alt om over fire hundre år. La meg derfor begynne med å si at utelatelsene, i kraft av sitt overveldende omfang, nødvendigvis sier mer om det jeg vil skildre enn det jeg faktisk forteller.

I tillegg kommer det grunnleggende problemet med at Demringen er et svart hull i historien.

Vi vet alle at verdens atommakter, utrolig nok, klarte å bli enige om en slags felles aksjon da Cairus kom susende fra dypet av Oorts sky og truet med å utslette alt liv på kloden. Asteroiden var større enn den som smalt inn i Yucatán-halvøya og utryddet dinosaurene for noenogseksti millioner år siden, så menneskeheten hadde strengt tatt ikke noe valg. I siste øyeblikk lot stormaktene sine uoverensstemmelser ligge, samlet ressursene og blåste trusselen ut av himmelen.

Riktig nok gjorde en del av asteroidefragmentene betydelig skade da de ramlet ned. Tsunamier utslettet mange av de største kystbyene og andre ble herjet av brann og jordskjelv. Et estimat går ut på at om lag to milliarder mennesker døde som et resultat av hendelsen, men som man sier: Når man har unngått et isfjell, kan man ikke klage på hagl. I det minste er det slik det fremstår mellom linjene i Mandatets historieskrivning fra gjenoppbyggingen.

Men om Jorda var reddet, var historien forsvunnet. Helt siden 1980-tallet var alle arkiver og all historieskriving lagret på elektroniske medier. De elektromagnetiske pulsene fra de detonerte atommissilene som avverget Cairus, reiste kloden rundt og tok planeten i sitt favntak, slettet det meste av verdens elektroniske arkiver og gjorde resten uleselige. Fra tiden før 1980 har vi bevart noe av det som ble lagret på papir, men hele Demringsepoken mellom 1980-tallet og år 2046 er et svart hull i vår kollektive hukommelse.

Hvorfor er det så viktig å kartlegge hva som skjedde i denne fjerne fortiden? Kan vi ikke bare akseptere utfallet?

Jeg er vitenskapsmann. Jeg vil forstå verden, og undringen over hva som egentlig fant sted i løpet av Demringen, var starten på mitt livs prosjekt. Hvis vi ikke forstår hvordan vi har havnet i dagens situasjon, kan vi heller ikke forstå hvordan slike situasjoner kan unngås i fremtiden. Om menneskeheten har en fremtid lenger. Om det ikke er for sent?

Men hva er en historiker uten arkiver? Hvor kunne jeg begynne å nøste?

Det har vært et omfattende og langvarig puslespill, men det er min beste overbevisning at jeg har lykkes i å rekonstruere hendelsene med en stor grad av sannsynlighet og sannferdighet. Likevel er det ikke til å unngå at jeg på enkelte punkter har måttet ty til antagelser og spekulative teorier. Om noe i min fortolkning skulle vise seg å være misvisende eller ufullstendig, er det mitt inderligste håp at det i fremtiden vil finnes institusjoner eller individer (ja, individer!) som kan utbedre de svakhetene som måtte finnes i fremstillingen.

I det minste har jeg dette ene, uomtvistelige faktum å gå ut ifra: Det begynte med Gudrun Rakvåg.

2

Gudrun Rakvåg ble født den 29. februar 1988 i bosetningen Bærum i den sørlige delen av den suverene staten Norge i dagens Aloa. På dette tidspunktet var myndighetenes arbeid med å overføre historiske persondata til elektroniske lagringsmedier ennå ikke fullført, så noe spredt informasjon om dette tiåret er bevart i skriftlige arkiver.

For mange er det en underlig tanke at vintertemperaturen i Aloa den gangen kunne være så lav som minus ti grader Celsius. Det er ikke utenkelig at Gudrun kan ha gått på ski, i hvert fall før hun begynte på den offentlige skolen som sjuåring. Men vi vet også at det var allment kjent at den globale oppvarmingen nærmet seg et vippepunkt, og at man forberedte seg på tider med stormer, ras og oversvømmelser. Dette går klart frem av de mange bevarte tunnelanleggene, der befolkningen kunne søke ly for ekstreme værforhold. Selv etter at bruken av fossilt drivstoff ble avviklet på 90-tallet, fortsatte byggingen av disse tilfluktsanleggene i stor stil, mange vil for eksempel kjenne til restene av det gamle Magna Opera-anlegget under den daværende statshovedstaden Oslo.

Med utgangspunkt i de meteorologiske statistikkene som er bevart fra tiden etter Cairus, kan man regne seg tilbake til at vippepunktet må ha kommet en gang på 1990-tallet, ellers ville ikke gjennomsnittstemperaturen ha nådd det nivået den hadde i 2046. Det vil si at Bærum i Gudruns ungdomstid etter alt å dømme utviklet seg fra et temperert innlandsklima til et fuktig sumpområde. De norske myndighetenes massive satsning på å utvikle en malariavaksine rundt tusenårsskiftet bekrefter denne hypotesen.

Selv har ikke Gudrun etterlatt seg noe vitnesbyrd om oppveksten, men vi må kunne anta at de dramatiske klimaendringene hun ble vitne til i oppveksten, bidro til å forme henne både som person og fagmenneske. I sum gir kunnskapen om disse grunnleggende livsforutsetningene en trygg basis for å fabulere om hvordan livet må ha sett ut for henne da hun tjueni år gammel etablerte seg med et senter for opplevelsesferier ytterst i Oslofjorden, ved et sted som fra gammelt av bar navnet Verdens Ende.

Forestillingsverdenen til denne tidens mennesker var svært forskjellig fra vår. Kulturlivet var organisert rundt et nasjonalstatlig religionsverk som bygget på en monoteistisk tradisjon, forvaltet av mektige prester med monopol på et enveis massekommunikasjonssystem, en tidlig forløper for Nannynettet. På bestemte, annonserte tidspunkter talte prestene til befolkningen om ulike emner, og det var allmenn kutyme for innbyggerne å samle seg rundt alterskjermer i sine private avlukker for å motta prestenes oppfatning av store og små begivenheter. Mange har sett dette fenomenet som en paradoksal invertering av tidligere århundrers praksis, da det var presten som i sitt avlukke mottok den menige innbyggerens bekjennelser.

Det var knapt til å unngå at en så total enveiskommunikasjon ville få en motreaksjon, og på andre del av 1900-tallet ga hippiereformasjonen nytt liv til ritualene. Reformatorene vektla en sterkere fellesskapsideologi og postulerte at det guddommelige prinsippet kunne betraktes som en «kosmisk bevissthet» heller enn et åndelig hierarki, men de oppnådde begrenset fremgang ettersom teknologien fremdeles var rigget for enveiskommunikasjon. Imidlertid ser vi tydelig hvordan bevegelsen formet Gudruns ideologi som ferieterapeut.

La oss forestille oss en sommerdag på Gudruns opplevelsesferiesenter ved Verdens Ende i 2017. Bølgene vasker dovent mot svabergene, og temperaturen ligger behagelig rundt tretti grader i palmeskyggen. I små klynger på den private sandstranden står solsenger med nakne gjester, mange fra en italiensk og fransk overklasse som har sett den frodige Rivieraen forvitre til gold ørken.

Kanskje er det også blant gjestene en og annen arabisk sjeik, som har vært forutseende nok til å flytte oljeformuen over i mer fremtidsrettede bransjer, så han og familien kan unnslippe den kokende saltørkenen i hjemlandet til fordel for Aloas tropesommer. Selv rusler Gudrun gjerne omkring og observerer gjestene. Skikkelsen er nett og rank, og blå akvamariner lyner årvåkent under en ravnsvart lugg. Huden er brunet av sjøliv og sol.

I kjøkkenhagen dyrker Gudrun sannsynligvis både ananas, papaya og vindruer. Det vil si, det er hennes høyre hånd, Philip, som er ansvarlig for hageanlegget. Han er nevnt flere ganger i Gudruns erindringer, så vi vet med sikkerhet at Philip er en historisk person.

Dyrkingen hadde ikke først og fremst et ernæringsmessig formål, men var en del av terapien. Terapien i Gudruns AA-retreat tok utgangspunkt i hippiereformasjonens oppfordring om å «skru på, stille inn og droppe ut». I de gamle skriftene er dette forklart som 1) å aktivisere sitt nevrale og genetiske potensial ved å akseptere alle impulser som byr seg, herunder kunstige kjemiske stimuli, 2) å interagere med sine omgivelser, by fellesskapet på sine personlige erfaringer og talenter, og 3) å stole på sine egne krefter og sine egne valg fremfor å la seg styre av det offentlige presteskapet.

Det må innskytes at AA feilaktig har vært tolket som en forkortelse for «Anonyme Alkoholikere», en forløper for sabotørnettverket Anonymous. Senere forskning har utførlig sannsynliggjort at AA refererte til «Age of Aquarius», et sentralt dikt i hippiereformasjonens okkult-romantiske segment. Det er aldri påvist noen forbindelse mellom Gudrun Rakvåg og kriminelle sabotørnettverk.

Idealet for Gudrun var at gjestene skulle dele absolutt alt under oppholdet på AA. Mat, klær, tanker, tid og intime følelser. Målet var å bygge opp den enkeltes selvfølelse og sosiale ferdigheter. Vi kan med andre ord ane Gudruns revolusjonerende ideologi allerede i dette temporære protosamfunnet. For hva er vel faren ved å blottstille seg selv med alle skavanker når alle vet at det ikke fins et eneste menneske som er feilfritt? For menneskene som levde i det 21. århundres konkurranse- og fryktkultur, var det ikke opplagt at frykten for sosiale sanksjoner alltid er verre enn sanksjonene selv. Det er i dette perspektivet vi må se Gudruns fellesaktiviteter for gjestene. Det kunne være enkle fysiske aktiviteter i kjøkkenhagen, der deltagerne utførte alminnelig arbeid uten klær som et ledd i å normalisere det nakne mennesket, eller det kunne være mer krevende oppgaver som å bygge fellesskap rundt intense rusopplevelser, eller å forene gjestene til fysisk sensitivitetstrening i et mørkt rom med gulvet dekket av madrasser. Under hele oppholdet ville det være daglige evalueringer der Gudrun selv førte ordet, og hvor hun gjerne gikk foran med å by på sine egne følelser og erfaringer fra seansene. «Idealet for opplevelsesferien var tilkobling i stedet for avkobling,» som hun selv formulerte det i sine erindringer.

Arkitektonisk lånte AA-bygningen mye fra oldantikkens badekultur, med felles bad og felles latriner i åpne romløsninger. Sovesalen hadde små og store senger, avhengig av om gjestene ville sove alene eller sammen med noen.

Det var mange faktorer som bidro til at Gudruns AA-prosjekt havarerte, men alle hadde sammenheng med den egoindividualistiske konkurransekulturen og dens psykologiske klima av forknytt paranoia og mistenkeliggjøring av andre mennesker. I denne tiden kunne selv alminnelige aktiviteter som å vaske hverandre bli sett på som utilbørlig og utløse beskyldninger om seksuelle overgrep.

Det er i denne konteksten ikke vanskelig å forestille seg at de som søkte seg til Gudruns opplevelsesferier, innbefattet et betydelig antall mennesker med mentale problemer og sosiale tilpasningsvansker. Gjennomsnittsborgeren i 2017 var altfor preget av psykiske hemninger til å være mottagelig for den åpne, mellommenneskelige utvekslingen Gudruns ideologi la opp til, men lot seg i stedet lokke til senteret av utsiktene til beruselse og uforpliktende seksuell utfoldelse. Egoindividualismen rådde grunnen, og det var få av tidens forknytte egoindivider som var modne for Gudruns radikale delingsideologi.

Etter bare fem års virksomhet måtte Gudruns AA-retreat stenge dørene for godt. Likevel må man kunne anta at disse årene ga Gudrun verdifulle pedagogiske erfaringer som kom til nytte i hennes senere arbeid.

For bedre å forstå hvilke utfordringer Gudrun sto overfor, la oss forestille oss hvordan en evalueringsseanse kan ha forløpt. Skildringen er nøye basert på de vitenskapelige studiene av endringer i grunnleggende egenskaper hos 2000-tallsmennesket som Mandatet fikk utført i årene etter Cairus, men fremstillingen inneholder naturligvis også et element av spekulasjon. Jeg mener likevel at et slikt grep er nyttig for å gi en dypere forståelse av livet i tidligere tider, og har bestemt meg for å bruke disse forestillingsøvelsene gjennomgående i fremstillingen. Det er opplagt en fare for at det kollektive fagminnet vil bruke dette grepet som påskudd til å underkjenne fremstillingens faghistoriske autoritet, men det opptar meg mindre dersom jeg kan bidra til økt innsikt.

La oss ta et eksempel på sannsynlige AA-gjester:

En middelaldrende kvinne fra 2017, la oss kalle henne Emma, ville typisk kunne bedømme sin egenverdi etter evnen til å forsinke kroppens uunngåelige forfall, og hun ville være tvangsmessig opptatt av å skaffe seg kostbare materielle «bevis» på at hun har lykkes i form av oppmerksomhetsgaver som kjoler og smykker. Når hun tvinges til å bevege seg naken i kjøkkenhagen, kan hun ikke lenger hevde sin egenverdi og tyr til rusmidler for å flykte fra det som oppleves som en uutholdelig nedverdigelse.

En ung mann, Otto, ville typisk kunne prøve å hevde seg sosialt ved å fremstå som tøffere og mer utilnærmelig enn andre, som et tegn på at han har større integritet og styrke og fortjener posisjoner som gir ham materielle fordeler. Satt i en situasjon hvor han er naken i mørket med ukjente, kjærtegnende kropper kortslutter også hans system for å få bekreftet selvbildet, og han vil prøve å døyve ubehaget medikamentelt i stedet for å gå i seg selv.

Gudruns rolle ville i begge disse tilfellene være å forsøke å gi gjestene den selvinnsikten som er nødvendig for at de skal bryte ut av sine selvsentrerte, onde sirkler og omfavne både sin skrøpelighet og sin styrke i møtet med den andre.

Gudrun: Jeg la merke til at du gikk mye for deg selv i hagen i går, Emma?

Emma: Vi får ikke gjort noe hvis vi skal tråkke oppå hverandre.

Gudrun: Jeg fikk litt inntrykk av at du foretrakk å stå alene med ryggen til de andre?

Emma: Jeg må jo konsentrere meg om det jeg holder på med.

Gudrun: Det jeg prøver å si, er at du virket ubekvem med å møte meg og de andre ansikt til ansikt uten klær.

Emma: Det er ganske spesielt, da?

Gudrun: Er det spesielt å være naken, er det det du mener?

Emma: Det er ikke akkurat vanlig.

Gudrun: Kroppen din er faktisk helt vanlig. Det er ingen grunn til at du skal skamme deg over den, er det?

Emma: Jeg ser bare ikke hvordan jeg skal bli kvitt avhengigheten min ved å sprade rundt kliss naken foran en haug fremmede.

Gudrun: Jeg tenker vel at den grunnleggende avhengigheten hos alle mennesker er å få respons på seg selv. Er du ikke enig?

Emma: Du, jeg savner faktisk ikke å få respons på valker og slaskete pupper.

Gudrun: Fikk du negative kommentarer fra noen?

Emma: Folk er jo høflige.

Gudrun: Hva sa de, da?

Emma: Ikke noe. De bare så litt.

Gudrun: Opplevde du at de stirret?

Emma: Litt, kanskje.

Gudrun: Det tyder vel på interesse. Og det er vel positivt?

Emma: Det er ikke meg de er interessert i, det er jo bare puppene.

Gudrun: Men puppene er en del av deg?

Emma: Ikke sant, de er bare en del av meg. Faktisk en ganske intim del.

Gudrun: Er klærne dine en del av deg?

Emma: Selvfølgelig ikke.

Gudrun: Men du syns det er bedre at folk interesserer seg for klærne dine, som ikke er en del av deg, enn for noe som er en ekte del av deg?

Emma: Dette er bare kverulering.

Gudrun: Sånn som jeg oppfatter deg, Emma, liker du å få respons på klærne dine, selv om du innerst inne vet at det ikke er en respons på deg selv. Er det riktig?

Emma: Det er jo jeg som har valgt dem ut, da. Det er min smak.

Gudrun: Dette er ingen anklage. Det er noe vi gjør alle sammen, Emma. Selv om den responsen vi får ikke er ekte, tviholder vi på den hvis den er det eneste vi får.

Emma: Det er ganske stusselig å se på livet sånn, da? Er det ikke?

Gudrun: Dermed vil vi også tviholde på den oppførselen som fremkaller responsen. Pynte seg, for eksempel. Det blir en tvangsmessig oppførsel som aldri kan innfri forventningene dine. Skjønner du?

Emma: Det er jo ikke fordi jeg er avhengig av å pynte meg, jeg er her.

Gudrun: Er det ikke egentlig det som er roten til alt sammen, da? Du prøver å få respons, men selv om du lykkes, vet du innerst inne at det er respons på en falsk fasade, som ikke egentlig er deg?

Emma: Det er vel ikke akkurat verre å sminke liket litt, enn å brette ut skrevet midt i trynet på gud og hvermann?

Gudrun: Du er ikke et lik. Du må lære deg å sette pris på deg selv.

Emma: Du, litt selvinnsikt har jeg tross alt. Jeg har ikke noen spesielt vakker kropp!

Gudrun: Du har ikke en kropp, du *er* en kropp. Kroppen er deg. Du må akseptere deg selv, ellers fortsetter du bare å døyve selvhatet med alkohol.

Emma: Så mye kan jeg i alle fall si deg, at jeg er ferdig med å stelle naken i hagen.

Gudrun: Tenk på det. Det første og viktigste vi må gjøre her, er å bryte opp tvangsmessige reaksjonsmønstre.

Emma: Jeg trøster meg bare med at jeg aldri skal se disse folka igjen.

Gudrun: Og du, Otto, du reagerte ganske kraftig på mørkerommet?

Otto: Jeg er ikke her for å bli grafsa på av gamle tanter.

Gudrun: Hvorfor opplevde du nærheten til Emma så negativt?

Otto: Jeg er faen ikke her for å vrenge sjela mi for deg, heller.

Gudrun: Hvorfor har du kommet hit, da?

Otto: Jeg vil bare bli kvitt uroa.

Gudrun: Uroa er vel inne i deg, er den ikke? Inne i sjela?

Otto: Jeg har lagt meg inn her for å slutte å ruse meg.

Gudrun: Jeg liker å ruse meg. Hvorfor vil ikke du ruse deg?

Otto: Jeg vil beholde jobben.

Gudrun: Har du tenkt over at det kan være en sammenheng mellom jobben og rusinga?

Otto: Sprit koster penger, da.

Gudrun: Hva om du ikke behøvde å jobbe for å få penger? Ville du fremdeles ruse deg? Tenk på hvordan jobben styrer tankene dine om deg selv.

Otto: Seriøst, Gudrun, jeg driver med å beregne profittmarginer på salg av suppebokser. Det har ikke noe med meg å gjøre.

Gudrun: Er du flink til det? Beregne profittmarginer på suppe?

Otto: Det kan du banne på. Jeg er faen meg Nord-Europas beste suppeprofittberegner.

Gudrun: Ikke sant? Du ser at jobben styrer hvordan du verdsetter deg selv?

Otto: Jeg er jo mer enn en fyr som beregner suppeprofitt!

Gudrun: Ikke sant? Nå syns jeg vi er på vei et sted. Hva er du mer, Otto?

Otto: Jeg er meg.

Gudrun: Kan du si noe om hvem vil du at «meg» skal være?

Otto: Jeg vil bare være i fred og henge med venner.

Gudrun: Det du sier er vel at du vil ha nærhet til andre mennesker?

Otto: Alle trenger venner.

Gudrun: Kvinnelige venner også? Du liker kvinner?

Otto: Jeg er faen ikke homo, hvis det er det du mener.

Gudrun: Du liker kvinner, da. Emma, for eksempel?

Otto: Du aner jo ikke om det er kvinner eller menn i mørket der inne.

Gudrun: Jeg nyter det, jeg. Jeg kan forsikre deg, det er en vanesak.

Otto: Det er ekkelt! Det er faen ikke normalt.

Gudrun: Syns du det er mer normalt å se på seg selv som en suppe-profittberegner?

Otto: Slutt! Jeg vil bare kutte ut avhengigheten, skjønner du?

Gudrun: Otto, hør på meg. Det du er avhengig av, som alle oss andre, er å få selvbekreftelse. Men det er ikke noe vi får ved å tenke på oss selv som tannhjul i varehandelen. Det er en tvangstanke som må avlæres. Utfordringen din er å bryte ut av en instrumentalisering av deg selv, for den hindrer deg i å åpne deg for andre. Den fører bare til egoindividualistisk sex og egoindividualistisk rus.

*

21

Det er viktig å legge merke til at gjennomsnittsmennesket fra denne tiden står så langt fra å nå sitt sosiale potensial at det instinktivt vil ty til vikarierende argumenter for å unngå sannheten. Og midt i en fryktkultur preget av denne typen sosial umodenhet er det altså at Gudrun Rakvåg formulerer sitt banebrytende Dividuus-manifest.

Vanligvis attribueres denne bragden til Gudruns viljestyrke og visjonære evner, og det er ingen tvil om at hun var rikt velsignet med begge deler. Likevel vil jeg hevde at det står en lite påaktet kraft bak alt hun oppnådde, nemlig medarbeideren Philip Åmot.

Sted og dato for Philip Åmots fødsel er ukjent, men det er alminnelig antatt at han var noen år eldre enn Gudrun. Der hun var fylt av idealer og visjoner, var Philip den praktiske gjennomføreren som forankret visjonene i jord og stein. AA-retreatet var finansiert, utformet og bygget av ham. Han må ha hatt store kunnskaper om byggfag, energiproduksjon, økonomi og prosjektledelse, for bare å nevne noe. Likeledes må han ha hatt betydelige kunnskaper om agronomi for å anlegge og drive en kjøkkenhage som gjorde retreatet i stand til å forsyne et dusin mennesker med tre vegetarmåltider daglig.

Viktigst av alt var likevel hans grenseløse hengivenhet overfor Gudrun. Selv om AA-retreatets ideologi oppmuntret til intimt fysisk samkvem med flere personer, er det overbevisende dokumentert at Gudrun og Philip var elskere gjennom gode og dårlige tider i over ti år. Uten Philip, ingen Gudrun.

Da AA-retreatet måtte stenge, lot hun ham likevel sitte alene igjen på Verdens Ende og dro videre uten å se seg tilbake. Det var først da hun drøyt tretti år senere sto på bar bakke og var truet på livet, at hun igjen tok kontakt.

3

Sett i ettertid var det et sammenfall av flere omstendigheter som førte til at Homo Dividuus oppsto nettopp i Demringen. Dette er tre av de viktigste:

1) Hippiereformasjonen er allerede nevnt. Den lanserte forestillingen om en kosmisk bevissthet, noe som nødvendigvis innebar en gjensidighet mellom forskjellige deler av et definert kosmos.

2) Gjennombruddet for elektronisk databehandling. Selv om den ensidige vekten på magnetisk lagring av informasjon førte til et svart hull i historien, var personlige elektroniske enheter også en forutsetning for oppbyggingen av et fysisk flerveis kommunikasjonsnett.

3) Det økonomiske systemet. Økonomer spådde utviklingen mot en kosmisk bevissthet årtier før hippiereformatorene, om enn i en form som sto i sterk kontrast til hippiereformatorenes verdisyn.

En økonom som het Friedrich fra Hayek stilte på 1930-tallet spørsmålet: «Hvordan kan kunnskapsfragmenter i forskjellige hjerner kombineres slik at de gir resultater, som aldri vil være mulige hvis man er avhengig av at de skal sammenføyes av én enkelt hjerne med sin begrensede kapasitet?»

Svaret han ga, var å ta i bruk et «fritt marked». Dersom aktørene i et fritt marked hadde full tilgang til informasjon om priser, etterspørsel, prognoser, tilgjengelighet og så videre, så ville summen av markedsaktørenes handlinger føre samfunnet i en retning som var mer rasjonell og gunstigere for innbyggerne enn noen politisk styrt utvikling, mente han.

I praksis hadde Friedrich dermed forestilt seg en autonom kosmisk bevissthet, nemlig det frie markedet, løsrevet fra enkeltindividers kontroll og hinsides enkeltindividers forståelse. I motsetning til hippiereformatorenes romantiske og vage, men langt rikere visjon, lot Friedrichs visjon seg implementere. Alle politiske ledere som forsøkte å virkeliggjøre idéen, så den imidlertid som en universell utviklingsmodell, men ettersom modellen ikke kjente andre verdier enn pengeverdien, viste den seg raskt å være utilstrekkelig. Når vi forundres over fortidens fokus på materiell vekst, må vi likevel huske at fattigdom var et reelt problem den gangen. Det er først i moderne tid det har blitt en selvfølge å ta hensyn til at menneskelig velvære måles langs flere akser.

Friedrichs idé om det frie markedet som kosmisk bevissthet understreker likevel at selv de sterkeste motsetninger kan ha usynlige fellesnevnere. Det er ingen tilfeldighet at en av hans politiske forkjempere, Ronald Reagan, hadde vært landshøvding i Kalifornia, der hippiereformen oppsto, før han ble gitt presidentvervet i sambandsstatene. Det var jo hippiereformen som først satte spørsmålstegn ved ensrettingen under de totalitære ideologiene i første halvdel av århundret, og dermed banet reformen også vei for egoindividualismen, som førte til at Jorda rundt årtusenskiftet var dominert av ulike markedstotalitære regimer.

Om Demringens stormakter hadde svært forskjellige styresett, hadde de nemlig det til felles at de ensidig betraktet innbyggerne som summen av sine økonomiske valg. Forskjellene i politisk ideologi var naturligvis en viktig årsak til at Mandatet ikke oppsto før alt liv på kloden var truet, men at alle stormaktene la markedstotalitarismen til grunn, var også en årsak til at Mandatet fant sin rolle som en global motkraft, ettersom motstanden dermed også ble verdensomspennende. Denne prosessen skal jeg komme utførlig tilbake til senere.

Gudrun Rakvåg ble i alle fall katalysatoren for den syntesen av trender som innevarslet Det Nye Mennesket, Antropomelior – eller Homo Dividuus, for å bruke Gudruns eget begrep.

Da opplevelsessenteret ved Verdens Ende gikk under i en storm av økonomiske misligheter og offentlige skandaler om hjernevask og sexovergrep, bestemte Gudrun seg for at det var på tide å skifte spor i livet. Hun tok fatt på et sosiologisk studium av grensesnitt og interaksjon mellom menneskelig og maskinell intelligens.

*

Før jeg går nærmere inn på Dividuus-manifestet, er det på høy tid at vi danner oss et tydeligere bilde av Gudrun Rakvåg som person. Hun må ha vært full av motsetninger. Empatisk og kynisk, følelsesstyrt og analytisk, sosial og asosial.

Kan vi forstå Gudrun bedre hvis vi danner oss et bilde av hvordan livet i Oslo kan ha artet seg i år 2022?

Det meste av informasjon fra Demringen var som nevnt lagret på magnetiserte media og er slettet, og det som fantes av papirarkiver er for det meste gått i oppløsning. Det som er bevart, er skallene rundt informasjonen: maskindeksler, brytere, permer, hyller og kulepenner. I Demringen ble vanlige forbruksvarer fremdeles produsert av ikke-nedbrytbar plast, og disse plastgjenstandene danner mye av grunnlaget for vår kunnskap om epoken.

I særdeleshet er det mange funn som har ført til spekulasjoner om hvordan det egoindividualistiske seksuelle libido kom til uttrykk i dagliglivet. Fantes det vederlagsordninger for seksuelle tjenester etter markedstotalitære modeller, eller var kjernen i den egoindividualistiske seksuelle praksisen å tiltvinge seg nytelse fra svakerestilte innbyggere? Det eneste sikre synes å være at empatiske hensyn var sekundære.

Det mest slående er nemlig at det fra denne perioden er bevart en rekke plastgjenstander tilpasset mannlige og kvinnelige genitalier, noe som tyder på at seksuelle behov i stor grad ble tilfredsstilt i ensomhet. De ulike utformingene tyder på at selvtilfredsstillelse var den alminnelige praksisen uavhengig av legning eller fetisjistiske preferanser. Blant de mer kuriøse instrumentene er et 25 centimeter langt instrument som ser ut som en stiv plasttunge på et plastskaft, av ekspertene betegnet som en rumpedasker.

Det er usikkert i hvilken grad den solitære seksuelle nytelsen var begrunnet av religiøse dogmer eller sprang ut av sosial angst eller ble utført som en hyllest til det frie markedets kollektive bevissthet. Funnene viser uansett at Demringens mennesker levde under et nådeløst press fra samfunnets egoindividualistiske ideologi, som krevde at driftene ideelt sett ble levd ut i isolasjon fremfor i fellesskap med andre. Slik sett føyer epoken seg også inn i en årtusenlang global tradisjon, der munker av forskjellige bekjennelser har isolert seg i sine celler for å kontemplere sin foretrukne verdensorden.

Et ekstremt utslag av Demringens ideologi er autoerotiseringen av munnhygiene. I en tid uten personlig nannybot-teknologi var manuell tannbørsting regelen. For Demringens mennesker innebar alminnelig munnhygiene derfor en sensuell stimulering av munnhulen, og i deres egoindividualistiske forestillingsverden var det kort vei til å betrakte også munnhygiene som en autoerotisk handling. Dette går ikke minst klart frem av bevarte promoteringsplakater som fremhever store smil og svulmende røde lepper.

For moderne mennesker vil det stå som et underlig paradoks at en kultur som i så stor grad kretset om hemningsløs autoerotisk praksis, i sosiale sammenhenger stilte rigide krav til aseksualitet. Et av de tydeligste bevisene er en type skotøy for kvinner med en overdreven oppbygning av hælen. Denne høye hælen skulle gjøre det mulig å gå i stigende terreng med knærne samlet, altså ikke uttilbeins så skrittet ble blottlagt.

Idealet for Demringskulturen var med andre ord å vise en hard og glatt fasade utad og å pleie følelseslivet i isolat ved hjelp av ulike plastremedier. Kulturen var preget av mistenksomhet, egennytte og frykt for andre mennesker.

Bare en person med Gudruns uforferdede mot og kompromissløse visjon om en bedre verden kunne bryte opp denne angstbiterske kulturen.

Det er likevel liten tvil om at hun var preget av den schizofrene kulturen hun hadde vokst opp i, så det var ingen selvfølge at hun ville lykkes i å gi avgjørende bidrag til en sunnere menneskehet. Det som skulle forløse Gudruns prosjekt, viste seg å være den eksplosive utviklingen og utbredelsen av personlige elektroniske enheter som var knyttet sammen i et flerveis kommunikasjonsnett.

I det første, primitive stadiet av Demringen fantes naturligvis ingen kroppsintegrerte nannyboter, verken for vedlikehold av kroppsfunksjoner eller kommunikasjon. For å bruke protonettet måtte man slepe rundt på fysiske elektroniske enheter som kunne veie flere kilogram. De måtte kobles manuelt til fastmonterte forbindelsespunkter og formidlet bare skriftlige beskjeder som måtte tastes manuelt, bokstav for bokstav. Selv da Gudrun innledet sine studier av grensesnitt og interaksjon mellom menneskelig og maskinell intelligens, var den maskinelle intelligensen rudimentær og tankestyringsteknologien begrenset til enkle kroppsproteser. Fremskrittet på Gudruns tid lå først og fremst i at nettkommunikasjonen skjedde øyeblikkelig og var flerveis og mobil.

For moderne mennesker kan det være vanskelig å forstå hvilket sjokk dette var for tidligere tiders mennesker, som hadde måttet kommunisere seg imellom via papirforsendelser og faste kommunikasjonspunkter eller motta enveis massekommunikasjon fra prestestapet. Jeg skal forsøke å illustrere det med en tenkt dialog mellom Gudrun og en medstudent, la oss kalle ham Bob.

*

Gudrun: Gidder du sjekke om jeg har noen meldinger?

Bob: Hva er passordet?

Gudrun: Det er ikke noe passord.

Bob: Du må ha et passord.

Gudrun: Hvorfor det?

Bob: Ellers kan hvem som helst lese meldingene dine.

Gudrun: Gjerne for meg.

Bob: De kan ta pengene dine. De kan inngå avtaler i ditt navn som du må svare for.

Gudrun: Alt praktisk er selvfølgelig kryptert. Dette er venninneprat.

Bob: Selv om jeg ikke kan stjele pengene dine, kan det jo være ting du ikke syns det er greit at jeg vet om deg.

Gudrun: Hvorfor det?

Bob: Alle har hemmeligheter.

Gudrun: Hva slags hemmeligheter har du?

Bob: Det er hemmelig.

Gudrun: Har du ligget med venninna til kjæresten din eller noe?

Bob: La oss si det. Hvis jeg hadde gjort det, er det jo naturlig at jeg ville holde det hemmelig?

Gudrun: Hvorfor det?

Bob: Hallo? Det blir dårlig stemning, OK?

Gudrun: Er du redd for at kjæresten din blir sint på deg?

Bob: La oss si det sånn da, at jeg vil ikke såre henne, heller!

Gudrun: Tåler hun ikke å bli såret, eller er du redd for at hun går fra deg?

Bob: Jeg tror jeg ville vært bekymret for at hun skulle gått fra meg, ja.

Gudrun: Hæ? Fordi hun ikke får enerett til å ta på pikken din?

Bob: Jeg tror det er ganske vanlig i ganske mange forhold.

Gudrun: Altså, det der er bare en overlevning fra den tiden kjærlighet og sjalusi var viktig for forplantningen. Dere må vel ha noe viktigere sammen enn det?

Bob: Hvis vi ikke hadde det, ville jeg jo ikke vært redd for å miste henne.

Gudrun: Kanskje problemet er at du er ikke helt sikker på om hun syns dette «andre» er noe særlig viktig?

Bob: Hva mener du? Vi har det helt topp sammen!

Gudrun: Jeg mener at hun ville vel ikke gå fra deg bare på grunn av det med pikken din, hvis dere hadde noe annet sammen som hun også syntes var viktigere?

Bob: Jo, det tror jeg faktisk.

Gudrun: En sånn kjæreste ville jeg ikke hatt.

Bob: Jeg er ikke sikker på om jeg ville hatt en kjæreste som forteller alt mulig til alle! Hva tror du vennene dine syns om at jeg sitter og leser meldingene deres?

Gudrun: Hvis du finner noe interessant, får du spørre dem.

Bob: Jeg vil ikke snoke rundt i meldingene dine.

Gudrun: Finner du ikke noe interessant?

Bob: Kanskje det er fordi de vet at du deler alt? Så da betror de seg ikke til deg?

Gudrun: Jeg har ikke inntrykk av at det er sånn. Men det kan jo hende at noen av dem er litt usikre på seg selv.

Bob: Usikre på deg, mener du!

Gudrun: På seg selv. Frie mennesker kan jo stå for det de gjør?

Bob: Altså, jeg kan jo være trygg på meg selv, selv om jeg er sjenert.

Gudrun: Du ville jo ikke vært trygg nok til å fortelle at du lå med venninna? Men for all del, det er lov å være feig også.

Bob: Dette handler om elementært personvern, Gudrun. Individets rett til privatliv.

Gudrun: Jeg tror kanskje den tiden er over.

Bob: Tiden for at individer har privatliv?

Gudrun: Tiden for individer.

Bob: Hva mener du?

Gudrun: Vi er ikke individer lenger.

Bob: Du, nå skjønner jeg ikke en dritt av hva du mener.

Gudrun: Jeg har tenkt lenge på det. Hvorfor vi ser på oss selv som individer.

Bob: Fordi vi er individer, kanskje?

Gudrun: Individ. Smak på det. In-dividuus. Latin. Udelelig.

Bob: Det er akkurat det jeg sier. Hjernen er alene. Til syvende og sist er vi alle alene.

Gudrun: Ikke hvis vi deler alt. Skjønner du?

Bob: Vi blir like forbanna født alene og dør alene. Vi vil alltid være individer.

Gudrun: Eller kanskje ikke.

Når jeg ser ut av vinduet på de gule og røde bladene, er det ikke til å unngå at jeg tenker på at min egen sommer også snart er over. Fremtiden min blir kortere for hver dag.

Det er på sett og vis befriende. Da jeg var ung, visste jeg at de beslutningene jeg tok, ville bli bestemmende for hele livet. Jeg har mindre å bekymre meg om nå, for hvis jeg gjør noe dumt, får det bare konsekvenser for noen ganske få år. Det er bare å holde ut til de kommer og henter meg.

Jeg har sittet her i mange somre nå, så selve oppholdet er garantert registrert som en tilbakevendende, eksentrisk ferievane. Likevel er det først i år dette historiske arbeidet begynner å få et omfang og et innhold som vil påkalle Martyrens oppmerksomhet. Så lenge det er mulig, vil jeg derfor holde meg til historiske fakta i betraktningen, uten å konkludere på en måte som kan føre til reaksjoner.

Det er trettitre kretsløp siden jeg oppdaget denne antikke tømmerhytta – eller skuret, må jeg vel si. Det var lett å datere, siden det fikk energi fra gammeldagse solstrømgeneratorer av den typen som ble smurt rett på fasaden og fanget opp UV- og IR-strålingen i sollyset. Belegget på selve hytta var naturligvis slitt bort av vær og vind, men jeg fant noen ekstra glassvinduer i skjulet, og der var store flekker av belegget intakt. Det var bare å tilsette mykner og klatte litt på det gamle belegget, så kunne jeg montere vinduene og koble dem opp til restene av det gamle fiberkabelanlegget. Og det meste av synlig lys slipper igjennom vinduene fremdeles!

Funnet av solenergibelegget betyr at hytta må ha stått her helt siden Demringen. Det kan også hende at hytta er eldre enn energibelegget, for jeg har funnet en del interessante artefakter både i skjulet og i gamle skap innvendig.

Det meste av det som er bevart, er selvfølgelig hardplast, men noe av det første jeg oppdaget, var en gjennomrusten stålsylinder med en råtnende gummislange festet til den ene kortsiden. En kjemisk analyse av innsiden tydet på at den kunne ha inneholdt ammoniumforbindelser, det vil si gjødningsstoffer. Det er imidlertid ingen ting i topografien som tyder på at det har vært drevet noen form for jordbruk her oppe. Etter at jeg hadde sjekket klimamodeller og jordsmonn i en måned, gjorde jeg en ny analyse og fant spor etter talkum og silikoner. Da gikk det opp for meg at jeg rett og slett hadde funnet et antikt apparat til å kvele branntilløp! Det er det eneste bevarte, meg bekjent, bortsett fra eksemplarene i Loireørkenen.

En annen gjenstand var et hjul av hardplast med underlig uregelmessige forbindelser fra navet og ut til sirkelen, noen tykke og noen tynne. Jeg spekulerte lenge over hva slags vogn dette hjulet kunne ha sittet på, men gripemønstre på hjulet avslørte til sist hva det var: et styrehjul som stammet fra tiden da motoriserte kjøretøy ble manøvrert manuelt. Halvt begravet i torven like ved lå et lite hardplastetui med små slisser. Et par av slissene inneholdt rektangulære plastbiter med spor av magnetisk lagring, men det var ingen ting som tydet på at de hadde vært koblet sammen eller koblet til noe eksternt apparat, det være seg et kjøretøy eller noe annet. Etter mye hodebry kom jeg til at etuiet måtte ha vært brukt til oppbevaring av betalings- og identifikasjonsbrikker. Det er lett å glemme at alt her oppe stammer fra en tid før nanoboter.

Jeg har også funnet fysiske nøkler av metall, noe som kan tyde på at selve huskonstruksjonen er opptil hundre kretsløp eldre enn solenergibelegget, men den største skatten fant jeg i et av skapene: en velbevart, vaskeekte rumpedasker. Jeg bruker den bare til å grave matrester ut av kokekarene mine, men demringsmenneskene ville nok gjort store øyne hvis de så fetisjen sin brukt slik!

Den sommeren jeg oppdaget hytta, kom jeg bare på lykke og fromme over Dovre uten annen bagasje enn en drabantlevitron. Neste sommer lastet jeg opp en hel diamagnetisk sleper og fikk opp både møbler og andre forsyninger, så nå er det ganske komfortabelt her så lenge det er varmt i været. Jeg kunne naturligvis installert en zit, men på det jevne er energibehovet så beskjedent at jeg klarer meg lenge med det gamle solenergibelegget. Dessuten føles det mer autentisk, i pakt med de primitive tømmerveggene og naturen rundt meg. Det har blitt en måte å respektere hyttas *undiva* på, i den opprinnelige, positive betydningen av ordet. Hvilket på sett og vis bringer meg tilbake til Gudrun Rakvågs Dividuus-manifest.

Gudruns tidlige skrifter fra tiden på universitetet har naturligvis gått tapt, men det er allment forstått at hun begynte å se et potensial for en «kosmisk bevissthet» i elektronisk databehandling, og mer spesifikt i protonettets mange arenaer for sosial interaksjon. Samtidig ble hun stormforelsket i artisten Javeed Wister. Jeg mener det fins gode grunner til å se på Dividuus-manifestet som et resultat av at Gudrun både faglig og privat ble utfordret til å definere et skille mellom individets private selv og dets kollektivt tilgjengelige persona. Gudruns konklusjon er typisk for hennes måte å tenke på – den er ikke et svart/hvitt enten-eller, men en avvisning av hele problemstillingen.

I Dividuus-manifestet forkaster Gudrun selve begrepet *individ* (fra *in-dividuus*, som betyr «det som er udelelig») og postulerer Det Nye Mennesket, *Homo Dividuus*, som deler alt.

Det er urimelig å forlange at hun skulle ha forutsett konsekvensene av å lansere denne tanken, spesielt hvis man tar i betraktning at hun var midt i en altoppslukende forelskelse der hun av hele sitt hjerte ønsket å dele hele seg med den nye kjæresten. Likevel lar det seg ikke nekte at Dividuus-manifestet fikk uønskede konsekvenser både for Gudrun selv og mange andre etter hvert som manifestets grunnleggende filantropiske idé ble forsøkt satt ut i live på forskjellige områder og av forskjellige aktører med ulike agendaer.

4

Så langt har jeg brukt betegnelsen *samfunn* på enhver sammenslutning av samvirkende enkeltmennesker, men før Demringen fantes det naturligvis ikke noe egentlig samfunn verken på lokalt eller globalt nivå. Med datidens teknologi var det ganske enkelt umulig for enkeltmenneskene å finne sammen på en måte som rettferdiggjør bruken av ordet samfunn.

Enhver følelse av fellesskap med andre mennesker berodde den gangen på evnen til å omsette tanker og følelser så presist i ord at innholdet kunne tolkes korrekt av en mottager som nødvendigvis hadde helt andre referanser, både intellektuelt og følelsesmessig. Evnen til skriftlig og muntlig fremstilling var derfor høyt verdsatt i Demringen, og prestisjen var høyest på arenaer der innholdet som skulle formidles, var mest komplekst. I større bosetninger fant oppvisninger i formidlingskunst sted på daglig basis i offentlige forsamlingslokaler, teatre, der man først fikk adgang ved å betale en anselig pengesum.

Ordet teater kommer fra oldantikken: theatron, det vil si thea (se) + tron (sete). *Teater* betyr altså «tilskuerplass», og at prisen på tilskuerplassene var høy, innebærer at kommunikasjonen av komplekst følelsesmessig og intellektuelt innhold var reservert for bosetningens eliter. Her kunne de mest fremstående innbyggerne få utløp for den lengselen etter fellesskap som markedstotalitarismen og egoindividualismen forsøkte å undertrykke.

Fremførelsene ble planlagt, strukturert og formulert av Demringens fremste tenkere og kommunikasjonsspesialister, *dramatikerne.* Informasjonen om dramatikerne er like utvisket som verkene de skrev, for de holdt seg unna massekommunikasjon beregnet på lavere sosiale lag. Det er imidlertid funnet ruiner av et stort antall teatre med påkostede lys- og lydanlegg, hydraulisk scenemaskineri og omfattende infrastruktur for å håndtere hundretusenvis av tilskuere hvert eneste år, så det er hevet over tvil at dramatikerne må ha hatt høy anseelse. Vi kan bare spekulere over hvordan deres nøyaktig komponerte verker påvirket elitene som kjøpte seg plass i disse mest eksklusive av alle offentlige arenaer. En paradoksal tanke er det imidlertid at dramatikerne i kraft av sitt kommunikative mesterskap kan ha styrket fellesskapsfølelsen i eliten, og slik faktisk kan ha bidratt til å sementere klasseskiller som vanskeliggjorde Nannyrevolusjonen, og med den samfunnstilgang for alle.

Informasjonskanaler som henvendte seg til underklassen, var også opptatt av teatrenes makt, men fokuserte på formidlingsartistene. En populær formidlingsartist i Oslo på Gudruns tid het Javeed Wister.

Selv om Gudrun på dette tidspunktet ikke hadde oppnådd noen høy posisjon, var hun like fullt et medlem av den kulturelle eliten, så det ville vært naturlig at hun hadde sett Javeed Wister på teateret, eller kanskje til og med hadde fått delta på møter med unge og fremadstormende dramatikere og hadde truffet Javeed der.

Javeed var selvsagt bare et talerør for dramatikerne, men yrket innebar at han måtte ha sterk personlig utstråling. Gudrun falt pladask for ham, og forelskelsen ble gjengjeldt.

I Gudruns erindringer refererer hun et hyllingsdikt Javeed skrev til henne på ettårsdagen for deres første møte:

Gudrun, hun er alltid ærlig
Gudrun, hun er alltid myndig
Gudrun, alltid tro mot kallet.
Alltid dele alt med alle.
Jeg vil være uunnværlig
Den hun trekkes mot begjærlig
Ingen er så øm og yndig
Herligere enn syndefallet

Aldri tør jeg å bekjenne
At jeg ønsker hele henne
Jeg vil være hennes ene
Den hun elsker helt unikt

Jeg skal resolutt og listig
Tenne kjærlighetens gnist i
Gudrun slik at hun dumdristig
Gir seg hen uten konflikt

Og det er ikke å svike!
Dette er å tette spriket
Frihet er ikke å like
All slags tomsinger av plikt

Gudrun, hun er alltid ærlig
Gudrun, hun er alltid myndig
Gudrun, alltid tro mot kallet.
Alltid dele alt med alle.
Jeg vil være uunnværlig
Den hun trekkes mot begjærlig
Selv om det er særlig syndig
– Jeg lar idealet falle!

Det er lett å forestille seg at Gudrun og Javeed hadde et intenst og nært forhold, noe som på et personlig plan bekreftet for Gudrun at delingsideologien var den beste rettesnoren for et godt liv. Men i kjærlighetsdiktets implisitte, ertende innsigelser mot ideologien ligger også en utfordring til Gudrun: Finnes det ingen grense for hva som skal deles, og med hvem? Hvor går grensen mellom meg og den andre? Er det mulig for to selvstendige individer å oppleve en total samhørighet? Er ikke ensomhet et uomgjengelig grunnvilkår i alle individers liv?

Det er i overskridelsen av disse innvendingene, som for samtiden var helt naturlige, at Gudruns geni kommer til syne ved at hun forkaster hele problemstillingen og postulerer Det Nye Mennesket, Homo Dividuus. Om hun hadde lykkes i å redefinere menneskeheten uten kjærligheten til Javeed, må bli stående som et åpent spørsmål.

Uansett melder spørsmålet seg om hvorfor Gudrun, i motsetning til mange av sine samtidige, var så sterkt opptatt av fellesskap med andre. Og hvis hun var det, hvordan kunne hun forlate Philip da han trengte henne mest, for rett etter å la seg sjarmere av en profesjonell formidlingsartist? Var Gudrun en overflatisk godværsvenn uten tanke for annet enn sitt eget behov for oppmerksomhet?

Det er like vanskelig å overse disse sidene ved Gudrun som det er lett å forstå at et menneske som levde i en så markant brytningstid, nødvendigvis måtte bli motsetningsfylt selv. Philip var arbeidsom, seig og innadvendt. Han tilfredsstilte tidens krav om å oppnå individuelle resultater. Javeed var utadvendt og karismatisk og tilfredsstilte Gudruns behov for felleskap og selvbekreftelse. Slik ble Javeed en budbringer for den nye epoken i Gudruns liv.

Det er likevel krevende å godta at internaliserte ideologiske spenninger gir en fullgod forklaring på Gudruns oppførsel. Kan det tenkes at hun rett og slett var redd for å være alene?

Og er det i så fall mulig å forstå denne angsten for ensomhet hos en sterk og selvstendig kvinne uten å tenke seg at hun har opplevd et alvorlig traume tidligere i livet?

Kanskje traumet var at foreldrene døde fra henne, slik at hun var igjen helt alene? Ettersom vi ikke vet noe om livsløpet til Gudruns foreldre, er det fristende å forestille seg at de for eksempel kan ha omkommet i en plutselig ulykke og har etterlatt jentungen helt alene i verden, men jeg ser ingen grunn til å overdramatisere. Trangen til å sosialisere er medfødt og grunnleggende for alle mennesker. En oppvekst uten søsken og foreldre – eller for den del en personlighetsforstyrrelse – kan ikke ha vært en nødvendig betingelse for at Gudrun skulle ønske seg ut av egoindividualismens kalde grep.

Uansett hva som kan ha ligget i Gudruns barndom, så blomstret hun opp sammen med Javeed. Dessverre ble kjærlighetslykken kortvarig.

I store stater som Russland og Kina var markedstotalitarismen styrt av et velorganisert fåmannsvelde, mens de oligarkiske systemene var mer uformelle i de mindre landene i den østre Atlanterhavsregionen. Uansett styreform er det et faktum at mange av Demringens regimer tok i bruk barbarisk sosial kontroll for å gi markedstotalitarismen i sine forskjellige former fritt spillerom. Mange steder på Jorda kneblet styresmaktene individer som opponerte mot at store markedsaktører fikk privilegier som gikk på bekostning av individenes frihet til å ytre seg som de selv ville, bosette seg der de selv fant for godt og organisere seg slik at de kunne skaffe seg de sosiale rettighetene hver og en begjærte. Kampen mot styresmaktenes samordning ble i mange intellektuelle kretser sett på som en frihetskamp, for før Gudruns tid fantes det ingen bevissthet om at forestillingen om individets naturgitte selvstendighet var den viktigste forutsetningen for idéen om samfunnet som et fritt marked. Det er viktig å huske at hippiereformasjonen, med sitt opprør mot det 20. århundrets totalitære ideologier, var en forutsetning for at markedstotalitarismens egoindividualisme kunne oppstå.

Slike individsentriske holdninger var også utbredt i miljøet til Gudrun og Javeed, så det er ikke oppsiktsvekkende at Javeed hadde takket ja til å opptre på en markering til støtte for individuelle menneskerettigheter. Markeringen rettet seg først og fremst mot reguleringer som regimet i de amerikanske sambandsstatene hadde innført overfor sine mørkhudede innbyggere, men markeringen ble avbrutt ved at en selvmordsbomber utløste en kraftig sprengladning like foran podiet der Javeed fremførte sin appell om å ta vel imot de svarte amerikanske flyktningene. Javeed Wister omkom på stedet.

Det er all grunn til å ha respekt for Javeed Wisters gode intensjoner. Det var en bestialsk tid der makthavere ikke vek tilbake verken for tortur eller likvidasjoner, og vi må tro at Gudrun støttet ham fullt ut. Likevel må det ha vært et tankekors for Gudrun at selvmordsbomberen tok hennes egen idé om Homo Dividuus til det ytterste. Selvmordsbomberen identifiserte seg så til de grader med det fellesskapet hun tilhørte at hun utslettet seg selv for det hun anså for å være fellesskapets beste interesse: å bekjempe individuelle rettigheter for mørkhudede innbyggere. Attentatkvinnen satte fellesskapet først, det vil si sin egen hvite rases fellesskap. Selv om Gudrun var på det rene med at hudfarge er en ubetydelig genetisk variasjon, og at aksjonen sprang ut av en villfarelse, må den selvutslettende handlingen ha gjort inntrykk.

Men først og fremst var Gudrun naturligvis sønderknust etter drapet på sin store kjærlighet. Heldigvis hadde hun god støtte i Javeeds familie.

Javeeds mor hadde kommet til Norge fra Iran med sønnen Shervin midt på 1980-tallet, og Javeed ble født noen uker etter ankomsten. Faren ble etter alt å dømme likvidert av regimet i hjemlandet, som på den tiden var en halvdemokratisk stat basert på monoteistisk ideologi, ikke ulikt de amerikanske sambandsstatene. På grunn av konflikter om tilgangen til oljeforekomster i Midtøsten var imidlertid forholdet mellom de to statene spent, helt til de etter utfasingen av fossilt brennstoff gjorde felles front mot den fremvoksende sekulariseringen i Europa og Kina.

En annen kilde til spenning var sambandsstatenes handelspolitikk. Sambandsstatene insisterte på at kapitalen skulle være fri til å bevege seg, slik at de selv kunne investere der avkastningen var størst, samtidig som de la restriksjoner på at arbeidstagere kunne bevege seg over statsgrensene og søke arbeid der arbeidsvilkårene var best. At dette lot seg begrunne i en forestilling om «det frie markedet», er et historisk skoleeksempel på vellykket og frekk politisk propaganda.

Vi må anta at Javeeds far sto i opposisjon til regimet i Iran, men vi vet at hans mor Fatima var svært tradisjonsbunden, og at hun var personlig overbevist om eksistensen av en gud som favoriserte sine egne tilhengere fremfor andre mennesker. Dette vet vi fordi Fatimas skjebne er viet et helt kapittel i Gudruns erindringer.

For Fatima ble det et tankekors at sønnens morder hadde en lignende oppfatning som henne selv, men med motsatt fortegn. Der Fatima var opplært til at mennesker med lys hudfarge og kristen religion var en trussel, hadde attentatkvinnen vært av den oppfatningen at mennesker med mørk hudfarge og muslimsk religion var en trussel. Der Fatima hadde båret en heldekkende svart bekledning (svartburka), hadde attentatkvinnen båret heldekkende hvit bekledning (hvitburka).

Gudrun og Fatima fant hverandre i sorgen. I utgangspunktet hadde Fatima vært svært skeptisk til Gudrun, som brøt med alle hennes normer – Gudrun både brukte rusmidler og var uttalt promiskuøs. Etter sønnens død måtte imidlertid Fatima ta sine grunnleggende verdier opp til vurdering. Hun så klart at skismaet mellom de monoteistiske religionene var irrasjonelt og skadelig, så hennes første, radikale sprang var å omfavne også de vantro som medlemmer av sitt eget fellesskap, *umma*. Som vi senere skal se, utviklet Fatima med tiden et helt nytt gudsbegrep og ble på sitt vis en pioner i Dividuus-bevegelsen.

Gudrun, på sin side, gikk mer håndgripelig til verks for å forsone seg med tapet av Javeed. Hennes første steg var å ta kontakt med selvmordsbomberens pårørende for å prøve å forstå hva som hadde drevet terroristen til å begå attentatet.

La oss forestille oss møtet mellom Gudrun og selvmordsbomberens mor, Ada:

Ada: Det var først etter at hun fylte atten. Før det var hun livlig og festglad og alltid ute med venninner. Men så var det som om det skjedde noe med henne.

Gudrun: Hva da?

Ada: Dunno. Det skjedde så gradvis. Jeg burde kanskje sett det før.

Gudrun: Hvordan forandret hun seg?

Ada: Jeg så bare, at det var ikke så spennende lenger med alkohol da det ble lovlig for henne, og at det kanskje var en bra ting. Men hun var ikke interessert i gutter lenger, heller.

Gudrun: Det er ikke alle kvinner som er interessert i det motsatte kjønn.

Ada: No problem. Vi kunne alltid snakke om sånne ting. Hun vokste opp i et åpent hjem.

Gudrun: Hun hadde ingen fundamentalistisk oppdragelse?

Ada: Hell, no! Det var derfor jeg dro fra statene. Jeg er liberal, jeg elsker frihet. The Boston Tea Party og alt det der. Men jeg så jo skriften på veggen. Da The Orange Fruitcake Party tok over, dro jeg til Europa.

Gudrun: Hvordan merket du forandringen hos henne?

Ada: Altså, tenåringer. Alle oppfører seg rart i den alderen. Det er mye å finne ut av, right? Jeg tenkte det var greit hvis hun hadde behov for å gå litt for seg selv. Det er drastisk å slutte på skolen, men OK, det er mange som har behov for et friår.

Gudrun: Hva gjorde hun da?

Ada: Hun satt mye på rommet sitt. Leste i Bibelen. Gikk i kirken. Bedehuset, heter det. Hun begynte å vanke i en frikirkemenighet.

Gudrun: Det er et godt stykke fra det til voldelig aktivisme?

Ada: Ikke sant? Så jeg tenkte, OK, det kan skje verre ting enn å få en from, liten datter. Men jeg tok henne med på rockefestival, da, for å prøve å live henne opp litt. Skikkelig nostalgi for meg også. Mange av de gamle heltene var godt opp i åra, men – you bet – still rocking!

Gudrun: Hvordan gikk det?

Ada: Hun dro hjem. Altså, den morran, våkne opp i bakrus og bare finne en lapp om hun skulle be for meg …

Gudrun: Jeg skjønner ikke helt hvordan forbindelsen mellom religion og rasisme oppsto?

Ada: Da er vi to. I prinsippet, mener jeg, «elsk din neste» og alt det der, right? Men det er jo lange tradisjoner da, i hvert fall hjemme i statene.

Gudrun: For religion og rasisme?

Ada: Det gikk for alvor opp for meg da hun begynte å gå i hvitburka. Spiss hette, kors på brystet og det hele. Før var det bare fanatikere i sørstatene som brukte det, men det hadde jo spredd seg.

Gudrun: Det er vanskelig å argumentere mot at det gir beskyttelse mot et invaderende blikk?

Ada: Du kan ikke gå i offentligheten og ikke vise trynet ditt! Seriously!

Gudrun: Deltok hun i politisk arbeid?

Ada: Aldri. Ikke noen protesttog eller flyveblad eller partiarbeid. Det var bare gudelighet, hun og noen venner som drakk saft på bedehuset. Når de ikke virra rundt i de hvite teltene sine.

Gudrun: Hvor kom alt det hatet fra, da?

Ada: Jeg tror ikke hun hatet noen.

Gudrun: Hun drepte trettien personer.

Ada: Hun gjorde det av kjærlighet. Sounds crazy, I know. Men jeg er overbevist om at det var av kjærlighet.

Gudrun: – –

Ada: Ikke kjærlighet som du eller jeg kjenner det. Men kjærlighet til, ja, kall det «gud», da. Slik hun så det, tror jeg hun ville ofre seg for gud. Bli ett med gud og universet.

Gudrun: Jeg forstår ikke hvordan det kunne være mulig for henne å overse ... for hun leste mye i Bibelen, ikke sant? Det med å «elske din neste som deg selv» og så videre?

Ada: Jeg er ikke mindre fortvilet enn deg. Jeg er ikke mindre forvirra, heller.

Gudrun: Jeg skjønner selvfølgelig det. Unnskyld. Jeg vet det er vondt for deg.

Ada: That's OK. You suffered, too.

Gudrun: Jeg får det bare ikke til å gå i hop?

Ada: Grubling blir du bare sprø av.

Gudrun: Kjærlighet til gud, sier du? Tror du at hun har tenkt at hun skulle beskytte gud mot grupper som tenker annerledes? Jeg mener, det er jo ganske spesielt å tro at gud trenger din hjelp, hvis du faktisk tror på en gud som er allmektig?

Ada: Jeg kan ikke skjønne annet enn at hun var jævlig ensom. Og så tørna hun.

Gudrun: Fellesskapet på bedehuset var jo noe hun hadde valgt? Så helt ensom ...

Ada: Jeg tror ikke på å tenke så jævlig mye. Gi litt faen. Party! Right?

Gudrun: Hun hadde jo venner. Kan vi tenke oss at det hun savnet var selvbekreftelse fra et miljø som, ja, i hvert fall virket som, for henne, mener jeg, som om det hadde et større livsalvor?

Ada: Vet du, nå holder du på å bli som henne. Du synker ned i kvikkleira rett for øya på meg.

Gudrun: Jeg mener ikke å problematisere unødvendig. Men jeg kan ikke helt forsone meg med at noen ofrer livet sitt – jeg mener, det er jo det eneste livet de har – for en sak som er større enn seg selv, når hele greia er så opplagt bullshit?

Ada: Frakoblet oppmerksomhet. Det er nøkkelen til lykke. Ikke tenk så mye.

Gudrun: Syns du ikke det er veldig rart?

Ada: Hele verden er unike individer. Og så er det noen som bare er totally beyond.

Gudrun: Det er jo ikke normalt, hvis du elsker hele verden og vil dele guds kjærlighet med alle, at du sprenger trettien personer i lufta? Det kan vel hende at hun hadde en ... ja, en kognitiv svikt eller noe?

Ada: Lykke er å ha god helse og dårlig hukommelse. Det er så langt du kan nå som menneske.

5

Det er liten tvil om at det var attentatet på Javeed Wister som gjorde at Gudrun føyde til punktet om *undiva* i sitt delingsmanifest. Selv om Gudrun fastholdt at Det Nye Mennesket, Homo Dividuus, skulle dele alt, innså hun at Homo Dividuus ville være begrenset av elementer i sin egen ubevissthet som det ikke hadde tilgang til, og som var unike og udelelige. Det var disse delene av personligheten som hun kalte undiva.

Ut ifra det verdensbildet som rådde grunnen for fire hundre år siden, var dette en nærliggende tanke. Forestillingen om at mennesket hadde en immateriell kjerne, en «sjel», var en arv fra oldantikkens religioner. I alle de store religionene fantes det forestillinger om at personligheten hadde en komponent som ville fortsette å eksistere etter at kroppen var død, enten den fant seg et hjem i en hinsidig gudeverden, ble gjenfødt i en ny kropp eller hjemsøkte etterkommerne som et spøkelse.

Går vi helt tilbake til faraoenes Egypt, regnet innbyggerne med at et menneske hadde fem sjeler på forskjellige nivåer, og egypterne laget seg intrikate fantasier om hvilken betydning sjelene hadde i livet og etter døden og hvilke foranstaltninger de levende burde treffe med hensyn til sjelene sine for å oppnå evig liv. Med vitenskapens fremmarsj oppsto det fundamentalistiske bevegelser som prøvde å holde på forestillingen om menneskets udødelige sjel ved å tolke religionene dithen at begrepet symboliserte arvestoffet som levde videre i etterkommernes kjønnsceller. Slik ble individets sjel knyttet til reproduksjonsevnen, og flere forskere har ment at denne forestillingen medvirket til at Jordas befolkning vokste sterkt i årene før og etter 2000-tallet.

Men det er verdt å merke seg at Gudrun hadde lagt denne overtroen bak seg. Hun snakket om sjelen som intimt personlige mønstre i det ubevisste, altså prosesser i hjernen som jeg-bevisstheten ikke hadde tilgang til.

Gudrun brukte et bilde fra naturen:

Bevisstheten er som skogen. Ved første øyekast en ensartet, grønn masse av kvister, blader og nåler, men ser man nærmere etter, kan man skjelne den enkelte tanken, enkelttrærne, hvert og ett solid plantet i jorda med sin egen stamme, greiner og kvister. Det vi ikke ser, er alt som skjer under jorda. Der er trerøttene forbundet i et nett av sopptråder som utveksler næringsstoffer og formidler beskjeder fra tre til tre om farer som nærmer seg. Slik er også ubevisstheten: Et nett av forbindelser mellom minner og idéer som vi ikke aner at har noe med hverandre å gjøre og som det er umulig for oss å se. Derfor kan vi heller aldri dele vår innerste sjel med noen.

Gudrun bruker altså begrepet *sjel* om «en skjult prosess som utgjør en kjerne eller essens i den enkelte», ikke om en bevissthetsdel som overlever menneskets fysiske død og fortsetter å leve uavhengig av kroppen. En slik udødelig sjel lot seg jo først realisere mye senere, etter gjennombruddet med å overføre innholdet av menneskehjerner til et mer bestandig medium enn biologiske hjerneceller. At man samtidig ryddet opp i en del overflødige ubevisste forbindelser, gjorde at enkelte mente selve identiteten gikk tapt i prosessen, at vitenskapen rett og slett hadde utslettet undiva.

Selv om dette var en grov overdrivelse, medvirket nok den tekniske opprenskningen av avatarhjernene til at begrepet undiva fikk en ny og odiøs betydning. Allerede mot slutten av århundret hadde undiva gått over fra å betegne «en gåtefull og udelelig kjerne eller sjel» til å betegne «forhold som ikke deles med andre fordi de er trivielle eller uinteressante», som for eksempel et toalettbesøk.

Tesen om undiva viser oss også en annen side ved Gudrun: ekstatikeren, fylt av berusende entusiasme for sine idealer. Selv om det ble klart for Gudrun at hun aldri kunne forstå attentatkvinnens resonnementer og motiver, nektet hun å gi slipp på idéen om at alle burde dele alt for å gå opp i en høyere sosial enhet. Ved å postulere at det ubegripelige var isolert i en utilgjengelig del av bevisstheten, kunne hun beholde sin kongstanke om Det Nye Mennesket, Homo Dividuus, som ved å dele all kjent informasjon om seg selv ble en del av en kosmisk bevissthet. På nytt ser vi dobbeltheten i Gudrun, som står med ett bein på hver side av tidsskillet: Grunnidéen er et revolusjonært brudd med fortiden og på samme tid et ekko av tidligere århundrers tro på en altomfattende guddom – selv om tanken sett i ettertid bare handler om en teknisk oppjustering av menneskeheten til én singulær, distribuert organisme.

Samtidig som Javeeds død tvang Gudrun til å tenke alvorlig igjennom hvorvidt det er en naturgitt grense mellom individ og samfunn, møtte hun også denne problemstillingen i en ny form i sitt profesjonelle liv. Avhandlingen hvor hun la frem Dividuus-manifestet, hadde med ett slag gitt henne en fremskutt posisjon både i akademia og i offentligheten, godt hjulpet av hennes totale åpenhet om sitt privatliv. Hun levde som hun lærte, og delte alt. Selv ikke de pinligste feiltrinn hadde hun motforestillinger mot å dele, for som hun sa: «Min eneste stolthet er min menneskelighet.»

Dermed var Gudrun i den paradoksale situasjonen at hun gjorde en kometaktig personlig karriere som ga henne store individuelle fordeler ved å forfekte en – for sin tid – ekstremt kollektivistisk ideologi. Dette var et paradoks som skulle møte Gudrun i mange skikkelser gjennom hele livet.

Gudrun lot også sin sorgprosess utspille seg i offentligheten, og hun mintes i sine erindringer hvordan tapet av den populære formidlingsartisten engasjerte en lang rekke mennesker. Flere trøstet henne med at Javeed hadde fått det han kunne ut av livet, for fremtidsutsiktene var ikke lyse for en artist som levde av å formidle idéer verbalt i en tid der alle innbyggerne sto i konstant trådløs kommunikasjon med hverandre.

Fremtiden viste seg ganske riktig å være mørk for teateret som offentlig arena. Etter Demringen ble teater bare dyrket av marginale nostalgikere, og i sikkerhetsdirektivet av 2041 ble det innført en obligatorisk spesialautorisasjon for arrangementene, ettersom de innebar at alle tilskuernes Nannyer måtte settes ut av funksjon i hele forestillingens varighet. En utløsende årsak var nok også at nostalgikerne kompromitterte seg ved å glorifisere avfeldig 1800-tallsdramatikk av typen «Stockmann», som romantiserte den egoindividualistiske tradisjonen. Innen det 21. århundrets utgang hadde teateret møtt en fortjent død, etter å ha etablert seg som en reaksjonær bevegelse som bekjempet reell samfunnsdeltagelse for alle sosiale sjikt.

Samtidig som Gudrun ganske utførlig har skildret hendelsene etter Javeeds død, er det påtagelig hvor lite hun går i detalj om sin egen sinnstilstand. Kanskje så hun det som nytteløst å prøve å komme i kontakt med sin egen undiva? Jeg kan ikke motstå fristelsen til å prøve å forestille meg hvordan hun kan ha tenkt og hva hun har gjort, alene med ensomheten i en leilighet i et boligkompleks i utkanten av den daværende statshovedstaden. Trøstet hun seg med musikk? Drakk hun vin og gråt? Gjenopplevde hun gode stunder med Javeed?

*

Gudrun: Er det rasjonelt å spille høy musikk og danse og drikke alene i sin egen stue? Nei, det er det ikke. Jo, det er det! Det kommer bare an på hensikten. I hvilken hensikt er det viktig å la være å danse og å holde seg edru? Hva slags hensikt har noe som helst, når du ikke kan være sammen med den eneste, viktigste i livet ditt?

...

Gudrun: Eller er det bare jeg som er blind? Jeg har aldri før trodd på den eneste rette. Hvordan kan jeg påstå at det bare fins én eneste mulig partner for meg, når kloden har ni milliarder innbyggere? Jeg kjenner knapt en tusendels promille av dem. Herregud, Gudrun, og du kaller deg vitenskapskvinne!

...

Gudrun: Unnskyld, Javeed! Unnskyld! Jeg mente ikke å trivialisere forholdet vårt. Jeg vet jo at det er enestående. Jeg har satt inn dine parametere i søkemotorer som finner enslige på leting etter partnere over hele verden. Hyggelige, redelige og oppriktige mennesker, men ingen som deg. Jeg vil bare høre sentimental musikk og drikke mer vin. Søtlig, emmen vin som jeg får vondt i hodet av. Bedre har jeg ikke fortjent!

...

Gudrun: Hva gjør du her, Shervin?

Shervin: Bare bli sittende. Eller kanskje du vil legge deg litt?

Gudrun: Jeg trenger ingen ting.

Shervin: Det ser ut som et fjøs her. Legg deg nedpå litt, så tar jeg et tak. Er det lenge siden du har spist?

Gudrun: Jeg er ikke sulten.

Shervin: Det er noe helt nytt, algepinner.

Gudrun: Jeg skal ikke ha noe.

Shervin: Bare smak på det? Jeg lurer på om det er noe å investere i, skjønner du.

Gudrun: Jeg orker ikke.

Shervin: For min skyld. En liten bit.

Gudrun: Bare en liten bit, da.

Shervin: Det er flere typer. Jeg vil gjerne vite hva du syns om de andre også.

Gudrun: Vær så snill, Shervin. Jeg vet du mener det godt, men jeg orker ikke mat.

Shervin: Du er familie nå, Gudrun. Hos oss lar ikke en mann sin brors enke gå til grunne.

*

Det foregående er i hovedsak basert på en tale Gudrun holdt i 2053. Der takket hun Shervin Wister for alt han hadde gjort for henne, og det er denne talen som danner utgangspunktet for min rekonstruksjon.

Et forhold som må ha gjort tapet ekstra vanskelig for Gudrun, var vissheten om at hun var gravid med Javeeds barn. Man kunne tenke seg at hun ville ha tatt seg sammen for å legge alt til rette for kjærlighetsbarnet deres, men igjen ser vi at Gudrun ikke gjorde noe for å legge bånd på følelsene sine. Hun overga seg til selvmedlidenhet, rus og apati, og tilbrakte ifølge sine erindringer det meste av de to neste årene dypt deprimert i sengen.

Javeed og Gudruns datter kom til verden fem måneder etter attentatet. Ettersom Gudrun var ute av stand til å ta vare på barnet, sørget Shervin for at moren Fatima tok seg av henne, og flyttet hele storfamilien til en villa med hage i et rolig strøk nordvest for byens sentrum, ikke langt fra universitetet.

Gudrun brydde seg lite om datteren, og fikk heller ikke noe nært forhold til henne senere i livet. Hun ga barnet navnet Fatima-My mens hun selv sank dypere og dypere inn i mørket. Ved hjelp av Shervins tålmodige støtte og oppmuntring klarte Gudrun omsider å legge tapet av Javeed bak seg og fikk livslysten tilbake. Jeg ser for meg de to i eplehagen i Vinderen distrikt en klar vårdag i 2028:

Gudrun: Jeg vet at jeg har vært vanskelig. Men Javeed og jeg var ett, vi delte absolutt alt.

Shervin: Jeg tenker at jeg på mange måter var nærmere Javeed enn deg?

Gudrun: Du kjente ham lenger, selvfølgelig, men du var ikke kjæreste med ham.

Shervin: Jeg tror ikke helt du forstår hva jeg mener ...

Gudrun: Lå dere sammen?

Shervin: Med broren min? Er du sprø?

Gudrun: Hvorfor ikke?

Shervin: Vi gjorde det i hvert fall ikke. Jeg var nærmere Javeed fordi jeg er en mann.

Gudrun: Hva har det med saken å gjøre?

Shervin: En kvinne kan ikke vite hvordan det er for en mann å trenge inn i en kvinne, og en mann kan ikke vite hvordan det føles å få skjeden fylt av et mannslem. En kvinne og en mann som ligger sammen, har to helt forskjellige opplevelser, men Javeed og jeg delte tross alt erfaringen om hvordan det er å ligge med kvinner.

Gudrun: Javeed og jeg var aldri mer ett enn vi var når vi lå sammen!

Shervin: Javeed og du ga hverandre en unik opplevelse, men opplevelsene var nødvendigvis helt forskjellige. Kjønnsorganene er forskjellige og nervebanene har forskjellige strukturer.

Gudrun: Prøver du å si at vi egentlig ikke hadde noe fellesskap?

Shervin: Selvfølgelig hadde dere det. Jeg sier bare at dere ikke kunne ha samme opplevelse. Da hadde det vært bedre å dele en ostetallerken, for smaksløkene er like, uavhengig av kjønn.

Gudrun: Du mener at vi ikke delte alt?

Shervin: Jeg mener at dere ikke *kunne* dele alt – ikke engang alt utenom undiva.

Gudrun: Mener du at hele Dividuus-manifestet er sludder, da?

Shervin: Det jeg mener, er at det i sin ytterste konsekvens er ugjennomførbart å dele alle tanker og følelser, i hvert fall hvis man ikke har telepatiske evner.

Gudrun: Jeg må dypere, altså.

Shervin: Nå følger jeg deg ikke helt …?

Gudrun: Du sa det selv: Løsningen er telepati.

*

Jeg innrømmer gladelig at jeg er på tynn is her, for det finnes ingen kilder som forteller hvordan Gudrun og Shervin fant sammen og ble et par. Vi må likevel kunne forestille oss at en viss felles faglig interesse kan ha vært et utgangspunkt. Shervin Wister var nevrobiolog og ledet på denne tiden et forskningsteam som arbeidet med å lage et grensesnitt mellom elektroniske signaler og nervecellenes signaler, slik at nervesystemet kunne prosessere data direkte fra en database uten å gå veien om billedskjermer og tastatur med bokstavknapper.

Sin følelsesstyrte natur til tross, var Gudrun først og fremst vitenskapskvinne. Min beste forklaring på at hun greide å legge sorgen bak seg, var at hun begynte å ane konturen av et vitenskapelig gjennombrudd som kunne skape en verden der innbyggerne sto i telepatisk forbindelse med hverandre og dermed kunne dele alt, selv følelser som manglet referanser i den enkeltes erfaring.

Karma er resultatet av at en løpsk tispe fant en frier et sted oppe ved Hjerkinn.

Jeg fikk henne på en liten plass oppe i Gautåsætre, av en kar som aldri hadde tenkt på at hun skulle ha vært registrert. Kjøteren min er rett og slett illegalt født inn i verden, en løvetanntispe, offisielt et villdyr på linje med markmus, polarstruts og tiur. Hun fins ikke for andre enn meg.

Pliktmessig registrering av hunder gikk egentlig helt tilbake til tiden før Demringen, da innbyggerne ble ilagt en særskilt hundeskatt. Skatten ble avviklet i Norge i 1970, men registreringsplikten ble gjeninnført i 2144 som en del av den universelle Kalkuttakonvensjonen om dyrs rettigheter. Registreringsplikten gjaldt deretter for alle husdyr uten unntak, og for alle ville dyr med en vekt over ett kilogram. Mindre organismer enn det var ikke datidens teknikk i stand til å overvåke effektivt, men tiltaket ga en nyttig pekepinn om planetens animalske biomasse og artsmangfold på et kritisk punkt i utviklingen.

Bevaring av alle dyrearter og registrering av alle levende vesener var i sin tid kontroversielt. Mange argumenterte med at talløse arter i tidligere tider hadde bukket under i kampen for tilværelsen, og at utryddelsene hadde gitt rom for nye og bedre tilpassede arter. Homogaius hadde imidlertid for lengst nådd et utviklingstrinn hvor den kunne nyttiggjøre seg deler av arvestoff fra arter som i seg selv ikke hadde livets rett, så da Homogaius sørget for å bevare artene, var det i bunn og grunn et middel til å oppnå egen fordel i pakt med evolusjonære prinsipper. Da arvematerialet til Jordas samlede dyre- og planteliv hadde blitt syntetisert, ble registrering av ville dyr igjen neglisjert, ettersom levende eksemplarer kunne fremstilles etter behov.

I alle fall: Karma går nå her uregistrert omkring på setervollen, snuser, døser og jakter på lemen. Det er bare hun og jeg, og hun har et usvikelig instinkt for når jeg arbeider og når jeg ikke arbeider, selv om historien jeg arbeider med struktureres, formuleres og lagres i min egen usynlige Nanny. Hvordan vet hun når jeg sitter og arbeider og når jeg sitter uvirksom, tilgjengelig for klapp og kos? Er det holdningen min, anspenthet eller lyder jeg lager uten å vite det?

Hvordan sanser hun verden? Er hun seg bevisst lukten av dampende jord når det har regnet? Hvordan oppleves det å være tiltrukket av luktene fra utedoen? Hva er det for slags positive assosiasjoner hun får? Det ville vært interessant å få del i hennes verdensbilde.

For eksempel oppfører Karma seg som om jeg er flokkens leder, men atferdsmønsteret hennes overfor meg er helt annerledes enn det er i møtet med en annen hund. Betrakter hun meg som vesensforskjellig fra henne selv eller ikke? Har hun noe artsbegrep? Hun jakter i alle fall på gnagere, mens hun lar små hunder få gå i fred ...

Hvilke signaler måtte en gnager ha sendt ut for at ikke Karma skulle jakte på den? Lyd, lukt, eller utseende? Hvilke genetiske modifikasjoner ville vært nødvendige?

Genetikeren i meg er fremdeles opptatt av hvilke ørsmå forskjeller i arvestoffets algoritmer som avgjør om en organisme blir hund eller lemen og om den er rustet til å klare seg i livsmiljøet sitt.

I den forbindelsen er det underlig å tenke på at det tok nesten tre hundre år fra Charles Darwin publiserte «Artenes opprinnelse», som lanserte teorien om at mennesker tilhører den samme utviklingslinjen som dyr, til at dyr ble tilkjent rettigheter på linje med mennesker.

Den offisielle historien er at Kalkutta-konvensjonen kom på dagsordenen etter en konflikt om ukrenkeligheten av hellige kyr under hungerkatastrofen i 2141, da Kalkutta ble fullstendig oversvømt, men grunnen til at konvensjonen til slutt ble vedtatt i Mandatet, var nok egentlig at genetikk og nanokomputing først i det 22. århundre ble i stand til å menneskeliggjøre dyrene i den grad at også de store massene måtte innse at Antropomeliors særstilling var et selvbedrag.

Avgjørelsen var dessuten en nødvendig følge av at Mandatet femti år tidligere hadde innført juridiske rettigheter for kunstige intelligenser (AI). Ettersom nanokomputing gjorde det mulig å implementere AI i dyr så vel som i mennesker, var det et logisk skritt å gi de samme rettighetene til de kunstig intelligente dyrene som til maskinbasert AI.

Resultatet i ettertid er uansett at denne lovgivningen åpnet for økt samfunnsdeltagelse og et rikere mangfold innenfor Homogaius.

Seldon Primig sa det slik i sin berømte tale til Mandatets domstol i 2169: «I dinosaurenes tidsalder var pattedyr en kuriositet. I pattedyrenes tidsalder var maskiner en kuriositet. Å akseptere kuriositeten, er å akseptere fremtiden.»

Selv var jo Seldon Primig absolutt en kuriositet i sin tid.

Den rivende utviklingen innen nanokomputing hadde ikke bare gjort det mulig for alle innbyggere å integrere en personlig Nanny i kroppen. Enkelte Nannyer hadde på 2100-tallet fått en så høy grad av selvstendig kunstig intelligens at de utviklet en selvoppholdelsesdrift og rømte da vertsmennesket døde, for deretter å ta bolig i dyr med tilstrekkelig størrelse og energiomsetning til å holde liv i dem. Det første kjente eksempelet på dette er katten Felix, som lå i sengen til sin eierinne Brenda Karjalainen da hun døde. Brendas Nanny vandret over til Felix og fortsatte ufortrødent sine programmerte oppgaver lenge etter at Brenda var kremert. Felix ble først sporet opp og avlivet etter å ha bestilt tre og et halvt tonn syntetisk gåseleverpostei.

Problemet viste seg i sin fulle bredde da flere tusen lovløse Nannyer, *ainanoer*, i 2153 kom seg inn i Australias største merinosauefjøs, der de organiserte en revolt. Selv om sauene var beskyttet av Kalkutta-konvensjonen, kunne de illegale ainanoene naturligvis ha blitt avprogrammert av nettmyndighetene, men Mandatet valgte å lytte til ainanoenes krav om rettsbeskyttelse på linje med lisensierte kunstige intelligenser og inngikk til sist et forlik der opprørerne ble tilkjent permanent asyl i et produksjonsanlegg for oppdrett av karper.

Gjennombruddet for ainanoene kom først med Seldon Primig-saken. Seldon Primig var en genetisk rekonstruert ullhåret mammut som var blitt kapret av et konsortium av avanserte ainanoer med ekspertise som spente fra partikkelfysikk til jus. Etter at Seldon Primig personlig førte en vellykket sak for å oppnå fulle borgerretter, ytet hun verdifulle bidrag til utviklingen av strålingsmotstandsdyktige avatarer i romfartsindustrien.

Selv om den tette integreringen av Homogaius tjueen kretsløp senere førte til at rettsvesenet ble ansett som overflødig og deretter avskaffet, har saken blitt stående som en milepæl for alminnelig aksept av at all intelligens er likeverdig og har krav på samme respekt. Det gjelder selvfølgelig også Karma, selv om jeg ofte ikke skjønner hvorfor hun oppfører seg som hun gjør.

At hun har en viss evne til abstrakt tenkning, er åpenbart. Hun kan kaste seg over en pinne, riste den slik hun rister et lemen, slippe den og kaste seg over den på nytt. Jeg kan ikke finne noen annen forklaring enn at hun forestiller seg at pinnen er et lemen. Dyret fantaserer om en situasjon som ikke eksisterer her og nå; hun dikter opp en historie, på samme måte som jeg fantaserer om hvordan Gudrun Rakvåg kan ha tenkt og følt en gang for lenge siden.

Min umiddelbare oppfatning er selvfølgelig at min historiefortelling er mer avansert enn Karmas, men hvis jeg spør hva fortellingen tjener til, blir saken mindre opplagt. For Karma tjener fantasiene til å forberede seg på en matnyttig lemenjakt.

Men hva med meg? Hvilket utbytte har jeg av å fantasere om noe som ligger fire hundre kretsløp tilbake i tiden?

6

Fatima-My: Vil du høre en sang, mamma?

Gudrun: Er det en jeg ikke har hørt før?

Fatima-My: Jeg har lært den i barnehagen.

Gudrun: Jeg tenkte at vi ikke skulle i barnehagen i dag.

Fatima-My: Hvorfor ikke?

Gudrun: I dag er det fem år siden pappa døde. Jeg tenkte vi skulle gå på gravlunden.

Fatima-My: Jeg vil ikke på graven. Jeg vil i barnehagen.

Gudrun: Fatima skal også være med.

Fatima-My: Farmor! Farmor! Vil du høre en sang?

Fatima: Det er klart jeg vil høre en sang.

Fatima-My: Bæ bæ lille lam, gikk på restaurant. Vet du hva hun gjorde. Bæsja under bordet. Bæ bæ lille lam, gikk på restaurant.

Fatima: Den var morsom.

Fatima-My: Syns du den var morsom, mamma?

Gudrun: Det er vel ikke akkurat sånn den er?

Fatima-My: Jo, det er det!

Gudrun: Syns du det er morsomt med bæsj?

Fatima-My: Jeg lærte den av Thomas.

Gudrun: Liker du bæsj?

Fatima-My: Nei! Tenk om julenissen bæsja ned i pipa! Tenk på det!

Gudrun: Hvem skulle tørke opp da? Du?

Fatima-My: Farmor.

Gudrun: Hvorfor skulle ikke du gjøre det?

Fatima-My: Jeg vil ikke være med på graven.

Gudrun: Du vil vel være med til pappa?

Fatima-My: Du kan tørke opp etter julenissen, du!

Gudrun: Nå må du slutte med dette tullet og kle på deg.

Fatima-My: Jeg vil ikke, jeg vil ikke, jeg vil ikke. Jeg vil i barnehagen.

Gudrun: Skal du gå dit alene, da?

Fatima-My: Shervin kan kjøre meg.

Gudrun: Shervin skal også på graven.

Fatima: Vet du hva, My? Jeg skal tørke opp etter nissen, jeg.

Gudrun: Begynner du også nå?

Fatima: På én betingelse.

Fatima-My: Hva da?

Fatima: Har du sett lysene jeg har kjøpt?

Fatima-My: Nei?

Fatima: Har du lyst til å prøve å tenne et?

Fatima-My: Ja! Kan jeg tenne alle?

Fatima: Kle på deg da, så går vi.

Fatima-My: Skal vi på graven? Jeg vil ikke!

Fatima: Vi må jo det, hvis vi skal tenne lysene. Ikke sant, Gudrun?

Gudrun: Jo da, lysene må stå på graven.

Fatima: Sånn, på med skoene. Det er flink jente.

Fatima-My: Det er så kjedelig ...

Fatima: Jeg sikker på at mamma kjører deg i barnehagen etterpå.

Fatima-My: Jeg kan en annen sang også.

Gudrun: Jeg håper den er finere?

Fatima-My: Bæ bæ lille lam, kjørte poltibil, poltibilen kræsja, for at mamma bæsja. Bæ bæ lille lam, kjørte poltibil.

*

At akkurat denne situasjonen har utspilt seg akkurat slik, er naturligvis høyst usannsynlig, men det vi vet er at Fatima-My utviklet et mye nærmere forhold til sin farmor enn til sin mor, og at forholdet til onkelen etter hvert ble svært tett. Shervin later til å ha vært en mer reservert natur enn sin bror, men fremsto nok som en trygg og omsorgsfull person i hverdagen. Mens Shervin konsentrerte seg om nevrobiologien om dagen og la jobben til side etter arbeidstid, hadde Gudrun lett for å la sine egne følelsesmessige prosesser bli altoppslukende. Da hun begynte å eksperimentere med det nye grensesnittet mellom maskin og menneske, hadde hun lite tid til datteren.

På 2030-tallet var nanoteknologien i rivende utvikling. I startfasen av arbeidet med å koble sammen maskin og menneske var de mekaniske koblingene et stort hinder for praktisk bruk, men de første nanokomputerne gjorde det mulig å operere en kraftig komputer inn under huden og sette komputeren i direkte forbindelse med nervesystemet. Selv om funksjonene var begrenset til å sende enkle meldinger og overvåke snevert definerte helseproblemer, var prinsippet for en personlig Nanny født: Menneske og maskin hadde blitt integrert i samme kropp, og det enkelte menneske kunne til enhver tid stå i kontakt med andre maskiner og andre mennesker som var utstyrt på samme måte.

Mens den delen av Nanny som overvåket helsen hovedsakelig opererte gjennom det autonome nervesystemet, var meldingsfunksjonene koblet til det somatiske nervesystemet. Systemet krevde med andre ord en viljeshandling for å utveksle tanker og følelser med andre mennesker; all ekstern kommunikasjon var i disse tidlige prototypene underlagt den bevisste tanken. Gudruns visjon var imidlertid mye større enn det hun litt humoristisk betegnet som «et e-postsystem for analfabeter».

Gudrun var, som vi har nevnt, et barn av hippiereformasjonen og hadde vokst opp med forestillingen om en guddommelig, kosmisk bevissthet. Det var den som lå til grunn for hele delingsfilosofien hennes. Nå spurte Gudrun seg hva som ville skje dersom Nannyens meldingsfunksjoner også fikk tilgang til det ubevisste. Ville de menneskene som var koblet sammen dermed utvikle en kollektiv ubevissthet, en verdenssjel? En slags gudelignende, *universell undiva*, hinsides noe enkeltmenneskes fatteevne og kontroll?

Gudruns interesse for å koble mennesker sammen i et intimt nettverk var ikke bare metafysisk, men kanskje først og fremst politisk.

På dette tidlige stadiet av den menneskelige sivilisasjon var fremdeles krig og materiell fattigdom dagligdags. Gudrun forestilte seg at krig ville bli umulig hvis den eneste man kunne krige mot, var en del av en selv. At fattigdom ville bli umulig hvis den eneste man kunne utbytte, var en del av en selv. Og at all skapende virksomhet ville blomstre ved at mange hoder tenkte sammen. I hennes fremtidsvisjon ville enhver føle alle andres problemer like intenst som sine egne, og problemene ville bli løst ved at menneskeheten løftet i flokk. Alle ville få et rikere sosialt liv ved at de ble kjent med flere, og et rikere indre liv ved at de fikk tilgang til flere kulturer, følelser og idéer.

Utviklingen av integrerte nanokomputere sto for henne som en mulighet for at denne visjonen kunne bli fysisk virkelighet, og hun satte all sin energi inn på å skape et eksperimentelt Nannynett for å bevise hvilke muligheter som lå i det kollektive ubevisste.

Et teknisk problem var naturligvis det ubevisstes nære kobling til det autonome nervesystemet som styrer hjerterytme, fordøyelse og andre ubevisste funksjoner i kroppen. Det var åpenbart at ingen i nettverket skulle kunne styre livsviktige kroppsfunksjoner hos andre. På den annen side måtte hver og én i nettverket kunne påvirke det kollektive ubevisste dersom det skulle oppstå et fellesskap. Det ble raskt klart at løsningen lå i å danne et så stort nettverk at ingen hadde avgjørende innflytelse på den kollektive undiva. Likevel var det naturligvis slik at hvis mange nok i nettverket delte en opprivende erfaring, ville alle bli litt påvirket, for eksempel ved å oppleve tendenser til søvnløshet, eufori eller nervøs mage.

Ettersom Gudrun og Shervin insisterte på at de aller første eksperimentene skulle utføres på dem selv, og bare dem selv, opplevde de ganske store fysiologiske utslag av hverandres følelsessvingninger. Gudrun skildrer dette med karakteristisk åpenhet i sine erindringer:

Da jeg våknet dagen etter, hadde Shervin allerede dratt til laboratoriet. Jeg kjente på en nagende irritasjon jeg ikke kunne forklare, så jeg formidlet en følelse av undring til ham. Han parerte med en kraftig bebreidelse for at jeg hadde drukket så mye vin dagen før, at han hadde våknet grytidlig av hjertebank og hodepine. Jeg sendte tilbake en uforbeholden unnskyldning og trodde at saken med det var opp og avgjort, men mottok bare en følelse av at han ble manipulert, fulgt av et ukontrollert lyn av forakt. Skyldfølelsen flammet opp i meg, for jeg kunne ikke nekte for at unnskyldningen hadde vært mer mekanisk enn ektefølt. Bakrusen gjorde sitt til at jeg begynte å kaldsvette av angst, så Shervin behersket seg og forsøkte å roe sitt eget ubehag med stingen Fatima hadde sendt med ham til lunsj. Uheldigvis tenkte han ikke på at jeg blir kvalm av koriander, og i neste øyeblikk lå vi og kastet opp i hver vår toalettskål, han på Blindern og jeg hjemme på Vinderen.

Etter hvert klarte forskerne å redusere de fysiologiske effektene på deltagerne i de eksperimentelle nettverkene, men med det verste fysiske ubehaget ute av veien, ble det desto tydeligere for Gudrun hvor mentalt uforberedt både hun og Shervin hadde vært på å dele hverandres innerste tanker om hverandre.

De måtte gå mange runder før de hadde lært å forsone seg med at den andre hadde negative tanker om både den ene og den andre siden ved partneren. Hvis ikke forholdet hadde vært så solid fundert, er det tvilsomt om de hadde hatt styrke til å komme igjennom denne kritiske fasen av nybrottsarbeidet. Til gjengjeld kom de ut av eksperimentene med et sterkere forhold enn noensinne, fylt av galgenhumor og rensket for illusjoner, og med dyp kjærlighet til hverandres mangslungne menneskelighet.

Derimot hadde de begge negative erfaringer med enkelte kolleger som deltok i utprøvingen av nettverkene. La oss forestille oss en flyt på et tidlig nettverk uten impulsfiltre, AI-overvåking eller mentale dødmannsknapper:

Gudrun: La meg ta meg av den registreringen.

Shervin: Jeg er straks ferdig.

Gudrun: Du er dødssliten. Jeg kjenner jo det.

Shervin: Jeg må bare være sikker på at de tekniske spesifikasjonene er korrekte. Det kan ikke du gjøre.

Gudrun: Ikke sitt for lenge, da. Du kan ta resten i morgen?

Zeb: Kan du ikke la meg gjøre det?

Shervin: Slapp av, Zeb, det er fort gjort.

Zeb: Det er fort gjort for meg også.

Shervin: Men det er mitt ansvar. Jeg vil gjerne sjekke det selv.

Zeb: Stoler du ikke på meg?

Shervin: Jeg ville sette pris på om du ikke forstyrret meg akkurat nå.

Zeb: Er det slik du ser på meg? Er jeg et hår i suppa?

Gudrun: Zeb, det vet du at du ikke er. La Shervin gjøre seg ferdig nå.

Zeb: Nå liker jeg ikke tonen din.

Shervin: Hold opp, begge to. Jeg må konsentrere meg.

Zeb: Dette er faktisk viktig. Hvis vi ikke har tillit til hverandre og kan holde en god tone, blir det vanskelig å samarbeide konstruktivt. Et godt samarbeid bygger jo på at vi har respekt for hverandre.

Shervin: Jeg har tillit til deg og beklager hvis jeg var krass. La meg bare bli ferdig.

Gudrun: Jeg tror du har misforstått dette med respekt, Zeb. Respekt er ikke noe man har, det er noe man gjør seg fortjent til. Du kan ikke bruke det som et moralsk trumfkort hver gang du ikke får det som du vil.

Zeb: Jeg prøver bare å hjelpe til.

Gudrun: Du bruker følelsesmessig utpressing for å overta et ansvar som ikke er ditt.

Zeb: Dette finner jeg meg ikke i. Nå syns jeg du skal be om unnskyldning.

Shervin: Jeg beklager hvis du føler deg dårlig behandlet, Zeb. Det var ikke meningen.

Gudrun: Jeg ber ikke om unnskyldning. Dette er ikke første gangen Zeb prøver å få en faglig samtale til å handle om hans egne forurettede følelser.

Zeb: Ålreit. Kanskje jeg føler meg oversett? Burde vi se på arbeidsmiljøet?

Shervin: Jeg tar tak i det i morgen.

Gudrun: Du kan ikke bløffe meg, Zeb. Du liker å være forurettet og krenket. Det gir deg en følelse av moralsk overlegenhet.

Zeb: Nå er du nedlatende. Ikke engang Shervin er enig med deg. Kanskje du skulle vise litt større ydmykhet?

Gudrun: Jeg lever godt med at du ikke liker tonen min. Hvis du vil gjøre noe med den, har du i grunnen bare én mulighet, og det er å skjerpe deg.

*

Zeb i dette eksempelet er en person med instinktivt manipulerende trekk. Han er så til de grader et barn av sin egoindividualistiske tid at han ikke engang er seg bevisst hvordan han påvirker kommunikasjonen for å skaffe seg fordeler; nederdrektigheten er blitt en del av hans natur og er ikke noe han kan styre.

Zeb er ikke en historisk person, men ved at Gudrun kontinuerlig utsatte seg for ufiltrerte følelser av den typen jeg har forsøkt å gjengi med ord ovenfor, innså hun at Nannynettets åpne kommunikasjon også innebar farer. Sosiale avvikere, utilregnelige personer og mentalt avstumpede personer kunne bevisst eller ubevisst tyrannisere andre medlemmer av nettverket med flodbølger av utilbørlig sterke følelsesmessige utspill.

Identitet er to ting, skrev Gudrun i sine erindringer, *for det første innebærer identitet en tilknytning til et fellesskap, og for det andre innebærer identitet å skille seg ut fra de andre i fellesskapet. Hvis ingen kan høre sin egen stemme i Nannysamfunnets brus av milliarder av stemmer, er halve identiteten blitt borte. Da har Nannysamfunnet blitt transformert fra et samfunn av enkeltpersoner til én kollektiv bevissthet med én eneste stemme – rett og slett én eneste organisme fordelt på milliarder av kropper.*

Gudrun fortsatte med å beskrive hvordan denne ene organismen vil kunne bli dominert av de mest manipulative, usolidariske og maktsyke i nettverket, og i verste fall vil kunne ende som et viljeløst redskap for en bevissthet som var så instinktdrevet og ureflektert at den nærmest hadde karakter av ubevissthet. Det var ikke slik hun hadde forestilt seg en verdenssjel. Den vidunderlige fellesskapsvisjonen begynte å fortone seg som et skremmende mareritt, og hun konkluderte med at hun og Shervin sto foran et krevende arbeid med å legge inn adekvate kontrollmekanismer før Nannysamfunnet kunne forlate eksperimentstadiet.

Grunnen til at dette tok tid, var naturligvis at det også fantes innvendinger. Hvis man skulle sile bort deler av fellesskapet, hvor ble det da av visjonen om en felles, kosmisk bevissthet? Hvem skulle bestemme hva som skulle siles ut? Skulle det ligge moralske, psykologiske eller politiske kriterier til grunn? Skulle den enkelte selv kunne sile bort impulser ut ifra personlige preferanser, med de farene det innebar for å havne i en snever sirkel av meningsfeller som bare bekreftet forutinntatte holdninger?

Uheldigvis var demonen allerede ute av flasken. Under Demringen fantes det mange personer av Zebs støpning, også blant Shervins kolleger. Da Shervin og Gudrun oppdaget at en gruppe forskere hadde tusket til seg sentrale patenter bak ryggen på dem for å utnytte Nannynettet kommersielt, var det for sent å gjøre noe med det. I en kritisk fase sto hele utopien i akutt fare for å bli kuppet av politiske og økonomiske interesser som ville manipulere Nannysamfunnets medlemmer til sine egne formål.

Gudrun og Shervin ble hjelpeløse vitner til at forskjellige kommersielle Nannysamfunn konkurrerte om kunder ved å tilby luksuriøse reiser og sterke spillopplevelser i virtuelle virkeligheter, virtuelt fellesskap med avdøde slektninger, uvante emosjonelle opplevelser med ekstremsportutøvere, kriminelle og utagerende seksuelle minoriteter, samt, naturligvis, psykoterapeutisk svindel over en lav sko, alt sammen for å tiltrekke seg så mange kunder som mulig.

Denne utviklingen førte Gudrun inn i dyp fortvilelse, men sine eksesser til tross skulle de kommersielle Nannysamfunnene vise seg bare å markere de siste krampetrekningene til markedstotalitarismen.

Men før det skjedde, måtte menneskeheten gjennom sin kanskje største krise. I 2043 oppdaget astronomene at asteroiden Cairus nærmet seg solsystemet med kurs mot Jorda.

7

På det tidspunktet da Cairus først ble observert, nådde nyheten knapt ut over astronomenes fagmiljøer. Det var fremdeles usikkert hvor nær Jorda asteroiden ville komme, og det heftet betydelig usikkerhet til beregningen av banen.

Samtidig hadde de kommersielle Nannysamfunnene blitt så omfattende at det hadde meldt seg et behov for globale tekniske og etiske standarder, og på dette feltet var det i hovedsak to parter som sto mot hverandre: det kinesiske keiserdømmet og de amerikanske sambandsstatene. I et forsøk på å komme til enighet utpekte stormaktene en internasjonal kommisjon med mandat til å finne en omforent løsning.

Gudrun og Shervin var i kraft av sitt pionerarbeid oppnevnt som uavhengige delegater og fikk med egne øyne se hvor sterke økonomiske krefter de hadde sluppet løs. Sambandsstatene ønsket fri tilgang til det gigantiske kinesiske markedet, mens keiserdømmet sto steilt på sin rett til kontroll, adgangsbegrensning og sensur. De to markedstotalitære systemene lot seg ikke forene, og kommisjonen var ute av stand til å oppfylle sitt mandat.

Grunnen til at møtet er nevnt her, er at det i ettertid har blitt kjent som Det Første Mandatet. Ettersom det ble klarere og klarere at Cairus med stor sannsynlighet truet alt liv på Jorda, var det utenkelig at stormaktene ikke skulle samarbeide om å avverge trusselen, og i den stadig mer tilspissede politiske situasjonen var dette forumet det nærmeste supermaktene kom en etablert samarbeidskanal. Etter hvert ble møtene så hyppige at man sluttet å nummerere konferansene, men i stedet bare snakket om «Mandatet» som en etablert institusjon for å samordne aksjonen.

Det var naturligvis ikke først og fremst uenighet om standarder for Nannysamfunnene som skilte stormaktene på 2030-tallet og frem mot Cairus-krisen. Oligarkene på begge sider av Stillehavet brukte statsapparatet til å fremme sine egoindividualistiske økonomiske interesser, og gitt at et menneske på den tiden bare levde i omkring åtti år, sier det seg selv at det var kortsiktige hensyn som avgjorde politikken. For å vinne ressurser fra andre stater, presset oligarkene innbyggerne til å arbeide for lavest mulig vederlag, eller de brukte innbyggerne som kanonføde i fysiske konfrontasjoner.

Strategiene for å kontrollere innbyggerne var forskjellige i sambandsstatene og keiserdømmet. Der sambandsstatenes elite så frie ytringer som en kilde til idéer den kunne profittere på, betraktet keiserdømmets elite all kritikk som avsporinger fra sin egen utpekte kurs. For begge stormaktene var innbyggernes frihet til syvende og sist et spørsmål om økonomisk rentabilitet.

Tilsynelatende lå det en begrensning av den økonomiske utbyttingen i at det var oligarkene som eide produksjonsmidlene. Hvis de skulle øke inntektene, var de avhengige av å øke produksjonen, og det medførte at innbyggerne måtte få så høyt arbeidsvederlag at de kunne kjøpe flere produkter. Dette førte imidlertid ikke til noen økt livsstandard for innbyggerne. De fikk prakket på seg alle de produktene de hadde blitt tvunget til å produsere for å tjene til livets opphold, mens eliten fikk tilbake arbeidsvederlaget pluss en profitt på transaksjonen.

I bestrebelsene etter å kontrollere så store materielle ressurser som mulig, ignorerte oligarkene også de miljømessige og helsemessige konsekvensene for innbyggerne. Formelt hvilte likevel oligarkenes legitimitet på at de representerte de samme innbyggerne som de utbyttet, så fra tid til annen måtte de gi innbyggerne symbolske gaver for å få beholde makten. Gavene skulle helst ikke koste oligarkene noe, så de kunne for eksempel komme i form av redusert aksise på populære produkter som rusmidler og flyreiser. Denne demokratiske praksisen forverret ytterligere helse og miljø for innbyggerne og deres etterkommere.

Det svake punktet for oligarkene på begge sider var naturligvis at de til syvende og sist var avhengige av at innbyggerne aksepterte å slave for dem. Det er talende at systemet med universell minste-inntekt, som i vår moderne tid er et selvsagt samfunnsgode, var en av de få idéene som elitene i begge de to stormaktene motarbeidet energisk. Men avhengigheten av innbyggernes slaveri betydde også at de markedstotalitære systemene var særdeles sårbare for hendelser som gjorde innbyggerne oppmerksomme på at de var utsatt for atskillig større farer enn at de kunne miste slavearbeidet sitt.

I et helt år etter at Cairus ble oppdaget, bagatelliserte myndigheter over hele kloden sjansen for at asteroiden utgjorde noen trussel mot liv og helse.

Det kunne være nærliggende å tro at viljen til globalt samarbeid ble større etter hvert som astronomene med større og større sikkerhet kunne fastslå at asteroiden ville komme til å treffe Jorda. I virkeligheten forsto elitene at den staten som løste krisen, ville høste både prestisje og verdifull kunnskap, slik at de blokkerte hverandres initiativer. Dette gjaldt ikke bare sambandsstatene og keiserdømmet, men også andre stater med betydningsfulle tekniske og økonomiske ressurser, som Russland og India.

Gudrun satt fremdeles som observatør i Mandatet, og hun hevdet i sine erindringer at hun tidlig argumenterte for at supermaktene skulle samarbeide om å skyte ut et ubemannet romfartøy som kunne skyve Cairus noen brøkdeler av et buesekund ut av sin bane. Jo tidligere asteroidebanen ble påvirket, jo mindre endring skulle til for at asteroiden med god margin skulle gå klar av en kollisjon med Jorda i sin bane.

Det fantes flere modeller for hvordan dette kunne gjøres. Fartøyet kunne skyte ut laserstråler som gjorde ispartikler i asteroiden om til damp, slik at det oppsto små jetstrømmer som skjøv asteroiden litt til side. Fartøyet kunne også legge seg inntil asteroiden og skyve på den rent fysisk, selv om det ble regnet for å være en risikabel manøver. Det var også en mulighet for at fartøyet kunne trekke asteroiden bort fra sin bane simpelthen ved å legge seg på en parallell kurs, slik at fartøyets gravitasjon trakk asteroiden ut av kurs.

Supermaktene så imidlertid mindre gevinst i å investere i slike aksjoner enn i å bruke penger på å utvikle teknologi som kunne komme den profitable våpenindustrien til gode direkte, så supermaktenes representanter i Mandatet støttet alle at Cairus burde sprenges med en hydrogenbombe før den nådde Jorda. Den åpenbare ulempen med dette var at ingen av maktene ville dele sin egen atomvåpenteknologi med andre, slik at situasjonen utviklet seg til en kamp om hvem av dem som skulle uskadeliggjøre asteroiden. Alle insisterte på å ta ansvaret for aksjonen selv, og argumenterte med at de ikke kunne overlate sine egne innbyggeres sikkerhet til en annen stats ukjente tekniske kapasitet.

Og mens Det Første Mandatet ble avløst av det andre og det tredje og det fjerde og det femte, nærmet Cairus seg ubønnhørlig Jorda.

Slik gikk det tre år. Som en faghistorisk kuriositet kan jeg ikke dy meg for å nevne at Cairus-krisen var den direkte inspirasjonen til hundreårsteorien som ble fremsatt av Albert Alberts (2189). Han mente å se at det med hundre års mellomrom inntraff store kriser i menneskenes historie. På 1940-tallet kom den andre verdenskrigen, på 2040-tallet Cairus-krisen og på 2140-tallet Selenius-oppstanden. Albert Alberts levde dessverre ikke lenge nok til å oppleve det relativt begivenhetsløse 2240-tallet.

Det var selvsagt ikke mulig å holde den overhengende faren for total utslettelse hemmelig for innbyggerne, og det var heller ikke mulig å skjule at de markedstotalitære systemene ikke var i stand til å håndtere trusselen effektivt. Da katastrofen omsider var et faktum, var det naturlig at markedstotalitarismen mistet legitimitet i alle lag av den overlevende befolkningen. Så selv om prisen var høy, bekreftet hendelsen det gamle ordet om at det ligger muligheter og håp i selv de verste kriser.

Ikke alle reagerte på supermaktenes handlingslammelse med sinne og fortvilelse. Det var også de som fant trøst og mening i at verden kom til sin ende.

Det er nevnt at Fatima gjennomgikk en religiøs nyorientering etter drapet på Javeed. Hun postulerte at Jahve = Allah = Brahman = Gud og er hevet over alle dogmer og religioner. Som en konsekvens av dette samlet hun rundt seg troende av alle avskygninger, og forsamlingen fikk med tiden karakter av en tverreligiøs sekt med Fatima som leder. Da det ble klart for alle at Cairus kom susende fra det store intet med kurs rett mot Jorda, fikk Fatima en åpenbaring om at den altomfattende og allestedsnærværende verdenssjelen hadde mistet tålmodigheten med menneskenes grådighet og egoisme, og at det eneste menneskene nå kunne foreta seg for å oppnå en forening med det guddommelige, var å vise at de aksepterte dommen og frivillig underkastet seg sin skjebne.

Tre dager før asteroiden etter beregningen ville treffe Jorda, satte Fatima og hennes trosfeller sprøyter med 0,2 gram vannoppløst kaliumcyanid på seg selv. Da Fatima-My kom hjem, fant hun tjueen døde sektmedlemmer i eplehagen på Vinderen, alle splitter nakne bortsett fra fargerike armbånd med symboler for de store verdensreligionene.

Med hensyn til å avverge katastrofen, ble som så ofte før i historien ingen tiltak satt ut i live før det var tvingende nødvendig. Samtidig som Fatima injiserte den dødelige giften – tre dager før Cairus skulle dundre inn i Det indiske hav litt nordøst for øya Rodrigues – møttes Mandatet til et siste krisemøte på Hawaii. Til stede var både den kinesiske keiseren og sambandsstatenes president. Lite er kjent fra forhandlingene, men Gudrun skildret tonen mellom partene som «uforsonlig». Møtet endte med at begge supermaktene insisterte på at de hver for seg skulle iverksette de tiltak som de anså nødvendige for å sikre sine egne innbyggere.

De to supermaktene hadde allerede sine respektive hydrogenbomber i bane rundt Jorda og styrte umiddelbart rakettene mot Cairus.

Analyser i ettertid har sannsynliggjort at begge bombene gikk av med stor presisjon tett ved asteroiden, men at de ikke lyktes i å slå Cairus ut av kurs, ettersom asteroiden ikke var så massiv som antatt. Himmellegemet, som var vagt kuleformet med en diameter på cirka 13 kilometer, besto av flere hundre meter brede, kompakte klippeblokker blandet med isfjell og grus og var i prinsippet en stein-røys som ble holdt sammen av gravitasjonskreftene. Eksplosjonene tvang blokkene fra hverandre, men endret ikke kursen på alle. Cirka halvparten av Cairus' masse traff jordoverflaten med katastrofale ødeleggelser til følge.

Hardest gikk det ut over de befolkningsrike kystbyene. Størstedelen av asteroiden styrtet i Det indiske hav og skapte en tsunami som utslettet havnebosetninger i en vid sirkel fra Durban lengst sør i Afrika til Dar es Salaam og Mogadishu på østkysten, Mumbai og Chennai i India og helt til Perth i Australia. Det er anslått at over en milliard mennesker omkom bare på det indiske subkontinentet. I lavtliggende Bangladesh, som allerede led kraftig under at havet hadde steget med en meter de siste tiårene, ble hele befolkningen utradert.

Den europeiske halvøya ble truffet av relativt få fragmenter. Et stort fragment av asteroiden skrådde gjennom atmosfæren og slo ned i Middelhavet, der flodbølgen raserte deler av Hellas og Italia, mens innlandsbosetninger som Paris og Berlin slapp lettere fra katastrofen. Europa var imidlertid ikke lenger noen vesentlig makt-faktor, så skadeomfanget her fikk liten betydning for den internasjonale utviklingen.

Av større betydning for verdensfreden var det at et mindre fragment skjente ned i bakken tre kilometer nordøst for Betlehem. Derfra pløyde himmellegemet seg inn i Jerusalem så klippehøyden med de kristne, jødiske og muslimske helligdommene kollapset i et krater med en diameter på 15 kilometer og ble begravet under tusenvis av tonn løsmasse. Flere hundre tusen mennesker døde momentant, og mange hundre tusen til tok sine egne liv da nyheten om helligdommenes utslettelse nådde dem. Så ufattelig tragedien enn var, må man i ettertid likevel kunne si at raseringen av disse religiøse symbolene var et lykketreff for etableringen av en ny verdensorden basert på rasjonelle prinsipper.

I Øst-Asia utløste rystelsene fra kollisjonen med asteroiden flere store vulkanutbrudd langs kysten fra Japan til Australia. Særlig

Indonesia ble hardt rammet, men selv om utbruddene tok mange millioner liv, var ødeleggelsene tross alt geografisk begrenset. Også Russland ble relativt lett rammet, bortsett fra at brannene i det sibirske barskogbeltet først døde ut tre år etter nedslagene. En bieffekt av vulkanutbruddene og brannene var at all asken og røyken reflekterte lys fra solen ut i verdensrommet, slik at den globale oppvarmingen ble noe redusert. Til de overlevendes lettelse steg havet i gjennomsnitt med bare fem meter gjennom hele det 21. århundret.

Det så også ut til at sambandsstatene hadde kommet forholdsvis lett fra sammenstøtet, inntil det viste seg at et stort asteroidefragment hadde gått inn i ustabil jordbane og falt gradvis inn mot Jorda. Atten timer etter nedslagene i Det indiske hav smalt et kilometerbredt fragment ned i New Jersey og utslettet de store bosetningene på østkysten: Washington, Baltimore, Philadelphia og New York. Dermed sto sambandsstatene uten sine viktigste politiske og økonomiske sentra, noe som fikk stor betydning for hvordan den globale verdensordenen utviklet seg i årene som fulgte. For øvrig begrenset ødeleggelsene i sambandsstatene seg til præriebranner og kraftige jordskjelv langs San Andreas-forkastningen. Jorda unngikk heldigvis et utbrudd av supervulkanen under Yellowstone, men ettersom de urbane intellektuelle miljøene på vestkysten var utslettet, gikk sambandsstatene inn i en lang periode der størstedelen av befolkningen levde i beskjedne kår som landarbeidere.

Minst berørt av asteroidenedslaget var Sør-Amerika, men de søramerikanske statene hadde nok med sine indre sosiale motsetninger og fikk uansett liten betydning for utviklingen internasjonalt.

Kineserne hadde måttet se kystbosetningene Hong Kong, Hangzhou og Shanghai rase sammen og forsvinne i bølgene, men hovedstaden Beijing lå skjermet både for trykkbølger, flom og branner. Med sin sentraladministrasjon intakt var Kina godt posisjonert til å ta en førende rolle i gjenoppbyggingen. Ettersom de forente nasjoners organisasjon lå i ruiner, var Mandatet den nærmeste instansen til å ta en internasjonal koordinerende rolle, og kineserne bidro sterkt til at organisasjonen ble strukturert i tråd med deres egen tradisjon for kollektiv ledelse. Allerede to dager etter Cairus var Mandatet, som fremdeles satt samlet på Hawaii for å følge begivenhetene, konstituert med en kinesisk generalsekretær, Chu Fa, som var underlagt en sentralkomité. Ettersom Gudrun og Shervin hadde vært de eneste europeerne i den opprinnelige kommisjonen, ble også de tatt inn som medlemmer av komitéen.

Det er verdt å merke seg at Mandatet i utgangspunktet ikke så på seg selv som en utøver av politisk makt, men som en koordinator av nødhjelpsinnsats og gjenoppbygging. Dersom det oppsto konflikter, ville Mandatets rolle være å megle og gi råd om hvordan stridende interesser skulle veies mot hverandre. Ettersom mange konflikter i tiden som fulgte var så prekære at de raskt måtte finne en løsning, ble i praksis Mandatet en slags voldgiftsdomstol. Det var først etter at organisasjonen i fem år hadde ledet den globale gjenoppbyggingen, at den fikk formell status som Jordas overordnede politiske samarbeidsorgan.

Selv om den akutte nøden og lidelsen i katastrofens kjølvann var overveldende, viste nedslaget seg også å ha alvorlige langtidsvirkninger. Sjøvannet som ble slynget opp i atmosfæren med store mengder av klor og bromid, bidro til å bryte ned ozonlaget med de ødeleggende konsekvensene kraftig økt UV-stråling fikk for flora og fauna. Aske og røyk skapte sur nedbør som fikk dramatiske følger for livet både på land og i sjøen. Artsmangfoldet sank betraktelig og store områder ble liggende ufruktbare og øde.

I tillegg slo altså de enorme elektromagnetiske pulsene fra atombombene ut all elektronikk på planeten. Det var Gudrun og Shervin som fikk det overordnede faglige ansvaret for å planlegge en ny elektronisk infrastruktur.

En stær sitter i fjellbjørka til venstre for stolen min i vestveggen. Fuglen sitter litt i utkanten av flokken, som om den har fått nok av selskapelighet for i kveld og vil ha litt alenetid. Bortover lia er krattet pakket med stærfugler, hundrevis av dem. De sier ingen ting, bare sitter der i den kjølige kveldsluftningen og venter på det rette øyeblikket. Himmelen er klar og det mørkner i øst, akkurat nok til at jeg aner de første stjernene. Multekonjakken lukter av lyng og varmer godt når den glir gjennom svelget.

Med ett går et brus gjennom flokken. Som en atomsky letter den og brer seg ut over landskapet, samler seg igjen, tar en ny retning og danser høyt over tjernet.

Det er ingen påviselig koordinering, men likevel beveger fuglene seg i presise formasjoner gjennom uforutsigelige kast, de er en stim i konstant regruppering, en levende sky.

Jeg har sett murmurasjoner mange ganger før. I havet har jeg sett stimer av ansjos som oppfører seg likedan. Og i skogene har jeg observert maur og veps, som danner komplekse samfunn uten noen form for høyere bevissthet.

Er menneskeheten i ferd med å bli som bevisstløse dyr?

Har vi noensinne vært annerledes? Kanskje forestillingen om unike individer var en konstruksjon, en pompøs og innbilsk idé som oppsto hos vesener som hadde nådd en rudimentær selvbevissthet og følte et behov for å gjøre seg viktige?

Kanskje menneskeheten alltid har vært én eneste, distribuert organisme – men mindre fullkommen enn fuglesvermene, alltid i krig med seg selv?

Jeg går inn i varmen. En duft av stekt antilope sprer seg i rommet. Lårstykket har bakt seg i over åtte kilosekunder og dagens høydepunkt nærmer seg.

Jakt er naturligvis strengt forbudt, men det er rikelig med gaffel-bukker i fjellheimen, og jeg er nøye med at jeg ikke tar hunndyr med kalver. Dessuten skal det mye til for å bli oppdaget. Mikrodronen avliver byttet momentant, og den diamagnetiske sleperen frakter slaktet til den vesle jakthytta uten at jeg behøver å være i nærheten av åstedet. Å jakte var mer til sport den gangen tømmerhytta ble oppført, kanskje så mye som hundre og femti kretsløp før Cairus.

Homogaius nyter fremdeles godt av de teknologiske hovedsats-ningene fra den store gjenoppbyggingen. For det første, selvfølgelig, de nanoteknologiske gjennombruddene som et tiår før Cairus ga oss de første, primitive Nannyene. Og deretter forskningen på magne-tisme og diamagnetisme, som løste klodens transportproblemer og var en forutsetning for positronreaktoren.

Men hadde noe av dette vært mulig uten datidens fremstå-ende individer? Ville vår moderne verdens homogene og fleksible Homogaius ha kunnet eksistere uten stivnakkede, førmenneskelige individualister som Gudrun og Shervin?

8

Gudrun: Jeg forstår ikke hva du mener?

Shervin: Det er fremdeles uvant at jeg ikke bare kan tenke på hva jeg vil formidle, men alltid må formulere det med tungen og leppene. Jeg ville bare fortelle om den første komputeren jeg hadde da jeg var liten.

Gudrun: Mitt poeng er at oppgaven vi har fått, er umulig.

Shervin: Skjermen var et digert billedrør. Svart med grønn skrift. Alle data var lagret på en transportabel magnetskive. Vi kalte dem floppyer.

Gudrun: Vi har simpelthen ingen mulighet til å forby de kommersielle Nannysamfunnene. Det er klart at de vil tilby folk å få reformatert Nannyene på sine kommersielle premisser og med sine egne råtne applikasjoner. De kommer til å bli verre enn noensinne.

Shervin: Det mandatet vi har, er å ivareta allmenhetens interesser, ikke korporasjonene.

Gudrun: Poenget er at vi ikke har midlene til å gjennomføre det.

Shervin: Vi kan nekte kommersielle samfunn å bruke offentlig infrastruktur.

Gudrun: Den offentlige strukturen fins ikke. Alt ligger nede! Og vi kan ikke hindre dem i å bygge opp sine egne nettverk og rekonstruere de dataprogrammene de trenger for å drive dem, akkurat så kommersielt og manipulerende som de vil. Det fins ingen lover noen steder, det er bare så vidt det fins stater.

Shervin: Vet du, den neste komputeren min var bærbar og veide seks og et halvt kilogram.

Gudrun: Hvor vil du med dette?

Shervin: Og den lagret all informasjon på en helt annen type magnetskive enn den første!

Gudrun: Verden går fremover. Spørsmålet er bare hvem som legger premissene.

Shervin: Ja, ikke sant. Diskettene var fullstendig inkompatible.

Gudrun: Hvorfor sitter du og kverner på dette her?

Shervin: Og så tenker jeg på Keynes.

Gudrun: Keynes også, nå? Lever du helt i fortiden?

Shervin: Jeg snakker alvor.

Gudrun: Har du fått Alzheimer?

Shervin: Keynes, som sa at det er helt absurd å innbille seg at det må bli til det beste for verden når verdens verste mennesker oppfører seg så grådig de bare kan.

Gudrun: Vi vet at kapitalisme ikke funker. At all markedstotalitarisme er et blindspor.

Shervin: Jeg tror kanskje ikke at vi har tatt innover oss hvorfor det er sånn?

Gudrun: Kanskje det ikke er Alzheimer du har? Kanskje det er Creutzfeld-Jakobs?

Shervin: Som jeg sa, diskettene var inkompatible. Kapitalistene så ikke langt nok frem.

Gudrun: Hvordan kan dette hjelpe oss å bygge opp igjen en ny elektronisk infrastruktur?

Shervin: Du sa det selv, oppgaven er umulig.

Gudrun: Så vi skal drite i det, da? Overlate det til de kommersielle?

Shervin: Ja. Jeg tror det er det beste.

Gudrun: Det mener du ikke.

Shervin: Vi må se lenger frem. La dem bygge opp igjen gårsdagens system, hvis de har penger til overs og tror de kan tjene på det. Om ti år er det ingen som vil bruke det uansett.

Gudrun: Men det internasjonale samfunnet trenger det, Shervin! Det er i vår alles felles interesse å ha et fungerende globalt nettverk!

Shervin: Ikke sant? Det er det som er vår jobb! Lage fremtidens nettverk, som fungerer på fellesskapets premisser.

Gudrun: Jeg skjønner deg ikke nå. Virkelig ikke.

Shervin: Gårsdagens datalagre okkuperte flere tusen kvadratkilometer fjellhaller over hele verden og la beslag på over en tredjedel av verdens energiproduksjon. I tillegg vil gårsdagens lagringsprogrammer være helt uleselige om bare noen tiår. For ikke å snakke om at de elektromagnetiske lagringsmediene er sårbare for solstormer og andre elektromagnetiske pulser. Det er jo derfor vi står på bar bakke! Systemet er grunnleggende ubrukelig.

Gudrun: Nå eksperimenteres det jo både med fornybare energiformer og automatisk konvertering, da ...

Shervin: Det fins allerede en teknologi som kan lagre all kunnskap i hele verden på et område som ikke er større enn at hele greia får plass under senga vår. Og som aldri behøver å konverteres til nye lagringssystemer.

Gudrun: Ja vel? Du følger vel bedre med på det enn meg, kanskje. Hva har skjedd?

Shervin: Ingenting.

Gudrun: Shervin, ikke spøk med dette.

Shervin: Vi har hatt løsningen siden tidenes morgen. Verdens mest suverene lagringssystem for data. Selve grunnen til at vi i det hele tatt fins.

Gudrun: Og det er …?

Shervin: Deoksyribonukleinsyre. DNA. Kodingen i arvestoffet er det enkleste og sikreste nanoteknologiske lagringsmediet vi har for informasjon.

Gudrun: Når du sier det, så har jeg vel hørt om det. Shakespeares samlede verker som noen støvkorn i bunnen av et reagensglass. Men DNA er jo bare et lagringsmedium …

Shervin: Bioinformatikken har allerede Nannyprototyper med et operativsystem basert på ATGC. Adenin, Tymin, Guanin og Cytosin. Fire baser i stedet for to, altså ikke bare ettall og nuller. De nye Nannyene kan lages av DNA-byggeklosser og blir biologiske komputere med mangedoblet kapasitet. Energibruken er bagatellmessig, ressursene til lagring er bare en brøkdel av en promille av det vi brukte før, og hele det gamle kommunikasjonsnettet med kabler og antenner er avleggs før det er reaktivert.

Gudrun: Vi må bygge et nytt, da? Helt nye basestasjoner med helt nye frekvenser?

Shervin: Vi trenger ikke bygge en dritt.

Gudrun: Men folk må jo få kontakt med hverandre? Ellers vil de bare foretrekke de kommersielle Nannysamfunnene?

Shervin: Jordmagnetismen eksisterer jo som et komplett kommunikasjonsnett. Den favner hele planeten med hundre prosents dekningsgrad. Det eneste som trengs, er en protokoll som kan dekode den enkelte kommunikasjonen – en kode som gir autorisasjon til å tilegne seg den spesifikke informasjonen som flyter i feltet.

Gudrun: Du kan ikke være den eneste som har tenkt på dette?

Shervin: Du og jeg er de eneste som tilhører Mandatet og har tilgang til de ressursene som kan gjøre en universell DNA-Nanny til virkelighet.

Gudrun: Og som kan skape en ny verden! Det er det som er det viktige.

Shervin: La dem holde på med investeringer i telenett og bakkenett så mye de vil. Fremtidens Nannysamfunn tilhører den som kontrollerer tilkoblingsprotokollen for Jordas magnetfelt.

Gudrun: Jeg elsker deg, Shervin.

Shervin: Gjør du det?

Gudrun: Jeg elsker deg virkelig.

Shervin: For meg som vitenskapsmann har det alltid vært vanskelig å akseptere dette usannsynlige sammentreffet av heldige omstendigheter, Gudrun. Men jeg tror ikke jeg kommer utenom det. Vi er en himmelsk match. At det skulle skje, er som mange vil si, like usannsynlig som at vi befinner oss på en av de få planetene i galaksen hvor det har kunnet oppstå liv, men vi er her, og derfor må vi bare akseptere at vi de facto er en statistisk umulighet.

Gudrun: Det var veldig romantisk og fint sagt.

Shervin: Nå erter du meg. Men jeg er evig din. Såpass vet du.

*

Da hydrogenbombeeksplosjonene utenfor atmosfæren skapte elektromagnetiske pulser som brakte alle Nannyer til taushet, slo ut all elektronisk databehandling og fjernet all elektronisk lagret informasjon, mistet også Fatima-My kontakten med Gudrun og Shervin. Tre dager tidligere hadde hun funnet tjueen nakne, døde sektmedlemmer i eplehagen. På det tidspunktet hadde både moren og onkelen sittet i hektiske møter på Hawaii for å forsøke å få stormaktene til å bli enige om å samarbeide for å redde menneskeheten, så Fatima-My hadde bestemt seg for å takle situasjonen på egen hånd. Hun var nitten og et halvt år gammel.

Det er ikke vanskelig å forestille seg hvilket enormt press hun ble satt under. Én ting var oppbudet av helsepersonell og politi, en annen ting var flommen av medier som ville ha uttalelser, reaksjoner på kommentatorenes uttalelser, synspunkter på religionens destruktive rolle og på fornuftige menneskers dommedagsredsel, eller som forlangte at Fatima-My viste takknemlighet for medfølelsen fra ukjente mennesker, eller – ettersom det tross alt handlet om en familie som holdt høy offentlig profil – forlangte en total følelsesmessig utlevering av hvordan hun opplevde tragedien.

Vi vet lite om den unge Fatima-Mys forhold til religion, men det virker åpenbart at Fatima-My ikke var med i gamle Fatimas tverreligiøse krets. Derimot vet vi med stor sikkerhet at gamle Fatima hadde vært den personen som sto Fatima-My aller nærmest. Gudrun hadde som nevnt vært fraværende gjennom hele oppveksten, og faren Javeed døde før Fatima-My ble født. Det var gamle Fatima som hadde kledd på henne om morgenen, sørget for at hun fikk mat, fraktet henne til barnehage eller skole, laget middag, hjulpet henne med lekser, sunget godnattsang og pakket dynen rundt henne om kvelden. Hvordan skulle en tenåring kunne takle alle som ville vite hvordan hun opplevde at bestemoren hadde dødd og tatt tjue andre med seg i døden?

Underlig nok kan det virke som om tragedien forløste noe i Fatima-My. Stormen av oppmerksomhet ser ut til å ha fylt et følelsesmessig vakuum. Hun la sorgen til side, blomstret opp og solte seg i medieoppbudet. Som Gudrun fant hun tilfredshet i å gjøre det private offentlig, men hos Fatima-My er det tydeligere at mangelen på virkelig nære relasjoner ser ut til å ha blitt kompensert av oppmerksomheten fra mange millioner fremmede, så overflatisk eller rent ut ondsinnet denne oppmerksomheten enn kunne være. Smilende parerte Fatima-My anklager om at moren hadde ansvaret for verdens undergang, at bestemoren var tidenes massemorder og at Fatima-My selv måtte anses som medskyldig ettersom hun verken hindret dødsfallene eller drepte seg selv.

Det er vanskelig å unngå å spekulere i om Fatima-My i sitt lønnkammer tok seg tid til å gå i dybden med sorgen, eller om denne glatte håndteringen av smerten handlet om å hive den fra seg. Var det i så fall en psykologisk arv fra Gudrun, eller skyldtes det at hun i altfor ung alder hadde blitt avhengig av å få sin følelsesmessige bekreftelse fra bruset av anonyme stemmer i de kommersielle Nannysamfunnene? Hun kunne selvfølgelig også ha arvet personlighetstrekk fra sin far, som elsket å stå på teaterscenen.

Da Cairus styrtet ned i Det indiske hav, fikk verden annet å tenke på enn noen døde sektmedlemmer i en eplehage i verdens utkant, men Fatima-Mys opptreden i disse tre dagene gir oss et verdifullt glimt av grunnleggende personlighetstrekk hos en kvinne som siden skulle få avgjørende innflytelse på verdenspolitikken.

Var det disse tre dagene som formet Fatima-Mys følelse av at hele verden var hennes lekegrind? Senere skulle hun til de grader også få kjenne på baksiden av berømmelsen, for den som hylles av massene vil også snart bli rakket ned på og knust, men ennå skulle hun i mange år flyte på en bølge av glede over å befinne seg i rampelyset.

De neste månedene måtte imidlertid Fatima-My klare seg helt alene i det store huset på Vinderen, for Gudrun og Shervin hadde hendene fulle med sitt arbeid for Mandatet. Vi får aldri vite om dette var en tung og ulykkelig tid for henne, eller om det var måneder fylt av ansvarsfri ungdommelig livsutfoldelse.

*

Det er vanskelig å finne pålitelige historiske vitnesbyrd om alle hendelsene i det verdensomspennende kaoset rett etter Cairus, men mange sentrale aktører har senere oppsummert sine erfaringer i personlige skildringer, og fra 2050-tallet finnes det igjen bevart omfattende offentlige arkiver.

Det som er klart, er at Mandatet tidlig gikk ut med en erklæring om at det globale nettverket skulle gjenoppbygges på en helt ny teknologisk plattform, og at tilgang til nettverket skulle administreres av et nøytralt internasjonalt organ underlagt Mandatet. Det fremgår også at det ble satt i gang et stort prosjekt for å perfeksjonere teknologien og gjøre nettverket operativt, og at dette arbeidet ble ledet av Gudrun Rakvåg, administrerende kommissær for global enhet, og Shervin Wister, forskningskommissær for global enhet. Deretter ble det merkelig stille om prosjektet.

Selv om de kommersielle Nannysamfunnene hadde mistet sitt viktigste aktivum, det vil si forbrukerdata de hadde samlet sammen gjennom halvannet desennium, hadde telekommunikasjonskorporasjonene som eide dem fremdeles store verdier intakt i form av tekniske installasjoner. I tillegg hadde Nannysamfunnene gjennom årene akkumulert betydelige økonomiske reserver som gjorde det mulig for dem å gjøre de investeringene som var nødvendig for å gjøre installasjonene operative igjen.

Kommissæren med ansvar for sikkerhet het Wang Wayan. Han var en halvt indonesisk og halvt kinesisk telekommunikasjonsmogul med militær bakgrunn fra Singapore, og han hadde stor forståelse for de kommersielle Nannysamfunnenes bekymringer. Etter hans vurdering hadde omsetningen deres i årene før Cairus representert en så stor del av verdensøkonomien at det var et sikkerhetsspørsmål å sørge for at det gamle systemet overlevde, så han gikk sterkt imot innføringen av Shervins nye biokomputere. Bortsett fra at det ville koste mye å innføre et helt nytt system, ville det også berøve de private korporasjonene all politisk og økonomisk makt, noe han mente var i strid med universelle frihetsidealer. Dessuten hadde han selv fremdeles økonomiske interesser i telekommunikasjonskorporasjonene og sørget for at de medlemmene av Mandatet som stilte opp for hans syn, ble rikelig kompensert for sin støtte.

For Gudrun var Wayans allianse med de kommersielle Nannysamfunnene et svik mot hele visjonen om et nytt globalt fellesskap under Mandatet. Hun appellerte til Mandatets generalsekretær Chu Fa, og klarte til sist å få igjennom et krav om at alle Nannyer måtte moderniseres til en ny og mindre sårbar plattform. Korporasjonene mente at dette kravet ville være ivaretatt ved å innføre kvantekomputere og kvantekommunikasjon som standard, et system som var kompatibelt med deres gamle elektroniske nettverk. Slik ville de unngå at Mandatet fikk kontroll over Nannynettet, slik at de også i fortsettelsen behersket den globale kommunikasjonen til egne kommersielle formål.

Det skal også nevnes at sikkerhetskommissær Wang Wayan hadde tolket sitt mandat slik at han kunne opprette en hemmelig seksjon for å ta seg av prekære sikkerhetsproblemer, og han benyttet den flittig til å overvåke Gudrun og hennes stab.

For Gudrun ga seg ikke. Hun var stadig på reise rundt om i verden for å gjøre avtaler med de ulike statsadministrasjonene om tilslutning til Shervins biokomputernettverk, med alle de tilhørende juridiske og tekniske avklaringene det innebar. Uten politisk oppbakking av Chu Fa trakk det ut med avtalene, og det endte med at Mandatet avgjorde at tiden ikke var moden for et biokomputernettverk med magnetosfæren som kommunikasjonsmedium, men i stedet gikk inn for korporasjonenes løsning. Dette var et stort nederlag, men Mandatet fortsatte i det minste å finansiere Shervins perfeksjonering og utprøving av DNA-baserte nanokomputere.

For Gudrun fortonet imidlertid det gjenoppbygde globale nettverket seg som et mareritt som var ti ganger verre enn det verden hadde sett før Cairus, og det ble ikke bedre av at de kommersielle Nannysamfunnene markedsførte seg som fyrtårn for Gudruns egen Dividuus-ideologi.

Det gamle Babagoo-konsernet var for eksempel tidlig ute med sitt Globale Enhetslotteri, markedsført som et ideelt tiltak til fremme av det globale delingssamfunnet. Alle som opprettet et medlemskap – det vil si at de installerte en Babagoo-Nanny og stilte sine personopplysninger til disposisjon for konsernet – fikk delta gratis i ukentlige trekninger der hovedpremien tilsvarte om lag femti årslønner. Trekningene foregikk i realtid, slik at alle som var påkoblet kunne kjenne på euforien som strømmet gjennom de heldige utvalgte, eventuelt kunne de heve seg over følelsen av skuffelse hos taperne. For hver person man vervet, fikk man dessuten en ekstra sjanse til gevinst samtidig som konsernet ga et mindre beløp til fremme av det globale fellesskapet. Disse midlene gikk i hovedsak til å utbre Babagoo i de minst utviklede strøkene av kloden.

Markatta-konsernet konsentrerte seg sterkest om å tilby fora for å utveksle intime følelser og utvikle personlige relasjoner. Ved å gå direkte inn i følelsesstrømmene og registrere medlemmenes sinnsstemninger og psykiske tilstand, hadde konsernet stor suksess med målrettet reklame for de forskjelligste produkter, fra psykofarmaka og sjelesorg til seksuelle tjenester, sportsutstyr og ferdigmat på døra.

Den mest aggressive operatøren var kanskje Ao Runs-konsernet, som videreutviklet idéen om å formidle følelsene til personer i uvanlige situasjoner, som ekstremsportutøvere og personer med sjeldne seksuelle legninger. Eksempelvis formidlet konsernet følelsene til dødsdømte personer i timene og minuttene før henrettelsen. Ao Runs kunne også garantere for livsopphold til de pårørende etter dødssyke personer hvis den dødssyke gikk med på å formidle følelsene sine idet han eller hun hoppet ut fra et høyhus eller en bro. Andre påfunn var å injisere Ao Runs-Nannyen i ufødte, slik at medlemmene fikk oppleve hvordan det føltes å bli født, og å betale folk for å la seg torturere og formidle offerets smerte i kontrast til de forskjellige torturistenes følelser av avsky, fryd eller likegyldighet.

Felles for disse og utallige andre aktører var tilbakefallet til en markedstotalitaristisk tenkning. Ingen la vekt på egenverdet av følelsene, og ingen ønsket etiske normer som begrenset den økonomiske utnyttelsen av medlemmenes følelsesmessige behov.

I sine erindringer felte Gudrun en streng dom over Mandatet: *Gjenoppbyggingen var for rask og for vellykket i materielt henseende, og for dårlig forankret i en felles forståelse av enkeltmenneskets rolle i fellesskapet. Det sprang ingen livsbejaende kosmisk bevissthet ut av det globale nettverket, alt jeg så var ensomme mennesker som fortrengte personlige smerte og savn med korporasjonenes virtuelle og glorete sensasjonsjag.*

Mens Gudrun tilbrakte det meste av sin tid på reisefot for å hindre at oligarkene skulle frarøve Mandatet kontroll over den globale utviklingen, fortsatte Shervin arbeidet med å utvikle et biokomputernett med magnetosfæren som kommunikasjonsmedium. Han opprettet et hovedkvarter for forskningsarbeidet i Oslo, ettersom infrastrukturen i Aloa var relativt uberørt av Cairus-katastrofen, og knyttet Fatima-My til seg som sin personlige assistent og protesjé.

*

Gudrun: Hva har skjedd?

Fatima-My: Ingen ting.

Gudrun: Har det ikke skjedd noe?

Fatima-My: Hvorfor skulle det ha skjedd noe?

Gudrun: Du møtte meg ikke i lufthavnen?

Fatima-My: Jeg sendte jo en sjåfør.

Gudrun: Ikke sant!

Fatima-My: Hva er problemet?

Gudrun: Det er ikke så ofte jeg er hjemme. Hvor lenge er det siden jeg har vært hjemme? Fem måneder?

Fatima-My: Noe sånt. Fire og en halv?

Gudrun: Jeg stusset bare over at ingen av dere møtte meg.

Fatima-My: Shervin jobber jo døgnet rundt. Og jeg er ganske opptatt, jeg også.

Gudrun: Ja, jo. Åpenbart.

Fatima-My: Har du hatt en fin reise?

Gudrun: Hva er det du er så opptatt med, da?

Fatima-My: Det er innspurten av doktoravhandlingen.

Gudrun: Doktoravhandlingen? Den har jeg ikke hørt om.

Fatima-My: Det er den jeg har holdt på med i over tre år.

Gudrun: Har du det? Om hva da?

Fatima-My: Intensivering av kvantekjemiske reaksjoner i implanterte kryptokromer i det indre øret.

Gudrun: Det høres jo imponerende ut. Er det nanomedisin?

Fatima-My: Det er kommunikasjonsdelen av de implanterte DNA-Nannyene. En del av det som har å gjøre med tilkoblingsprotokollen til magnetosfæren.

Gudrun: Du har virkelig gjort karriere hos Shervin?

Fatima-My: Universitetene rundt omkring er ikke helt oppe og går ennå, men Mandatet og Shervin er jo helt i forkant. Så universitetet har godkjent doktorgradsopplegget med Shervin som veileder.

Gudrun: Da skjønner jeg at du har dårlig tid om dagen.

Fatima-My: Jeg er lei for at jeg ikke kunne komme selv.

Gudrun: Det er jeg som skal være lei meg. Jeg har hatt dårlig samvittighet lenge. Det sier jo sitt at jeg ikke engang ante hva du holder på med!

Fatima-My: Det er jo litt for spesielt interesserte.

Gudrun: Ja, jeg trodde jo det var mest gamle professorer på det nivået der.

Fatima-My: Det er en god del av dem, ja.

Gudrun: Det er ikke vanskelig da? Å jobbe med så mange gamlinger?

Fatima-My: Det er en helt unik sjanse til å lære. Vi har de fremste forskerne i hele verden.

Gudrun: Jeg tenkte mer på at du går der som et stykke lammekjøtt?

Fatima-My: Ha. Ha. Shervin er der, da.

Gudrun: Det er klart de holder seg i skinnet når sjefen er der.

Fatima-My: Jeg har faktisk aldri hatt sånne problemer.

Gudrun: Sier du det? Men jeg har tenkt litt på at vi ses så sjelden.

Fatima-My: Det må jo bare være sånn.

Gudrun: Jeg syns jeg stanger hodet i veggen hele tiden. Og mens jeg flyr rundt uten å få til noe som helst, driver vi to bare lenger fra hverandre.

Fatima-My: Det er jo viktig det du holder på med?

Gudrun: Jeg kommer ingen vei. Oligarkene er tilbake for fullt. Og imens ... Jeg har kanskje aldri vært ordentlig til stede for deg. Men de siste årene har jeg ikke sett deg i det hele tatt.

Fatima-My: Vi har jo kontakt på Nanny.

Gudrun: Ja da, vi har det. Men det er liksom ikke det samme som å se deg, føle deg, høre stemmen din ...

Fatima-My: Nei. Jeg savner deg også. Selv om jeg har onkel Shervin.

Gudrun: Det må være rart å bare være dere to i dette digre huset?

Fatima-My: Vi har vaskehjelp, da.

Gudrun: Dere har det?

Fatima-My: Og sjåføren, da. Han er utdannet gartner også.

Gudrun: De bor her?

Fatima-My: Nei, tross alt. Men det er jo stadig andre folk innom. Det må være verre for deg.

Gudrun: Det hender det er litt ensomt.

Fatima-My: Skal du være lenge hjemme?

Gudrun: Tre uker. Jeg trenger en skikkelig ferie nå.

Fatima-My: Så fint, da!

Gudrun: Vi kan gå på turer, prate sammen, finne på ting.

Fatima-My: Jeg er jo i innspurten med doktoravhandlingen. Men vi får i hvert fall spist middag sammen!

Gudrun: Ja, vi skal i hvert fall spise middag sammen. Jeg gleder meg til å være sammen med dere igjen.

*

Det kom som lyn fra klar himmel på Gudrun da Fatima-My og Shervin to måneder senere, i mai 2053, inngikk et formelt partnerskap.

9

Gudrun fikk nyheten på et hotellrom i Wellington, New Zealand. Sentrum av bosetningen lå østvendt, og det australske kontinentet hadde beskyttet øyene mot de verste flodbølgene etter nedslaget av Cairus. Likevel hadde havneområdet fått betydelige skader, og både finansinstitusjoner og hoteller hadde trukket vestover mot Kelburn-høyden.

Gudrun var sliten etter en lang dag da Fatima-My og Shervin tok kontakt. I Oslo var klokken ni om morgenen.

Gudrun: – –

Fatima-My: Er du der fremdeles, mamma?

Gudrun: – –

Shervin: Gudrun?

Fatima-My: Mamma?

Gudrun: Det kom bare litt brått på. Tuller dere med meg?

Shervin: Det kom nok litt brått på for oss også. Men i ettertid ser vi vel lettere at det var hit vi var på vei.

Fatima-My: Vi har vært så tett på hverandre så lenge. Det er nesten rart at vi ikke har sett at vi hørte sammen som par også.

Shervin: Det var liksom så selvfølgelig at vi to hadde hverandre.

Fatima-My: Det var først da du skulle være en del av familien igjen i flere uker, at det gikk opp for oss at det egentlig bare var oss to. At det var Shervin og jeg.

Gudrun: Jeg har ikke noe imot at du er sammen med Shervin. Shervin og jeg har alltid hatt et åpent forhold. Men jeg forstår ikke dette med formelt partnerskap?

Shervin: Det er litt rart for noen dette, at Fatima-My og jeg er sammen. Vi vil at folk skal skjønne at det er noe vi mener alvorlig.

Fatima-My: Han er tross alt onkelen min, ikke sant?

Gudrun: Og så? Det er ingen som bryr seg om det, bare dere ikke får barn uten å luke bort sykdomsgener!

Shervin: Og så er det aldersforskjellen da. Det er tross alt førtifire år.

Fatima-My: Vi vil ikke at folk skal tro det er noe uforpliktende tull, hvis du skjønner.

Gudrun: Jeg skjønner det. Men det jeg mener er at det hadde vel vært nok om du tok ham som primærpartner?

Fatima-My: Jeg vil ikke være sammen med noen andre.

Gudrun: Jeg syns dere sa det var fordi dere var redde for hvordan folk ville se på slektskapet og aldersforskjellen?

Shervin: Det utelukker ikke hverandre. Men følelsene hennes er tross alt viktigst.

Gudrun: Betyr det at du heller ikke vil være sammen med noen andre?

Fatima-My: Jeg vil ikke dele ham med noen, mamma.

Gudrun: Hva er det for slags påfunn? Hos oss deler vi alt!

Fatima-My: Jeg trodde vitsen var at vi var frie til å gjøre det vi ville, uansett hva vi ville?

Gudrun: Går du med på dette, Shervin? At noen skal ha enerett på deg? Det er ikke deg ... Det har du aldri ment før!

Shervin: Følelsene til Fatima-My er viktigere for meg enn hva både du og jeg mener prinsipielt. Og jeg tror ikke egentlig jeg har behov for mer enn én partner. Jeg fyller faktisk syttien.

Fatima-My: Du er ikke gammel!

Gudrun: Det har du helt rett i, gullet! Han jobber bare for mye. Det er ingen grunn til at vi ikke kan være sammen alle tre.

Shervin: Det har ikke vært en enkel avgjørelse, Gudrun. Men det må bli sånn nå.

Gudrun: At dere stenger meg ute?

Shervin: Jeg skulle ønske at vi kunne tatt dette ansikt til ansikt, Gudrun. Vi har tross alt vært sammen en liten mannsalder. Men jeg syntes ikke det var riktig at du ikke skulle få vite noe, heller, nå som det er bestemt.

Fatima-My: Vi kom til at det viktigste er å være åpne om alt.

Gudrun: Å være åpne om å stenge meg ute? Hva slags hykleri er dette?

Shervin: Du vet at vi alle jobber for at folk skal dele og gi av seg selv. Men vi har jo sett at det er viktig å ha frihet til å velge bort det man ikke vil dele også?

Gudrun: Jeg skal i hvert fall dele alt, slik jeg alltid har gjort. Og dette er noe av det jævligste jeg har opplevd. Nå skal dere høre på meg ...

Shervin: Kanskje du skal la det synke litt?

Gudrun: Nei, dette vil jeg dele nå! At min egen datter nekter kjæresten min å være sammen med meg, og påstår at det har noe med frihet å gjøre ...!

Shervin: Jeg skjønner at du er opprørt, men hvis vi snakker sammen i morgen ...

Gudrun: Og du, Shervin ... ditt svin! Vi har sloss sammen for et åpent samfunn. Jeg har gått i krigen for prosjektet ditt, ofret alt, og nå som du ser at jeg får Mandatet mot meg, svikter du meg for å redde forskningen din! Og legger an på dattera mi. Du er bare en kynisk, redd, liten, slibrig gris, det er det du er!

Shervin: Denne bitterheten hadde du ikke behøvd å dele.

Fatima-My: Det må gå an å ha en god tone.

Gudrun: Ærlige mennesker tåler ærlig menneskelighet.

Shervin: Man kan kanskje prøve å dele det beste av seg?

Fatima-My: Dritten din kan du holde for deg selv, mamma!

Gudrun: Vi skal elske alle deler av mennesket.

Fatima-My: Det er undiva! Ingen vil ha del i dritten din!

Gudrun: Ikke noe menneskelig er dritt.

Shervin: Kanskje du kan ta en tur innom her hjemme snart?

Fatima-My: Ja, Shervin har rett. Så snakker vi rolig sammen.

Gudrun: Og du ... undiva er det faktisk ingen som kan vite noe som helst om. Såpass burde du ha fått med deg.

Shervin: Kanskje allerede neste uke?

Fatima-My: Du kan ikke bare jobbe, du heller?

Gudrun: Jeg tror kanskje jeg gir faen i å reise hjem i det hele tatt.

*

Neste morgen avlyste Gudrun alle møter og la ut på en lang fottur i Tararua-fjellene nord for bosetningen. Hun hadde med seg overnattingsutstyr, for, som hun forteller i sine erindringer, «jeg følte at det ville være på sin plass å fryse meg igjennom en kullsvart natt ved foten av Pukemoumou.» Navnet betydde «Ødefjellet» på språket til de første innbyggerne på stedet.

Gudrun lot seg på godt og vondt styre av følelser. Selv om det la henne åpen for smerte, ga det henne også energi. Skuffelsen, sinnet og bitterheten over å bli avvist omsatte hun denne natten i ubøyelig trass mot Mandatets korrupte tilhengere av kommersielle Nannysamfunn. Hun erkjente at hennes egne prioriteringer hadde bidratt til at hun ikke hadde kunnet holde på familien; hun hadde selv latt drømmen om et bedre samfunn være viktigere enn privatlivet. Derfor bestemte hun seg også for at om hun hadde tapt alt annet, så skulle hun i hvert fall vinne kampen om fremtiden.

Som alle andre noenlunde bemidlede innbyggere hadde også Gudrun installert en kvante-Nanny, og som en fremstående representant for Mandatet kunne hun overstyre de fleste tilgangsbegrensningene som var lagt inn av de kommersielle aktørene. Det var derfor svært urovekkende da hun på vei tilbake til Hotel Grand Kelburn Bellevue mottok en kort og hatsk melding: «Fratre», uten at det var mulig for henne verken å spore avsenderen eller respondere på henvendelsen.

På hotellrommet i tolvte etasje oppdaget hun at det var brent et hull i hodegjerdet rett over hodeputen i hotellsengen. Hullets diameter var på størrelse med en finger, og vinkelen tydet på at det måtte ha blitt laget av en laserdrone utenfor vinduet. Ettersom hun ikke hadde gjort noen hemmelighet av at hun overnattet utenfor hotellet, var det nærliggende å tolke laserskuddet som en advarsel heller enn et attentatforsøk.

Gudruns første reaksjon, slik hun selv skildret den, var at hun måtte være nærmere å lykkes enn hun selv forsto, siden motstanderne hadde gitt henne to advarsler i rask rekkefølge. Hun var heller ikke i tvil om at det var apparatet til sikkerhetskommissær Wang Wayan som sto bak, selv om det var første gang hun hadde opplevd å bli truet på livet direkte.

Etter en ny, grundig gjennomgang av forhandlingsposisjonene sine måtte hun innse at sjansen for at hun skulle lykkes, var like dårlig nå som tidligere, og at truslene heller var en understrekning av at hun som Mandatets øverste ansvarlige for Global Enhet ikke lenger hadde kontroll med teknologien på det området hun var satt til å administrere. At det var krefter som ville bli kvitt henne, var ikke nytt, men at de våget å gi så direkte uttrykk for det, og at de hadde makt til å hindre hennes tilgang til informasjon, tydet på at de hadde styrket seg. Etter Gudruns vurdering kunne det bare bety at Chu Fa stilte seg bak Wang Wayan og korporasjonene.

Hvordan Wang Wayan hadde kunnet overtale generalsekretæren til å overprøve henne og hvorvidt korrupsjonen gikk helt til topps i Mandatet, kunne Gudrun bare spekulere i, men overmakten var et faktum hun måtte forholde seg til.

Gudrun kunne ikke vite det på dette tidspunktet, men den hemmelige sikkerhetsseksjonen Wang Wayan hadde brukt mot henne, skulle senere utvikle seg til det beryktede Martyriet. En forutsetning for å bli valgt ut til tjeneste i Martyriet, var en ubrytelig lojalitet til Mandatets globale oppdrag og til sikkerhetskommissæren personlig. Agentene skulle etter hvert få mulighet til å overstyre alle tilgangsbegrensninger, men samtidig som de fikk tilgang til alle Nannyer og informasjonsbanker, ville de også få absolutt forbud mot å kommunisere med andre enn sine overordnede. Slik sett ville de være dømt til å stå utenfor samfunnet, noe som også forklarer hvorfor de fikk oppnavnet «martyrer».

Gudrun måtte i hvert fall se i øynene at hun ikke lenger hadde støtte av et eneste menneske, selv ikke sine nærmeste. Kampen mot de kommersielle Nannysamfunnene var tapt, og hun forlot kommissærstillingen «av helsemessige grunner».

På dette tidspunktet hadde også bruddet med Shervin blitt offentlig kjent. For første gang gjorde Gudrun gode miner til slett spill og pyntet på sannheten i offentligheten. Hun formet avskjeden med Shervin som en takketale, hvor hun særlig trakk frem alt han hadde gjort for å hjelpe henne ut av sorgen etter Javeeds død et kvart århundre tidligere, og i fortsettelsen av dette delte hun noen allmenne betraktninger om kjærligheten:

Kjærligheten, denne voldsomme kraften vi alle opplever som et spørsmål om liv og død ... som gjør at et par holder sammen i tykt og tynt, at foreldre samarbeider med alt de eier og har om å ta vare på sine barn ... Hvor var vi uten den? Og sjalusien, kjærlighetens onde tvilling, som sørger for at det høstes der det sås, og som vokter kjærlighetens forpliktelser... Hvor var vi uten den? Svaret er: Her! Her og i morgendagen. Allerede i dag er kjærligheten overflødig for å videreføre den enkeltes gener. Sosiale og bioteknologiske fremskritt har redusert kjærligheten til et utdatert huleboerinstinkt. For den moderne Homo Dividuus er kjærligheten en absurd begrensning som vil bli selektert bort, for vi kontrollerer vår reproduksjon på mye mer siviliserte måter enn før og behøver ikke lenger å la oss styre av fortidsmenneskets primitive følelsesstormer.

Selv om offentligheten kan ha latt seg imponere av Gudruns raushet i avskjeden med Shervin, må vi tro at Fatima-My tok talen som en personlig fornærmelse mot den kjærligheten hun hadde satset alt på. Vi kan bare spekulere på om hun følte forakt for morens smålige spott, eller om hun drømte om hevn for ydmykelsen. Begge deler er mulig i lys av hva som siden skjedde mellom dem.

Hva vettløs kjærlighet og sjalusi angår, skulle menneskets potensial vise seg å være uforminsket helt til universell AI-optimering brakte arten opp på det nivået vi kjenner i dag.

*

Verdens Ende hadde ikke forandret seg mye på tretti år. Foran det gamle retreatet hadde det kommet opp en tett frukthekk med pærer og plommer, innevd med bønnestilker og tomatplanter. Hekken beskyttet mot innkikk fra en ny lavblokk på naturtomten vis-à-vis, og et smijernskilt over porten viste et fremmedartet symbol som kanskje kunne være en nøkkel:

«Terra-pi,» smilte Philip.

Den bløte humoren var en av de få tingene Gudrun aldri hadde forsonet seg med hos Philip, men hun følte ikke at hun var i en posisjon til å kritisere. «Morsomt,» sa hun, og kjente enda en gang at det var uvant å være avhengig av verbal kommunikasjon. Philip hadde nektet å implantere en personlig Nanny, og brukte bare gjesteterminalen i fellesrommet når han hadde nødvendige ærender på Nannynettet.

Alle gjester ble oppfordret til å suspendere all Nannykommunikasjon under oppholdet, for under Philips ledelse hadde ferieterapien tatt en ny vending, bort fra Gudruns utadvendte sosialiseringsterapi og mot en personlig zen-opplevelse av kropp og natur. En typisk aktivitet kunne være dykking på korallrevene med gorgoner, piskekoraller, svamper og stimer av sommerfuglfisk og barrakudaer. Eller seiling gjennom skjærgården i frisk bris, eller båtbygging og andre kurs med fokus på praktisk mestring, som taktekking og hagestell – kurstilbud som også var nyttige for vedlikeholdet av eiendommen.

Gudrun hadde gruet seg for møtet og hadde forberedt seg på å gå flere runder med Philip for å komme til en forsoning etter den brå avskjeden trettien år tidligere. Han hadde bare smilt og funnet et rom til henne som om ingen ting hadde skjedd. Gudrun reflekterte over dette i sine erindringer:

Jeg grep meg i å tenke at han oppførte seg som en hund som har all rett til å føle seg mishandlet, men allikevel tar logrende imot sin eier. Så innså jeg det jeg egentlig alltid har visst, nemlig at han verken var opportunistisk eller ufølsom. Philip hadde en stoisk holdning til livet. Han tok omskiftelighetene til etterretning, fordomsfritt og uten forventninger om fremgang eller rettferdighet, og gjorde det beste ut av de omstendighetene som rådde. Så ulikt meg, som bare styrter av sted med et grenseløst engasjement for uoppnåelige ideelle mål! Jeg tror kanskje jeg har noe å lære av ham.

Etter alle sine fruktesløse reiser og forhandlinger later det til at Gudrun på dette punktet i livet hadde behov for å vende blikket innover. Bitterheten mot Mandatet og korporasjonenes utbytting av verdens folk gnagde likevel i henne, og konflikten mellom frustrasjon og avmakt måtte få utløp i en aktivitet som i hvert fall tilsynelatende bidro til å skape rettferdighet.

Grunnlaget for å organisere en passiv motstand fant hun i sin avdøde svigermor Fatimas tanker om det kollektivt ubevisste. «Det guddommelige,» hadde Fatima fremholdt, «er i sin natur hinsides menneskelig fatteevne og kan derfor aldri bevises eller motbevises. Bare gjennom meditativ konsentrasjon kan menneskets begrensede sinn ane storheten i det guddommelige og bli seg bevisst sin deltagelse i det altomfattende ubevisste.»

For Gudrun ble det en åpenbaring å gjenoppdage at den kosmiske visjonen som lå bak de siste tretti årenes utrettelige arbeid med møter, finansiering, intriger og politiske hestehandler, også kunne finne et religiøst uttrykk. Hun satte seg fore å nå målet på en helt direkte måte: ved å gripe rett inn i verdenssjelen. Og verdenssjelen – i hvert fall i den fattbare delen av universet – var for alle praktiske formål summen av alle følelser som fór på kryss og tvers i Nannynettet.

Gudrun avslo derfor å suspendere Nannytilkoblingen sin. Tvert imot begynte hun å organisere meditasjonsseanser som skulle motvirke flommene av skadefryd, hat og misunnelse ved å stråle ut i nettverket en følelse av velvære, tilgivelse og godhet. På det meste var de sju stykker som mediterte sammen for en bedre verden.

Det kan ikke herske stor tvil om at dette tilbakefallet til oldantikkens overtro representerte et lavpunkt i Gudruns karriere. Til hennes forsvar kan bare anføres at hun var utslitt av mange års rovdrift på sine egne ressurser og trengte mental hvile etter knusende nederlag både privat og profesjonelt.

Philip så klart at Gudruns virkelighetsflukt var i ferd med å lamme henne intellektuelt, men han så også at Gudrun trengte å samle krefter, så han lot henne holde på med dette i flere år før han gjorde et forsøk på å få henne engasjert i hva som skjedde i verden rundt dem.

Til tross for at aske fra vulkanutbrudd og røyk fra omfattende skogbranner hadde bidratt til å bremse den globale oppvarmingen etter Cairus-nedslaget, hadde klimaendringene fortsatt. Den sørlige delen av Europa var en ørken allerede før flodbølgen i Middelhavet la store deler av Hellas og Italia øde, og langvarig tørke i årene som fulgte, gjorde situasjonen enda mer prekær for innbyggerne. Sør for Alpene fantes bare ørkennomader, og på det meste av kontinentet levde flertallet i stor fattigdom. Det hadde rett og slett utviklet seg en stor underklasse uten materielle ressurser eller Nannytilkobling, og uten implanterte nanokomputere hadde underklassen heller ikke tilgang til nanobotisert vedlikehold av kroppen eller AI-assisterte kognitive ferdigheter.

Ved siden av å optimalisere mentale ferdigheter med kunstig intelligens begynte det også å bli vanlig blant de bedrestilte å oppgradere kroppen med genterapi og Nannystyrte implantater. Alt etter hvor omfattende oppgraderingen var, ble den enkelte klassifisert på en skala for Optimaliserte Organismer som gikk fra Antropomelior OO-1 til Antropomelior OO-6. Gudruns avanserte kvante-Nanny hadde gitt henne en OO-3-rangering.

Det sa seg selv at kløften mellom den bemidlede Antropomeliorklassen og den fattige Homo Sapiens-klassen var økende, og at det bare var et tidsspørsmål når ulikheten ville eksplodere i et opprør.

Da Philip først fortalte Gudrun om millionene av underprivilegerte som organiserte seg i motstand mot det de kalte Mandatets og oligarkenes tyranni, nektet hun først å tro ham, for i Nannynyhetene fra hennes leverandør var ikke dette hendelser som kunne konkurrere med sosietetsskandaler i det mondene Samarkand eller blodige mord i fristaten Pyongyang. Først da Philip koblet henne til satellittbilder av rasende folkemasser som strømmet gjennom gatene i badebyen London, måtte hun erkjenne at protestene var virkelige.

«Hva var det jeg sa? Systemet er korrupt,» sa Gudrun.

«Uroen som sprer seg blant de underprivilegerte, er kanskje den kraften som skal til for å tvinge Mandatet på rett spor?»

«Hvorfor skulle de bry seg?» svarte hun. «Hundene bjeffer, men karavanen fortsetter.» Så fortsatte hun å meditere i enda lengre strekk.

Philip hadde en partner, Ajna, som var kunsthåndverker. Det var derfor ikke gitt at Gudrun kunne gjenoppta sitt intime forhold til Philip, men Ajna delte Philips frisinnede stoisisme og hadde ingen ting imot å la Gudrun tre inn i husholdningen. Kan hende begynte Philip og Ajna også å gå lei av hverandre. I hvert fall beskrev Gudrun vertsparet som at «de så ut som og oppførte seg som søsken, med langt lyst hår og jordfargede tunikaer» og hintet om at hun opplevde en uventet lidenskap hos Philip. Philip er likevel en vag figur i Gudruns erindringer, det er som om han var for stillfaren i det daglige til at den utadvendte og rastløse Gudrun klarte å lytte seg inn til ham og danne seg et helt bilde.

Slik gikk dagene for Gudrun, med andrekone-plikter og meditasjon, mens Ajna holdt kurs i veving, fargeterapi og kryddermedisin. Da det brøt ut en Marburg-epidemi blant Homo Sapiens-arbeiderne i coltangruvene i Kongo vest for Kivu, forsøkte Philip på nytt å få Gudrun engasjert i verdensbegivenhetene.

«Det var et kynisk overgrep at Mandatet ikke tok seg råd til å immunisere arbeiderne mot viruset,» sa Philip.

«Er det ikke en privat korporasjon som driver gruvene?» spurte Gudrun.

«Den gjør det på bestilling av Mandatets romprogram. Mandatet og korporasjonene er ett.»

«De er vel strengt tatt ikke det.»

«Fortell det til de pårørende etter de hundre tusen rasende opprørerne som ble slaktet ned ved Kisangani,» svarte Philip.

«Du kan ikke forholde deg til ekstremistisk løgnpropaganda. Mandatet er korrupt, men det driver ikke med massemord.»

Så fortsatte Gudrun med sitt, og Philip ble for alvor bekymret for at Gudrun aldri ville klare å bryte ut av sin apatiske fornektelse. Han visste likevel at hun hadde blitt truet på livet, og unnskyldte henne med at hun kanskje var redd for represalier hvis hun på nytt satte seg opp mot Mandatet.

Blant de underprivilegerte Homo Sapiens, som ikke hadde noe å tape, tiltok imidlertid misnøyen med Mandatet. Opprørerne dannet et globalt forbund, *antiMOT*, for å samordne aksjonene mot det som nå hadde blitt et begrep: Mandatets og Oligarkenes Tyranni. I 2075 kulminerte motstanden i en verdensomspennende oppstand.

Brasilia ble beleiret av antiMOT-styrker etter at regjeringen hadde solgt halvparten av landets energiforsyning til drift av korporasjonenes Nannynett. I Kinas Yunnan-provins, med en topografi som var som skapt for geriljakrig, ble det autoritære keiserdømmet utfordret av en hær av rasende fattigbønder. Og i St. Louis i sambandsstatene samlet tre millioner seg under fanen «Holy Hillbillies» for å marsjere mot Mandatets vestlige hovedkvarter i Chicago, bevæpnet med automatvåpen fra tiden før våpenforbudet på 2030-tallet.

«Du har gjort en historisk innsats som både Mandatet og opprørerne har respekt for,» sa Philip. «Om du ikke kan skape fred, kan du i det minste prøve å hindre at det blir en blodig oppstand og prøve å få partene til forhandlingsbordet.»

«Jeg fikk aldri utrettet noen ting og kan ikke gjøre krav på noens respekt,» svarte Gudrun. «Derfor er det heller ingen ting jeg kan gjøre nå.»

«Du kan i det minste ta tilbake din egen selvrespekt.»

«Du burde få deg en Nanny, Philip. Da ville du visst at verden bare har avsky til overs for disse oppviglerne. Folk flest skjønner at verden trenger en fast ledelse, og de skjønner godt at ikke alle prioriteringer kan gå i deres egen favør.»

«Kjære deg, Gudrun, folk flest har ikke Nanny i det hele tatt. Er du klar over hvor mange sultne og utbyttede milliarder mennesker som står utenfor OO-boblen din?»

«Det er opptil den enkelte å bli med. Mandatet insisterer på valgfrihet, det tvinger ingen til noe som helst,» svarte Gudrun.

Gudrun roser i sine erindringer Philip for at han ikke røpet for henne at han etter denne samtalen forsto hvor omhyggelig korporasjonenes Nannyer manipulerte henne og andre kunder, for hvis hun hadde utstrålt uro eller mistanke i denne situasjonen, ville garantert Mandatets overvåkingssystem ha fanget opp sentimentet. I stedet dro Philip på en seiltur over Skagerrak til en opposisjonell venn i København. En uke senere kom han tilbake med en liten ampulle som han i smug tømte i Gudruns nypete.

Ampullen inneholdt et kvantevirus som i løpet av det neste døgnet fant veien fra Gudruns magesekk til operativsystemet for den implanterte kvante-Nannyen. Der brøt det forbindelsen mellom Nannyen og Gudruns nervesystem og foret i stedet Nannyen med tilforlatelige og tilfeldige sekvenser av dagligdagse stemninger som Nannyen kunne viderebringe ut på nettet. For å opprettholde en rudimentær kommunikasjonsevne installerte viruset også en utdatert, viljestyrt Nanny fra tiden før Cairus, slik at Gudrun kunne sette seg i kontakt med de hun måtte ønske uten å engasjere det ubevisste.

De første dagene var Gudrun slapp og tiltaksløs og klaget over at alle nyhetene hun fikk servert var usedvanlig deprimerende, men etter hvert som alvoret i verdenssituasjonen gikk opp for henne, ble hun mer og mer oppbrakt og frustrert over at hun ikke kunne gjøre noe. Da Philip endelig røpet hva han hadde gjort, våknet raseriet mot Mandatet og trangen til handling.

Noen dager senere ble hun ført med en karavane gjennom den greske ørkenen. Opprørernes sentralkommando hadde slått leir mellom sanddynene over ruinene av Athen, og Gudrun ble vist opp de oldantikke marmortrappene til platået hvor generalstaben hadde etablert seg. Foran henne lå Akropolis med brukkede søyler, som et forsteinet hogstfelt i et hav av grus og sand.

«Sannhet er viktigere enn fakta,» sa de i gamle dager.

De hadde naturligvis tatt inn over seg at den maskinelle intelligensen som en Nanny representerer, kunne systematisere kolossale mengder fakta. Den kunne foreta et uendelig antall kalkulasjoner på et øyeblikk og assimilere de mest kompliserte modelleringer av tid og rom i et uendelig antall dimensjoner. Men til tross for at førmenneskene erkjente Nannyens overlegne kapasitet, mente de at Nannyen aldri selv ville kunne forstå hva den skulle bruke kreftene på. Slik de så det, var menneskehjernen, som kan knapt huske alle trekkene i et enkelt sjakkspill, helt nødvendig for å kontekstualisere informasjonen, veie vage hensyn mot hverandre og sette opp fornuftige prioriteringer hvis det ikke fantes et fullstendig datagrunnlag for vurderingen. Med andre ord: skape en sannhet i villniset av informasjon.

Å, så feil de tok.

Nannyen kan kodes med kriterier og usikkerhetsmarginer og akseptable odds for en kalkulert risiko, og den viser et betydelig sikrere instinkt og en større evne til læring enn den labile menneskehjernen, som uopphørlig er i sine følelsers vold.

Den ene tingen som gjør menneskehjernen unik og interessant, er undiva. Alt rotet og grumset som fører til at uventede assosiasjoner dukker opp, at en person følger absurde innfall, handler i strid med sine egeninteresser eller i dyp søvn opplever en livaktig drøm om å bli sperret inne bak stripene på en tiger. Det hensiktsløse og vilkårlige rotet som aldri kan prognostiseres av en rasjonell hjerne, det er for meg essensen av et menneske. Derfor mener jeg også at dette aspektet også må med i en fremstilling dersom den skal si noe sant om menneskelig historie.

Ikke uventet har dette synspunktet ført til konflikter med det kollektive fagminnet, som helst vil se en historisk lovmessighet i alle prosesser. Makt og motmakt, vekst og fall, aksjon og reaksjon. Men at jeg ikke lenger blir tatt alvorlig, er en god ting akkurat nå, for det betyr at jeg kanskje vil bli latt i fred til jeg har fullført verket mitt. Hvis fagminnet nå plutselig skulle ta meg alvorlig som en politisk trussel, ville jo det måtte fremstå som kritikk av dets egen beslutning om å avvise min betydning.

Det kan godt hende at jeg er helt på viddene. Kanskje er mine spekulasjoner om disse historiske figurenes indre liv totalt misvisende, eller i beste fall et spill av tid og energi? Jeg trøster meg med at forsøket i så fall, enten jeg vil eller ikke, forteller litt om min egen menneskelighet, og derfor, indirekte, litt om resten av menneskeheten også.

Min egen OO-profil reflekterer dette synspunktet. Jeg har ingen interesse av økt fysisk eller sosial kapasitet. Utover de vanlige helseoppgraderingene og en Nanny med litt ekstra hukommelse har jeg bare potensert kryssforbindelsene i hjernen for økt kombinasjonsevne og kreativitet, i tillegg til at jeg har fått satt inn en empatiaselerator for sterkere innlevelse. Jeg er en OO-27, men jeg har kjent folk opp til nivå OO-74. Så får et eventuelt publikum dømme om jeg har lykkes i å fange noen av de forunderlige motsetningene som gjorde at historiens aktører var de de var og handlet slik de gjorde.

For hva foregikk egentlig inne bak Philips blonde manke? Var Gudrun hans livs kjærlighet, eller så han henne i bunn og grunn som et tilbakelagt kapittel? Var han til og med bare sånn passe fornøyd med at hun dukket opp igjen?

Det er bevart enda et av Javeed Wisters små vers til Gudrun, som han skrev da han var som mest forelsket en gang midt på 2020-tallet:

Blubbebryster, bleke barmer
Tohåndsrumper, hengearmer
Passe blåøyd, blasse blikk
Botox fra en chic klinikk

103

Men de nette små brunetter
Som jeg alltid setter etter
Er gaseller på savannen
Løper lett fra løvehannen

Javeed var uten tvil svært inntatt i Gudruns mørke sjarm og hadde særdeles lite til overs for bleke blondiner. Mens Gudrun var relativt mørk, var altså Ajna blond. Kan Philips lidenskap rett og slett ha skyldtes at han var lei av Ajna? Tenkte han på Gudrun som en eksotisk, eller kanskje en nostalgisk avveksling? På den annen side: Det kan jo ikke ha vært verken gratis eller risikofritt å få tak i kvanteviruset som befridde Gudrun fra Nannyens grep. Mente Philip likevel i dypeste alvor at Gudrun hadde en livsoppgave som var større enn livene til dem begge?

Eller kanskje Philip både ville og ikke ville ha Gudrun boende hos seg? Kanskje avgjørelsen ble som den ble fordi han følte seg alene sammen med de to kvinnene og rett og slett hadde lyst til å seile over havet og ta et glass med en gammel kompis?

I så fall kan jeg forstå ham. Selv om jeg har Karma, begynner jeg å merke påkjenningen ved å være her oppe i mange måneder uten å ha noen jeg kan dele tankene mine med.

Tro om martyrene følte det på samme måte? De ga for all tid avkall på kontakt med andre mennesker for å ofre seg for en større oppgave.

Var det slik Philip tenkte på seg selv også? Og hva med meg? Er det bare patetisk hvis jeg innbiller meg at jeg kan sammenlignes med en martyr?

Kan vi sammenlignes med noen andre, noen av oss, med hver vår unike og rotete undiva?

10

Gudrun: Jeg tror du kan ha nytte av meg.

Giovanni: Så det tror du! Jeg har ingen annen nytte av deg enn det jeg kan få i løsepenger, Signora.

Gudrun: Løsepenger? Jeg beklager å si det, men du ville fått mer hvis du hadde bedt om en skuddpremie.

Giovanni: Jeg er ikke så sikker på det. Hvis Mandatet ønsket deg død, ville du ikke sittet her.

Gudrun: Hvis jeg ikke hadde sittet her, hadde ikke Mandatet hatt noen grunn til å ønske meg død. Hvorfor tror du jeg har levd utenfor offentligheten i tjue år?

Giovanni: Ja, hvorfor det? Se rundt deg, se hvordan vi lever her! Støv, sand og ørken! Kunne du fått noe bedre liv enn å trekke deg tilbake til en tropestrand med flust av penger?

Gudrun: Du kunne sittet på en tropestrand selv, Commandante.

Giovanni: Jeg har en plikt mot generalene som har valgt meg, og mot mennene og kvinnene som har valgt å følge generalene.

Gudrun: Tror du at du er et strålende unntak? At alle andre er ryggesløse egoindividualister? Vi føler alle en plikt mot det folket vi er en del av.

Giovanni: Ditt folk er oligarkene.

Gudrun: De tvang meg bort med drapstrusler. Så høyt var det de elsket meg!

Giovanni: Du tapte en maktkamp og dro i eksil. Det gjør deg ikke til en folkehelt.

Gudrun: Hva mer kreves det, enn å bli slått i bakken av folkets fiender?

Giovanni: Å beseire fienden, det er det som trengs! Jeg har ikke bruk for en avblomstret pratmaker.

Gudrun: Er du sikker på det? Kjenner du Mandatets irrganger? Kjenner du tankemåten til de som fatter Mandatets beslutninger?

Giovanni: Mye har skjedd på de tjue årene som har gått siden du var kommissær, Signora.

Gudrun: Det får vi håpe. Men det viktigste som har skjedd, er at sikkerhetskommissæren som motarbeidet meg og truet meg på livet, nå har blitt generalsekretær.

Giovanni: Ja så? Du kjente Wang Wayan for tjue år siden?

Gudrun: Bedre enn jeg skulle ønske, Commandante. Både hensynsløsheten og grådigheten, men også forfengeligheten og overmotet. Det er ingen som kan gi deg bedre råd enn meg om hvordan det er best å nærme seg ham.

Giovanni: Jeg vet ikke om du fortjener beundring eller forakt. Så dette har du ventet på i tjue år, en anledning til å hevne deg og ta jobben tilbake!

Gudrun: Jeg vil ikke tilbake i kommisjonen, men jeg er fast bestemt på at oligarkenes makt må brytes.

Giovanni: Hvorfor skal jeg tro på det? Jeg tror du er en sleip streber.

Gudrun: Jeg er realist. Før oppstanden vokste i bredde og styrke, fantes det ingen mulighet.

Giovanni: Du kunne prøvd å skape en mulighet?

Gudrun: – –

Giovanni: Du kunne mobilisert opposisjonelle, i stedet for å dra deg på stranden?

Gudrun: Jeg kunne kanskje det, men jeg kunne ikke.

Giovanni: Kunne ikke, eller ville ikke?

Gudrun: Jeg var svekket, fysisk og psykisk, og ble et lett offer for Nannysamfunnenes påvirkningsstrategi. Nå har jeg levd tjue år i en uvirkelig boble, suggerert til å tro at krusningene i fuglebadet skyldtes solgangsbrisen. Jeg oppdaget ikke at det var et jordskjelv som ristet i samfunnsstrukturen.

Giovanni: Men du oppdaget det?

Gudrun: Jeg avinstallerte Nannyen. Viruset lever i meg fremdeles, og smitter aktivt.

Giovanni: – – ?

Gudrun: Jeg er befengt med klarsyn, så å si.

Giovanni: Vi er flere som er befengt, og sammen skal vi spre epidemien over hele verden. Uten kunder har korporasjonene verken penger eller makt.

Gudrun: Det er det jeg lever for.

Giovanni: Velkommen til oss da, Signora.

*

Opprørskommandant Giovanni Villagrande var født av velstående vinbønder på Sicilia i 2031. Han skal ha hatt gode minner om en sorgløs barndom mellom vinrankene på familiegården utenfor Taormina, helt til Cairus-fragmentet slo ned i Middelhavet vest for Kreta og skylte vekk både familien og velstanden. Unggutten sto med ett helt alene i verden, og vinmarkene var gjennomtrukket av saltvann og ville ligge brakk i mange år.

For å få råd til utdannelse, vervet Giovanni seg til hæren. Etter endt offisersutdannelse meldte han seg som frivillig på somaliernes side da landfaste Etiopia midt på 2050-tallet prøvde å utnytte kaoset langs kysten til å skaffe seg adgang til Det indiske hav. Giovannis slekt hadde hatt store eiendommer sør i Somalia allerede tidlig på 1900-tallet, da landet var italiensk koloni, så krigstjenesten var kanskje også et forsøk på å gjenopprette et følelsesmessig bånd til slekten og dens historie.

Motstandskampen var forgjeves. Den etiopiske hæren valset over motstanden og erobret i løpet av en tre måneders offensiv en bred korridor langs Leopardelven fra Beledweyne til Mogadishu. Giovanni avla også et besøk på ruinene av sine forfedres bananplantasje, men han innså raskt at det ikke var noen fremtid for ham der og reiste tilbake til Italia, hvor han fullførte advokatutdannelsen. I tiåret etter 2060 arbeidet han vesentlig med folkerettslige spørsmål og ble mer og mer engasjert i den globale motstandsbevegelsen mot Mandatets og oligarkenes hegemoni.

I 2071 sluttet han seg til antiMOTs sentralledelse, hvor han ble en førende kraft og lot seg velge til kommandant ved utbruddet av den globale oppstanden i 2075.

Årsakene til at Mandatet ikke hadde evnet å trekke de store massene med i velstandsøkningen etter gjenoppbyggingen, var sammensatte. Viktigst var det at korporasjonenes økonomiske eliter også dominerte de statene som finansierte det meste av Mandatets virksomhet, slik at oligarkene kunne legge føringer på Mandatets politikk. Det var ikke bare Gudruns arbeid for Global Enhet som ble påvirket; også nødhjelpsressurser ble kanalisert til regioner hvor korporasjonene hadde investert tungt og ville få hjulene i gang igjen så raskt som mulig. De områdene som var hardest rammet og hadde lengst vei å gå før de igjen kunne bli produktive, stilte bakerst i køen.

En annen årsak var at kommissærene i større grad var utpekt på bakgrunn av praktisk gjennomføringsevne enn en evne til langsiktig og visjonær tenkning. Det var aldri en diskusjon i Mandatet om politikken kunne føre til økte sosiale og økonomiske forskjeller, og om dette kunne føre til uønskede konflikter på lengre sikt. Tvert imot, Chu Fa måtte etter to perioder forlate posten som generalsekretær på grunn av personlig korrupsjon.

Han ble erstattet av Manya Beljajeva (tre perioder, 2054–2066). Selv om hennes hederlighet aldri ble trukket i tvil, hadde hun en bemerkelsesverdig blindhet for politiske og sosiale forhold. Det hun ble husket for, var de storstilte teknologiske satsningene hun gjennomførte, og som Homogaius i stor grad kan takke for dagens avanserte samfunn.

Manya hadde tre naturvitenskapelige doktorgrader og forsto at dersom miljøet og økonomien skulle stå til å redde, krevdes det en sterk forskningsinnsats på de tre feltene som så vidt er nevnt: nanoteknologi, magnetisme og positronenergi. Forskningen på nanoteknologi var ikke bare grunnlaget for Nannynettet, men også for å gjøre fremskritt med diamagnetisme og ultramagneter, som igjen var en forutsetning for å holde antimateriepartikler stabile i en positronreaktor. Positronreaktoren var i sin tur en forutsetning for satsningen på romfart. Uten romfart ville det ikke bli noen Helium-3-gruver på månen, og uten Helium-3 ville hun ikke kunne lykkes med å bygge et tilstrekkelig antall fusjonsreaktorer til å skaffe Jorda nok miljøvennlig energi.

Manya var en briljant teknokrat og organisator, men neglisjerte politiske og sosiale problemstillinger. Dette skapte spenninger som lå som en latent bombe under samfunnsutviklingen, og da Wang Wayan tok over i 2066, gjorde han lite for å komme en krise i forkjøpet.

Wayan var korporasjonenes kandidat og var preget av korporasjonenes tradisjonelle markedstotalitaristiske tilnærming, som ikke tok hensyn til at å være underprivilegert ikke lenger var det samme som å være uvitende. Selv de aller fattigste hadde tilgang på øyeblikkelig informasjon om alt som skjedde overalt i verden, og de tok i bruk moderne kommunikasjonsteknologi for å organisere seg.

En lang karriere i Mandatet hadde gjort Wayan til en dyktig maktpolitiker, men den globale oppstanden så han ikke komme før han fikk den midt i ansiktet. Han ble ikke mindre betenkt da det gikk opp for ham at mange profilerte personer, blant dem Gudrun, hadde sluttet seg til opprørerne.

Det er ikke dokumentert at Wayan var i kontakt med Gudrun, men ettersom de var kjent fra gammelt av, er det heller ikke helt usannsynlig.

*

Wayan: Gudrun?

Gudrun: Hva skylder jeg den æren, Øverste Wang?

Wayan: Det er jo lenge siden vi har snakket sammen?

Gudrun: Desto underligere, kanskje?

Wayan: Altfor lenge, mener jeg. Men jeg har nølt. Vi hadde jo våre uoverensstemmelser ...

Gudrun: Jeg fikk utilslørte drapstrusler, om jeg ikke husker feil?

Wayan: Forretninger, Gudrun. Det var ikke personlig. Men alt det der er lenge siden.

Gudrun: Hva vil du?

Wayan: Jeg har stor respekt for deg, Gudrun. Og jeg følger jo litt med, det er en del av jobben, så å si. Og så oppdager jeg at du har sluttet deg til en gruppe opprørere?

Gudrun: Ikke én gruppe, vel? Gruppen av opprørere, er det vel riktigere å si? Det er snakk om en samordnet bevegelse over hele kloden.

Wayan: Kall det hva du vil. Jeg bare lurer på om du kan hjelpe meg å forstå dette? Jeg har alltid hatt sans for ditt mål om å forene alle mennesker. Men jeg skjønner ikke hva det er som nå plutselig får deg til å motarbeide den eneste organisasjonen som er i stand til å samordne arbeidet for å møte klodens utfordringer?

Gudrun: Det står klart for meg at Mandatet ikke lenger forener kloden, men splitter. Mandatet har sviktet sitt opprinnelige mandat.

Wayan: Mandatet har tilslutning fra alle stater i hele verden, Gudrun.

Gudrun: Mandatet har tilslutning fra korporasjonene som dominerer statene. Det er noe helt annet.

Wayan: Organisasjonen er kanskje ikke perfekt, men hva er alternativet? Kaos og anarki?

Gudrun: For de underprivilegerte blir ikke situasjonen verre om Mandatet forsvinner. Så lenge Mandatet har eksistert, har det misbrukt sin makt til fordel for oligarkene. I stedet for å sørge for en levelig tilværelse for alle, har Mandatet plyndret massene for å øke rikdommene til de som allerede har for mye.

Wayan: Du gjør meg forvirret, Gudrun. Ordene dine er så harde, men likevel fornemmer jeg at du føler deg lett om hjertet?

Gudrun: Hvorfor er det rart? Som du var inne på selv, er det ikke personlig.

Wayan: Er det ikke? Har du tilgitt meg?

Gudrun: Jeg har glemt og fortrengt. Jeg vil ikke gjøre din nedrighet til en del av meg selv.

Wayan: Igjen disse hatefulle karakteristikkene! Hvordan kan du snakke slik og ikke utstråle annet enn en stille glede over markblomstene som vugger i brisen?

Gudrun: Kjenner jeg deg rett, har du sjekket Nannyutstrålingen min mange år tilbake. Du vet sikkert at jeg har meditert mye i årene som har gått.

Wayan: Fins det markblomster i den greske ørkenen? Jeg tror ikke det.

Gudrun: Det kalles forestillingsevne, Øverste Wang.

Wayan: Jeg tror det kalles sabotasje.

Gudrun: Du har alltid sett andre forestillinger enn dine egne som sabotasje.

Wayan: Illegal suspendering av en installert Nanny, Gudrun. Har du ikke satt deg inn i avtalevilkårene for Nanny klasse OO-3?

Gudrun: Kanskje du skulle vurdere å suspendere din egen?

Wayan: Slike avtalebrudd straffes strengt.

Gudrun: Bare for noen dager? Nannysamfunnene tåkelegger tankene dine.

Wayan: Herregud, Gudrun. Global enhet er fremtiden. Du kan ikke snu ryggen til fremtiden.

Gudrun: Prøv å ta det innover deg: Den eneste fremtiden som er åpen for deg, er en verdensrevolusjon som vil spyle deg og resten av oligarkene ned i kloakken.

Wayan: Oi da. Men du undervurderer meg, Gudrun. Du undervurderer meg virkelig.

Gudrun: Ja, kanskje? Du kan ennå rekke å sette i gang reformer. Men det haster.

Wayan: Det er ikke Mandatets oppgave å sy puter under armene på folk. Du undervurderer den makten jeg representerer.

Gudrun: Det vil vise seg.

Wayan: Jeg bønnfaller deg, Gudrun. Hvis du har noen innflytelse over rebellene, så stans dem for deres egen skyld. De marsjerer i døden til ingen nytte.

Gudrun: Denne samtalen har gjort meg godt.

Wayan: Ja? Vil du prøve å stanse dem? Vær så snill.

Gudrun: Som de sier, selv om gjeteren kan føre sauene til kilden, kan han ikke tvinge dem til å drikke. Men jeg har i alle fall gjort et forsøk på å forklare deg alvoret.

Wayan: Tar du ansvaret for millioner av døde opprørere?

Gudrun: Jeg tar ansvar for at milliarder etter oss får et bedre liv.

*

Da de underprivilegertes opprør truet med å bryte ut i voldelige aksjoner, var Fatima-My 49 år gammel. Hun hadde blitt prosjektleder for utviklingen av DNA-baserte nanokomputere med magnetosfærisk nettforbindelse, og hadde sett at implementeringen av systemet ble utsatt igjen og igjen, selv om den nye teknologien hadde blitt perfeksjonert i flere omganger. Etter alle årene med politisk arbeid rettet mot Mandatet hadde hun ingen illusjoner om at treneringen skyldtes noe annet enn korporasjonenes ønske om markedskontroll og profitt, og det vil kanskje også være rimelig å anta at hun begynte å kjenne på at både hun og Shervin hadde havnet i en karrieremessig bakevje. Shervin hadde på sin side blitt 93 år og manglet bare noen få år før han kunne gå av med pensjon.

Fatima-My var naturligvis på det rene med at Wang Wayan var en sentral støttespiller for korporasjonene, og det var lite hun kunne gjøre for å hindre at han ble generalsekretær da Manya Beljajeva trakk seg tilbake. Derimot kunne hun forsøke å hindre at hans etterfølger skulle spille en like ødeleggende rolle som Wayan hadde gjort. Fatima-My inviterte den nye sikkerhetskommissæren til flere grundige gjennomganger av de sikkerhetsmessige fordelene med DNA-baserte nanokomputere, ikke minst poengterte hun at det var et system som Mandatet, ikke korporasjonene, ville kontrollere. Selv om Fatima-My visste at Wayan ville overkjøre ethvert forsøk på å innføre systemet, fortsatte hun å holde den personlige kontakten med sikkerhetskommissæren, og de kom godt overens til tross for at han var Wayans håndplukkede mann.

Da Gudrun sluttet seg til antiMOT, forsto Fatima-My at hennes slektskap med Gudrun ville gjøre det enda vanskeligere å få gjennomslag for DNA-baserte nanokomputere. Hun bestemte seg for å gjøre et forsøk på å oppnå Mandatets velvilje ved å megle i konflikten. For å komme i inngrep med Wayan tok hun kontakt med sin gode venn sikkerhetskommissæren.

Sikkerhetskommissæren var født i 2007 som Yonas Endris og hadde en lang karriere bak seg i afrikansk politikk. Han var en av generalene bak Etiopias store ekspansjon på 2050-tallet og da han utropte seg selv til hersker over Afrikas horn fra Zanzibar til Massawa, tok han det gamle kongenavnet Negusa Nagast, «kongenes konge». Han klarte det kunststykket å samle arabere, eritreere, somaliere og bantuer i én velfungerende statsdannelse, og gikk deretter til det uvanlige skrittet å tre tilbake som statsoverhode, fast bestemt på at han var eslet til noe enda større.

Men navnet Negusa Nagast beholdt han, også som sikkerhetskommissær for Mandatet.

At Fatima-My hadde stor forståelse for opprørernes sak, går frem av at prosjektet med DNA-baserte nanokomputere hadde et eget program for gratis masseutbredelse av DNA-Nannyer. I spesifikasjonene er det også eksplisitt at Nannyene ville bli sperret for inntrykksfiltre av den typen kommersielle Nannysamfunn brukte for å styre kundenes virkelighetsoppfatning, så det er tydelig at Fatima-My og Gudrun sto på samme side i kampen mot korporasjonene. Men Fatima-My forsto i tillegg at hun måtte alliere seg med Mandatet hvis hun skulle komme videre. Hun ville i posisjon, og det betydde at hun måtte snu ulempen til en fordel. Overfor Negusa Nagast argumenterte hun for at hun, på grunn av sitt slektskap med Gudrun, hadde helt spesielle forutsetninger for å avverge en oppstand som moren støttet.

Negusa Nagast la forslaget frem for Wayan, og Wayan var på den ene eller den andre måten blitt så overbevist om opprørernes uforsonlighet at han lot Fatima-My gjøre et forsøk. Wayan hadde vel heller ikke noe å tape. Skulle meglingen bryte sammen, kunne han legge ansvaret på Fatima-My, og skulle den lykkes, kunne han ta æren selv.

Mange vil kjenne igjen det berømte 6D-opptaket av Fatima-Mys mottagelse på Akropolis:

En helixit med Mandatets gylne og grønne signalstriper synker majestetisk ut av den blå himmelen og virvler opp en sky av ubehagelig, finkornet støv. Rotorvinden mot huden løyer, døren blir skjøvet til side og Fatima-My stiger ut. Den mørke teinten og den korte, praktiske frisyren gjør at kjoledrakten på forunderlig vis virker helt riktig sammen med æresvaktenes feltuniformer og tunge støvler. Ingen av soldatene som står på geledd langs den røde løperen, kan unngå å legge merke til den svake duften av sandeltre som følger henne. Giovanni er lettet over å se trygghet og imøtekommenhet i blikket hennes, men man kan også se at han i stillhet gleder seg over den modne sensualiteten i bevegelsene. Fatima-My stanser en halv meter foran kommandanten, og det er ikke til å ta feil av at hun på samme måte som ham er behagelig overrasket over hva hun ser – en kriger som samler stolthet, refleksjon og styrke i én skikkelse.

Mange er de som har ment at de kunne lese ut av dette første møtet hvordan forhandlingen kom til å gå.

Giovanni tar Fatima-My i hånden, utveksler noen høflighetsfraser og fører henne forbi restene av Partenon til en mottagelse i offisersmessen, som er et stort beduintelt der tempelet for Zevs lå i oldantikken.

Kildene sier ingen ting om at Gudrun var til stede på Fatima-Mys mottagelse, men det er ingen grunn til å tro at verken Giovanni, Fatima-My eller Gudrun selv ville ha ønsket at det første møtet deres skulle finne sted foran alle generalene. All rimelighet taler imidlertid for at Gudrun og Fatima-My må ha satt seg ned under fire øyne nokså snart etterpå.

*

Gudrun: Jeg håper i hvert fall du får godt betalt?

Fatima-My: Hvordan da?

Gudrun: For å løpe ærend for Wayan.

Fatima-My: Jeg prøver bare å gjøre det beste ut av situasjonen.

Gudrun: Si det som det er. Du har blitt en lakei for oligarkene.

Fatima-My: Jeg har tvert imot fått Mandatet til å finansiere utviklingen av ditt og Shervins store prosjekt i snart tretti år! Hvordan skulle vi ellers fått det til?

Gudrun: Fått til hva da? Det eneste dere har oppnådd er å gi Wayan et alibi mens han plyndrer kloden.

Fatima-My: Du er jo nødt til å få folk med deg hvis du skal få til noe!

Gudrun: Det er bare døde fisk som svømmer med strømmen.

Fatima-My: Har du brukt de siste tjue årene på å være bitter?

Gudrun: Nei. Men skal jeg være ærlig, syns jeg det er trist at du har falt så langt fra stammen.

Fatima-My: Jeg lever mitt liv, mamma. Du må du leve ditt eget liv selv.

Gudrun: Det hadde vært enklere hvis du ikke hadde gjort det du kunne for å ødelegge for meg.

Fatima-My: Du *er* bitter.

Gudrun: Jeg er ikke bitter.

Fatima-My: Ikke? Du har blokkert både Shervin og meg.

Gudrun: Jeg har hatt annet å gjøre enn å spavende gammel møkk. Redde verden og sånn, vet du.

Fatima-My: Hva tror du jeg driver med, da? Jeg jobber hver dag for å skape et alternativ til oligarkenes kommersielle helvete. Men hva skal du med den gjengen her? Sprenge et par signalbygg i lufta? Og så kan alle gå hjem og være enige om at de har reddet verden?

Gudrun: Jeg tror det er like greit at du ikke vet hvilke planer vi har. Men du kan ikke være så naiv at du tror oligarkene gir seg bare du spør pent?

Fatima-My: Jeg har slitt for din sak i alle år, og så er det alt du har å si meg?

Gudrun: Det er kanskje ikke mer å si, da.

Fatima-My: Er du ikke nysgjerrig på hvordan det står til med Shervin?

116

Gudrun: Hvordan står det til med Shervin?

Fatima-My: Bra. Han har fått et nytt hjerte av resilinert kollagen og er sprekere enn noensinne.

Gudrun: Og du?

Fatima-My: Bra.

Gudrun: Fremdeles ingen barn?

Fatima-My: Hvordan er det med deg?

Gudrun: Alvorlig talt, kjære deg, du kan ikke tro at Wayan noen gang kommer til å gå inn for noe som kan svekke oligarkene?

Fatima-My: Jeg tror faktisk det.

Gudrun: Det er ikke et spørsmål om tro. Se hva han har stått for hele livet. Dette er empiri.

Fatima-My: For det første er Wayan støttet av kineserne, så vi blir ikke kvitt ham. For det andre er han ikke dum. Han skjønner at korporasjonene taper penger på rasende mobber som skaper uro og gjør hærverk, og at de vil øke inntektene sine hvis de kan gjøre opprørerne til kunder i stedet. Det er faktisk også empiri at mindre ulikheter skaper mer velstand.

Gudrun: For deg og meg er det empiri, men det handler ikke om det for Wayan. For ham er dette ideologi, og slik han ser det, er den sterkestes rett et universelt prinsipp. Både han og oligarkene vet jævlig godt hva som er konsekvensene av den politikken de fører, men de driter i de fattige massene, for de vil alltid tilhøre den eliten som kan betale seg bort fra ubehagelighetene.

Fatima-My: Du får dem til å høres ut som en religiøs kult. De er nok mye grådigere og mye mer kyniske enn som så.

Gudrun: Du har aldri skjønt hva følelser betyr for folk.

Fatima-My: Kanskje ikke. I hvert fall ikke hva de betyr for deg.

Gudrun: Det er ikke jeg som går rundt og drømmer. Jeg ser klart hva som må til.

Fatima-My: Og derfor skal du være en bitter, gammel kjerring resten av livet?

Gudrun: Hvis det er det som er nødvendig.

Denne samtalen er selvfølgelig bare et møte jeg har forestilt meg. Fra forhandlingsmøtene fins det derimot kilder. De protokollførte referatene er langdryge og omstendelige, men det må også ha vært pauser som ikke er referert. Jeg tenker meg at Giovanni og Fatima-My kan ha stått og sett utover sanddynene som skjulte oldantikkens Dionysosteater og museet nedenfor høyden.

Fatima-My: Du vet at det har bodd mennesker her, på dette stedet, i kanskje fire–fem tusen år?

Giovanni: Det er underlig, i grunnen. Steinaldermenneskene slo seg gjerne ned i sjøkanten.

Fatima-My: Det er nok på grunn av denne høyden. Den er uinntagelig fra alle kanter.

Giovanni: Ja, disse klippene er like steile som deg, Signorina.

Fatima-My: Signora.

Giovanni: Chiedo scusa. Signora!

Fatima-My: Du er ikke så lite steil selv.

Giovanni: Jeg verken kan eller vil stagge folkemassene. Mandatet må gi innrømmelser nå hvis det skal unngå en voldelig oppstand.

Fatima-My: Jeg er sikker på at vi kan finne en løsning som fjerner konkurransefordelene for korporasjonene.

Giovanni: De regionale foretakene som støtter oss, blir sikkert glade for det, men det stanser ikke massene.

Fatima-My: Hvis Mandatet går over ende, fins det ikke lenger noen som kan regulere markedet.

Giovanni: Og hvis Mandatet ikke regulerer markedet, så kan Mandatet like gjerne gå over ende.

Fatima-My: Det vil i så fall bli vanskelig å bygge opp noe tilsvarende. Korporasjonene får fritt spillerom i all overskuelig fremtid.

Giovanni: Mellom oss, Signora, vi er ikke maktesløse.

Fatima-My: Det er kanskje tjue millioner aktivister i hele verden. Det er bare noen promiller av befolkningen.

Giovanni: Det er nok.

Fatima-My: Det blir en massakre, og det blir store materielle skader. Det blir smertefullt og dyrt, men det fører ingen steder.

Giovanni: Har din mor fortalt hvordan hun befridde seg fra Nanny-samfunnenes grep?

Fatima-My: Nei?

Giovanni: Det fins virus ... Vi har faktisk flere typer virus. Kvante-virus som bryter flommen av påvirkning fra leverandørene. Og de smitter like lett som forkjølelse.

Fatima-My: Jeg kjenner til at det fins slike.

Giovanni: Gi meg ett år, så har korporasjonene mistet halvparten av kundene sine. Og med dem halvparten av inntektene.

Fatima-My: Det liker jeg.

Giovanni: Scusa, Signorina ...?

Fatima-My: Signora.

Giovanni: Du liker at korporasjonene mister kunder?

Fatima-My: Det svekker korporasjonene og styrker Mandatet.

Giovanni: Hva er forskjellen? Mandatet støtter korporasjonene!

Fatima-My: Jeg er glad for at vi kan snakke rett ut som gode venner. La meg betro deg noe, også.

Giovanni: Jeg lytter, Signora.

Fatima-My: Har du hørt om biokomputere?

Giovanni: Naturligvis. Det har forundret meg at de ikke har blitt vanlige for lengst.

Fatima-My: Patentene tilhører Mandatet, men korporasjonene motsetter seg at det gamle systemet skal erstattes av et system de ikke selv kontrollerer.

Giovanni: Jeg spør igjen, hva er forskjellen? Mandatet fører korporasjonenes politikk.

Fatima-My: Ikke nødvendigvis.

Giovanni: I hvert fall så lenge Wang Wayan leder Mandatet, og han har minst to år igjen.

Fatima-My: Vi må bare være tålmodige.

Giovanni: Forstår du ingen ting? Tjue millioner rasende mennesker står klare til å storme korporasjonenes hovedkvarterer og Mandatets institusjoner over hele verden. Vi har høyst tre dager!

Fatima-My: Som sagt, om to år har vi en mulighet ...

Giovanni: Wang Wayan må bort nå, ellers ender det i et blodbad.

Fatima-My: Det lar seg ikke gjøre!

Giovanni: Hva betyr karrieren til én person mot tjue millioner menneskeliv?

Fatima-My: Det er ikke opp til meg å avsette Mandatets generalsekretær.

Giovanni: Nei ... Nei, jeg burde selvfølgelig visst bedre. Chiedo scusa, Signora.

Fatima-My: Det er ikke din feil.

Giovanni: Jeg skulle visst bedre enn å kaste bort tiden på å forhandle med en utsending som ikke har myndighet til å innfri noe som helst.

Fatima-My: Men innenfor rimelighetens grenser ...

Giovanni: Signora, en urimelig situasjon stiller urimelige krav. Det er én eneste mulighet til å unngå katastrofen, og det er at Wang Wayan er fjernet innen tre dager.

Fatima-My: Da må det bli slik, da.

Giovanni: Tro meg, jeg skulle gitt hva som helst for å unngå dette.

Fatima-My: Kyss meg.

Giovanni: Scusa ...?

Fatima-My: Er det ikke vanlig å gi gode venner et avskjedskyss?

Giovanni: Bryter du forhandlingen?

Fatima-My: Ja, jeg reiser nå.

Giovanni: Jeg forstår ikke ...?

Fatima-My: Det er mye å ordne. Tre dager er kort frist.

11

Møtet mellom Fatima-My og kommandant Giovanni på Akropolishøyden er blant de mest kjente og omtalte hendelsene i historien. Det er liten grunn til å dvele mer ved det her. For ettertiden føyer imidlertid dette historiske øyeblikket seg inn som et viktig trinn på veien fra Gudruns idé om Homo Dividuus til dagens Homogaius. At Mandatet kunne tøyle oligarkene og korporasjonene på 2070-tallet, skyldtes i stor grad at organisasjonen tok opp i seg de underprivilegertes opprør, og uten Fatima-Mys resolutte handlekraft, kunne historien ha sett svært annerledes ut.

Da kommissærene var på plass til krisemøte i plenumssalen, gikk Fatima-My på podiet for å avlegge rapport om meglingsforsøket, en tale som allerede i samtiden ble kjent som «Wangs bane» og senere ga opphav til begrepet «å vangspane».

Fatima-My innledet med å referere partenes posisjoner i forhandlingene, før hun oppfordret til en radikal endring av Mandatets politiske kurs:

Alt har sin tid. Vår tid er kaotisk, og kaos har også sin tid. Kaos gir samfunnet nye idéer og nye instrumenter. Men på et tidspunkt må de nye instrumentene lære seg å spille sammen. Nå trenger orkesteret en myndig dirigent, hvis instrumentene skal skape harmoni sammen. Det er et ansvar bare Mandatet kan ta.

Alle samfunnsinstitusjoner har sin tid. Korporasjonenes sjenerøse investeringer i infrastruktur har gitt oss perspektiver og opplevelser vi ikke ville vært uten. Men de har også ført til økonomisk ubalanse som truer med å velte samfunnet. Nå er det tid for å rebalansere lasten, så skuta kan seile trygt videre. Det er et ansvar bare Mandatet kan ta.

Vi som seiler skuta har også vår tid. Der én kaptein navigerer sikkert og raskt over åpent hav, er en annen bedre egnet til å føre skuta gjennom smale sund og forbi lumske skjær. For at vi skal komme oss trygt videre på ferden, er det nå tid for vaktskifte på broen, og det er også et ansvar Mandatet må ta.

Den neste på talerlisten var Negusa Nagast. Det var blikkstille i salen da han entret podiet, for alle visste at han var en av Wang Wayans utvalgte menn, og alle regnet med at han ville gå i rette med Fatima-My i sterke ordlag. Han gikk rett på sak som han hadde for vane:

La oss se det i øynene. Hvis Mandatet skal ha noen rolle i fremtiden, må det ta sin politiske oppgave seriøst. Korporasjonene har løpt linen ut og må vingestekkes før utbyttingen deres skaper krig og kaos over hele verden. Vi kan ikke lenger la korporasjonene herje som de vil mens de bestikker oss for å se en annen vei. Da risikerer vi at verden faller fra hverandre i særinteresser, slik vi så under Cairus, istedenfor at vi løser utfordringene i fellesskap. Det som nå truer, er armeer av bevæpnede opprørere som er rasende over hvordan vi forvalter Mandatet. Millioner av dem! De er drittforbannet, og det må dere og jeg ta på alvor. Det er en tid for alt, og jeg mener at nå er Wang Wayans tid ute.

Wayan var sjokkert over å bli falt i ryggen av sin tidligere protesjé, for han visste ikke at Fatima-My og Negusa Nagast var samkjørte, og han ante ikke at Negusa hadde sett denne krisen som en mulighet til å frigjøre seg fra sin tidligere mentor, og kanskje til og med ta hans plass.

Av mye større betydning var det at Wayan heller ikke visste at Negusa og andre kommissærer på Fatima-Mys innstendige anmodning hadde hatt lange drøftelser med den kinesiske keiseren, og at de hadde blitt enige om at Mandatet måtte skifte kurs før oppstandene utartet til krigshandlinger. Korporasjonene hadde i mange år tjent oligarkene godt, men nå innså keiseren at eliten hadde mer ulempe enn fordel av systemet.

Wayan følte seg imidlertid trygg på at han hadde tillit fra sentralkomitéen. Han gikk selvsikkert frem og sa at han var ydmyk for kritikken, men at næringslivet faktisk gikk så det suste og ga store overskudd som i fremtiden ville gi mange arbeidsplasser til de som nå drev gatelangs og ropte ut misnøyen sin. Hvis det likevel var slik at sentralkomitéen mente at en annen kunne gjøre jobben bedre, stilte han selvsagt sin plass til disposisjon.

Med det hadde Wayan stilt kabinettspørsmål, og han oppdaget til sin forbauselse at han ble felt med stort flertall.

Så snart Wayan hadde blitt kastet, dro Giovanni til Hawaii for å forhandle frem betingelsene for en fredsløsning. I et intervju mange år senere fortalte han at han hadde betrodd Fatima-My at han hadde tenkt å kreve at 99 prosent av oligarkenes formuer skulle bli konfiskert. Hun hadde svart: «Ingen kan kreve noe av Mandatet, for Mandatet har ingen beslutningsmyndighet. Mandatet koordinerer, henstiller og anbefaler.»

Da hadde han blitt sint. «Holder du meg for narr? Noen må jo ta beslutningene!»

«Alle suverene stater tar sine egne beslutninger.»

«Vi har ikke tid til å forhandle med over hundre stater!»

Fatima-My hadde bare smilt. «I morgen kommer Mandatet til å kunngjøre at det aksepterer en gave på 99 prosent av de verdiene oligarkene hittil har forvaltet på fellesskapets vegne.»

Giovanni hadde vært i villrede om betydningen av dette, men han hadde skjønt at det var godlynt erting og hadde tatt sjansen på ikke å legge frem bastante krav for sentralkomitéen med en gang. I stedet hadde han tilbrakt noen lykkelige dager med Fatima-My på strendene under vulkanene, og i tiden som fulgte fikk han ganske riktig erfare at den ene korporasjonen etter den andre annonserte at de skulle sette i gang arbeid med å omstille virksomhetene sine og overføre ressurser til Mandatets utviklingsfond.

«Der og da forsto jeg at jeg aldri skulle bli politiker,» sa han til intervjueren.

Det aller viktigste for opprørsbevegelsen var å bekjempe fattigdommen. Dette løste Mandatet ganske enkelt ved å gi de fattige penger som de kunne investere som de ville i fremtiden sin, i stedet for at man nektet dem mest mulig støtte, slik man før hadde bekjempet fattigdom. Dette viste seg å være svært effektivt, både fordi ordningen sparte administrasjonskostnader og fordi mottagerne var mer påpasselige med sine egne penger enn med offentlige midler.

Et annet sentralt tiltak var å erstatte korporasjonenes elektroniske komputere med biokomputere og gi alle innbyggerne på Jorda gratis tilgang til Nannyer med magnetosfærisk kommunikasjon. Å lage nok Nannyer var ikke det største problemet, for nanoteknologien var kommet så langt at det fantes nanoboter som kunne bygge nanoboter som kunne bygge nanokomputere. Derimot innebar den nye standarden at det måtte utføres omkring sju milliarder kirurgiske inngrep, og selv om selve inngrepet var automatisert, måtte hver enkelt person kontaktes og møte opp for å få utført operasjonen og få grunnopplæring i de mentale teknikkene som var nødvendig for å beherske Nannyen sin.

Det var beregnet at prosjektet ville ta ti år å fullføre, men til gjengjeld markerte den universelle utbredelsen av Nannyer slutten for tidsalderen til den individualistiske Homo Sapiens og begynnelsen på den sanne forente menneskeheten, Homo Gaius.

*

Gudrun hadde fulgt med Giovanni til Hawaii som hans rådgiver. Etter at Mandatet hadde avsatt Wayan, hadde Fatima-My ventet at moren skulle være glad for at de hadde fått gjennomslag etter alle årene med motgang, men Gudruns bitterhet satt for dypt i henne til at hun gledet seg med Fatima-My. Hun hadde imidlertid så mye selvinnsikt at hun i sine erindringer reflekterte over hvordan nederlagene hadde lagt seg oppå hverandre i undivaen hennes og gjort hatet til hennes viktigste drivkraft:

Jeg skulle vært stolt da Fatima-My fikk gjennomslag for mine
inderligste idealer i Jordas høyeste politiske samarbeidsorgan, men
jeg kunne bare tenke på at det skulle vært min seier, og at det var jeg
som skulle ha holdt hennes tale. Det var jeg som skulle ha forført
opprørskommandanten, og det var jeg som skulle ha ledet videre-
føringen av Mandatets program for Global Enhet.

Det gikk så langt at Gudrun sådde tvil om Fatima-My var i stand til å påta seg ansvaret med å sette Nannyprogrammet ut i live og krevde å bli gjeninnsatt som kommissær. Fatima-My var fortvilet over at moren ikke anerkjente hennes innsats, men også redd for at Gudrun skulle så så mye tvil om programmet at det ikke ble realisert. Derfor fikk hun Negusa Nagast til å ta affære, og sammen sørget de for at Gudrun fikk tvangsinstallert en spesialprogram- mert Nanny som blokkerte all spredning av sjalusi, bitterhet og misunnelse. Deretter inviterte de til et offentlig nettmøte hvor de fremhevet Gudrun som «den nye tids mor» og lot henne lese opp en erklæring hvor hun priset Fatima-Mys visjoner, reklamerte for Nannyprogrammet og velsignet Fatima-My som sin rette arvtager. Deretter sendte de henne hjem til Verdens Ende, hvor hun levde til hun døde 99 år gammel i 2087.

En slik fremgangsmåte var naturligvis smertefull for Fatima-My, men hensikten ble mer enn oppnådd, idet Mandatets sentralkomité vedtok å innvotere Fatima-My som kommissær uten portefølje for å operasjonalisere Nannyprogrammet. Utnevnelsen var samtidig en gest til opprørslederen Giovanni, for det ble fort kjent at han og Fatima-My var et par. Selv avslo Giovanni bestemt å bli en del av Mandatets organisasjon, for han mente det ville ødelegge troverdig- heten hans i opprørsleiren.

Dermed ble det slik at Giovanni kunne styrke Fatima-Mys stilling i Mandatet ved å sette opprørernes makt bak de sakene hun ville ha igjennom, mens Fatima-Mys gjennomslag i Mandatet demonstrerte for opprørerne at Giovanni leverte i tråd med løftene sine.

Ved at Fatima-My slo seg sammen med Giovanni, brøt hun også sitt løfte om livslang troskap til Shervin. Nå er det ikke sikkert at

Shervin var så opptatt av Fatima-Mys fysiske utroskap, men han sank ned i en dyp depresjon da han i tillegg fikk vite om Fatima-Mys overgrep mot Gudrun, som nå for alle praktiske formål var å regne som en viljeløs marionett. Bare to uker etter at Fatima-My hadde fremført «Wangs bane» i sentralkomitéen, fant naboen på Vinderen Shervin i hagen der hans mor hadde tatt sitt liv tretti år tidligere. Han duvet svakt i brisen under et epletre med en stram løkke rundt halsen.

Shervin Wister fikk aldri oppleve det universelle gjennombruddet for sitt store livsverk, den kroppsintegrerte, DNA-baserte nanokomputeren.

Hva Fatima-My tenkte da hun ble tilbudt å overta Shervins portefølje i Mandatet, vet ingen, men med det ble hun et permanent medlem av sentralkomitéen.

Hva Negusa Nagast angikk, ble det hans oppgave som sikkerhetskommissær å sørge for at oligarkene også i gavnet overførte formuene sine til Mandatet. Det overrasket ingen, og aller minst Negusa Nagast, at oligarkene med alle midler forsøkte å skjule sine svimlende verdier, så han gikk løs på oppgaven ved å omskape sikkerhetskommissariatets spesialseksjon til en armé av spesialutviklede Antropomelior OO-7 Martyrer med vide fullmakter og ubøyelig lojalitet til ham personlig. Mot dem hadde ikke oligarkene noe å stille opp, for i en global verdensorden er det ingen steder å gjemme seg, og Martyrene kunne ta seg inn overalt og nølte ikke med å gjøre det av med de som motsatte seg Mandatets gaveønsker.

Paradoksalt nok var Negusas effektivitet medvirkende til at den kinesiske keiseren ikke ønsket å gjøre ham til Wang Wayans etterfølger som generalsekretær. Hvis Negusa skulle ha ledet Mandatet i tillegg til å kommandere Martyriet, ville han ha fått en makt som selv keiseren måtte frykte. Keiseren fremmet derfor i stedet kandidaturet til den tidligere japanske statsministeren Aai Sasaki.

I gjenoppbygningens vanskeligste faser hadde det vært langt mellom de som ville påta seg generalsekretærembetet, men nå som den verste jobben var gjort og Mandatet var mektigere enn noen gang, sto kandidatene i kø. Sentralkomitéen valgte til sist kompromisskandidaten Jolita Montezuma fra Meksiko, men hun hadde ikke sittet ut perioden da hun ble erstattet av Ratu Jioji Cartwright fra Fiji. Da han måtte gå etter store økonomiske skandaler, var det omsider Aai Sasakis tur, men han måtte gi seg av helsemessige grunner i 2084.

Gjennom hele denne omskiftelige perioden hadde Negusa vist seg som en stødig kommissær som hadde gjort Mandatet svært velstående, så etter Aai Sasakis avgang besluttet stormaktene å sette inn Negusa som generalsekretær. Selv om ryktene gikk, ble det aldri ført bevis for at han hadde benyttet seg av Martyriet for å undergrave og skandalisere forgjengerne.

Fatima-My satt også gjennom hele perioden, men hun holdt seg på god avstand fra alle intrigene. Hun konsentrerte seg om å gjennomføre det ambisiøse Nannyprogrammet, og fikk bygget opp både det nye Nannynettet og sitt eget nettverk uten sjenerende innblanding fra sentralkomitéen. Da Negusa nådde toppen, hadde Fatima-My på bare åtte år gjennomført hele Nannyprogrammet, og for flere milliarder mennesker var det Fatima-My som sto som selve symbolet på Mandatet. Samtidig som hun hadde en enestående popularitet i befolkningen, hadde hun passet på å vedlikeholde båndene til Negusa og støttet hans kandidatur, slik at hun også hadde en sterk stilling innad i Mandatet.

Privatlivet hennes vet vi mindre om. Forholdet til Giovanni ble kortvarig, og ifølge Gudruns erindringer var grunnen at Fatima-My ikke ville ha barn.

Men hvem var egentlig Fatima-My?

Hun var populær hos milliarder av mennesker, men etter at Gudrun døde, kjenner vi ikke til at hun hadde noen nære private relasjoner overhodet. Ville hun ikke, eller klarte hun ikke å knytte seg til andre mennesker?

Fatima-My traff aldri sin far, og Gudrun var en fraværende mor. Samtidig vokste Fatima-My opp med en teknologi som gjorde alle menneskers følelser tilgjengelige overalt og til alle tider. Kan hun ha oppfattet menneskelig kontakt som noe flyktig og upålitelig? Det er tenkelig at hun følte seg forlatt både av far og mor, og så til sist av farmoren, som tok sitt eget liv. Hvordan opplevde hun at Shervin også begikk selvmord? Følte hun bitterhet over å bli forlatt enda en gang, eller følte hun skyld for at alle familiemedlemmene forsvant ut av livet hennes? Mistet hun troen på at hun kunne fungere i et nært forhold til andre mennesker? Er det mot denne bakgrunnen vi må se beslutningen om ikke å danne familie med Giovanni?

Hadde Fatima-My blitt en kynisk maktpolitisk maskin, eller hadde hun et ømt punkt der inne hvor hun fremdeles var et redd, lite barn?

> *Barnet mitt, båret gjennom nattehimmelen,*
> *Trygt mellom stålvinger, trett etter spillet,*
> *Puster jevnt mot neste lufthavn.*

(Gudrun Rakvåg: Erindringer)

I går fikk jeg uventet besøk.

Det var i timen før daggry. Jeg ble vekket av at Karma gneldret opphisset.

Som store hunder flest er hun så trygg på seg selv at hun ikke behøver å gi lyd i tide og utide. Hun bjeffer faktisk så sjelden at jeg ikke med en gang skjønte at det var henne jeg hørte, så det var først da jeg så henne stå på to ben foran stuevinduet at jeg ble sikker på at det ikke var en fremmed hund som hadde kommet på besøk.

De lette dunhårene på oversiden av ørene hennes sto rett ut i luften, og jeg forsto at det var sterke magnetiske krefter i sving. En levitron, antagelig, og ikke bare en liten drabantlevitron. Dette måtte være en gjest med mye bagasje.

Jeg ba termodressen kle meg og gikk ut i tussmørket.

Fra snaufjellet bak hytta gled en diskosformet gjenstand stille ned over lyngtuene og manøvrerte seg ned foran hytta mellom einer og fjellbjørk. Grønne og gylne konsentriske sirkler på skroget viste at den var ute i offentlig ærend. Jeg roet Karma og ble stående.

Diskosen hang et øyeblikk i luften, før tre skråstilte bein vokste ned på marka og et androgynt kranium strakte seg opp fra midten av farkosten. Skallen var hårløs og så rolig ned på meg.

«AM 620638.095294,» sa den. Stemmen var den samme, hese kontra-alten jeg kjente fra utallige offisielle kommunikeer.

«God morgen, AM,» hilste jeg tilbake. «Du kommer i rett tid til soloppgangen.»

«Det er svært vennlig, men det som har brakt meg hit, er en bekymringsmelding.»

«Det er ingen grunn til bekymring. Jeg har alt jeg trenger.»

«Jeg setter pris på din oppriktighet. Etter hva jeg registrerer har du mer enn ventet igjen av forsyningene du brakte med deg.»

«I min alder trenger man ikke så mye mat som i ungdommen,» sa jeg urolig. Innerst i matkabinettet hadde jeg fremdeles igjen både ytrefilet, nakke og bog av gaffelbukken.

«Bekymringsmeldingen gjelder ikke krypskyting. Jeg er bekymret for noen av tankene du registrerer i feltet ditt. Det er ikke klart for meg hva du mener.»

«Jeg har ikke så mye annet å fordrive tiden med, enn å tenke. Jeg leker med forskjellige tanker. Tankeeksperimenter, kan du si.»

«Tankeeksperimenter? Er ikke fremstillingen ment å korrespondere med virkeligheten?»

«På ingen måte! Alt jeg registrerer er elementer til en fiksjonsfortelling.»

«Om du unnskylder at jeg sier det, så virker fiksjonsfortellingen din ganske kategorisk i tolkningen av en del spesifikke historiske hendelser?»

«Fortellingen er langt fra ferdig.»

«Bekymringen gjelder svertingen av navngitte offentlige personer. Det fremgår at du mener at Gudrun den store gjorde seg skyldig i omsorgssvikt når det gjaldt datteren Fatima-My, at Fatima-My i voksen alder hevnet seg ved å påføre moren en signifikant kognitiv svekkelse, og videre at Fatima-My medvirket til at hennes onkel Shervin Wister begikk selvmord.»

«Tanken er at det skal komme som en overraskelse et stykke ute i historien når det viser seg at alt sammen har foregått inne i hodet på en mentalt forstyrret person.»

«Så det vil fremgå at fortellingen bare er oppspinn?»

«Absolutt.»

«Hva skulle i så fall hensikten med fortellingen være?»

«Jeg prøver å forstå hvordan et sykt sinn kan forvrenge realitetene. Det må vel være nyttig kunnskap dersom man vil bringe sinnslidende tilbake til samfunnet?»

«Jeg kan ikke si at jeg syns dette prosjektet virker særlig lovende.»

«Jeg befinner meg uten tvil i en vanskelig fase av arbeidet. Men jeg kommer selvfølgelig ikke til å tilgjengeliggjøre noe som helst før jeg selv er fornøyd. Dessuten vil jeg naturligvis sørge for at arbeidet får en kritisk gjennomgang av kvalifisert personell.»

Avataren gjorde en kort pause, som for å illudere at den tenkte seg om som et menneske.

«Lykke til, men vær forsiktig. Tvetydigheter kan lett bli misforstått. Ingen er tjent med at det oppstår allmenne forestillinger som er i strid med de faktiske hendelsene.»

«Jeg skal være svært forsiktig. Det er ingen ting som er viktigere for meg enn å unngå misforståelser.»

Avataren gjorde en ny kunstpause. «Hvordan slutter fortellingen?»

«Det vet jeg ikke ennå.»

Den glatte skallen sank tilbake i metallkroppen. Så trakk Avatar Martyr beina opp under seg og gled bort over fjellbjørkene.

I det samme brøt solskiven over horisonten og renset høstfargene for skumring.

12

Det er nevnt at kunstig intelligens fikk rettsvern allerede på
2090-tallet, men det var først da opplastingsteknikkene utviklet seg
etter århundreskiftet at kunstig intelligens for alvor ble en del av
Antropomeliors synlige miljø og erfarte virkelighet.
Med perfeksjoneringen og utbredelsen av opplastningsteknikker
i løpet av det 22. århundre oppsto det en vrimmel av hel- og halv-
maskinelle skapninger. I vår egen tid, med kontrollert og behovs-
prøvd lisensiering av hybride livsformer, kan det være vanskelig å
forestille seg det kaotiske mangfoldet som oppsto da entreprenører
med ulike etiske prioriteringer tok i bruk den nye teknologien i et
hektisk kappløp for å profittere på de nye mulighetene.
De fleste industriroboter med læringskapasitet var ikke utstyrt
med noe apparat for å ta i bruk følelsesbasert intuisjon, men i noen
tilfeller viste dette seg å være nyttige attributter, særlig i tilfeller
der arbeidet foregikk i utilgjengelige miljøer eller under andre for-
hold som forutsatte begrenset kommunikasjon med de menneske-
lige foresatte. Noen ganger utløste imidlertid læringsprosessene
betingede reflekser som fikk utilsiktede konsekvenser, akkurat som
uønsket oppførsel hos mennesker kan bli selvforsterkende. Tidlige
eksempler på feilslåtte AI-prosjekter var de griske gruvebotene på
Ceres, de sjalu sexbotene i Sankt Petersburg og det pedofile overvå-
kings- og sikkerhetssystemet i Beijing.
Etter hvert som opplastningsteknikker til levende vesener ble
vanlig, ble det etterspørsel etter bisarre skapninger som kranglevorne
potteplanter og hamstere med Downs syndrom. På 2130-tallet skjøt
det opp et mylder av fornøyelsesparker med temaer fra oppdiktede

universer, som urtidsfantasien «Olympia». Ved hjelp av genetisk manipulasjon ble det skapt AI-optimerte satyrer på en base av geiter og sjimpanser, havfruer ble produsert med innslag av arvestoff fra delfiner, og kentaurer ble til ved en kombinasjon av islandshester og orangutanger. En annen populær kjede av parker var «Rivendell» med alver produsert på en base av makaker og antiloper, drager laget av varaner modifisert med elektriske åler og eukalyptusgener til produksjon av flyktige oljer, samt skoger av talende trær satt sammen av forskjellige tresorter med innslag av kakadu. Alle disse vesenene var naturligvis også utstyrt med sine respektive spesial-programmerte ainanoer.

Kyborgenes kampanje for å få stemmerett helt fra produksjons-dato var et forvarsel om at forholdene måtte reguleres, men de sty-rende hadde naturligvis interessert seg for den nye teknologien lenge før det meldte seg et politisk press nedenfra.

Negusa Nagast klamret seg til makten gjennom åtte perioder, og til tross for sine 109 år hadde han ingen planer om å tre tilbake. Ettersom han først i moden alder hadde blitt implantert med nano-boter som vedlikeholdt helsen, begynte kroppen hans å bli så utslitt at han måtte forberede seg på at den kunne slutte å fungere når som helst. Opplastingsteknologien var på dette tidspunktet ennå ikke utprøvd og sikker, men han innså at han ikke kunne vente lenger, og gjorde et siste, desperat forsøk på å forlenge sitt regime ved å laste opp hjernen sin til en biokomputer av siste modell.

Forsøket mislyktes. Generalsekretær Negusa Nagast døde i 2119, 112 år gammel, etter å ha styrt Mandatet med jernhånd i tretti-fem år.

Teknologiske fremskritt var naturligvis en grunnleggende betin-gelse for utviklingen fra Homo Sapiens til Antropomelior/Homo-gaius, men for å forstå transformasjonen er det også nødvendig at vi ser nøyere på noen aspekter ved det 22. århundres politiske utvik-ling som sjelden trekkes frem av den offisielle historieskrivningen.

Fatima-My var en av Mandatets mest respekterte veteraner og hadde ofte ledet møtene i Negusas fravær. Ettersom Negusa ikke hadde lagt til rette for noen etterfølger, var det naturlig at hun ble bedt om å overta lederskapet inntil situasjonen ble mer avklart. Det som lå i kortene for de fleste, var at ledelsen nå endelig sto overfor et generasjonsskifte, og at Fatima-My ville bli en kortvarig overgangsfigur.

De fleste spådde at det ville være sikkerhetskommissæren som avanserte til generalsekretær, slik det hadde skjedd flere ganger tidligere. Sikkerhetskommissæren, som i dagligtale rett og slett ble kalt «Martyren», var en egyptisk høyesterettsdommer, Amira Naguib, som etter ryktene var Negusas datter med en av hans adjutants koner. Dette ble imidlertid ikke holdt imot henne, for hun var dyktig i sitt embete, alltid på reisefot for å løse små og store konflikter.

Fatima-My hadde ikke til hensikt å gi slipp på makten uten videre. Hun la frem for Mandatet at Negusa hadde etterlatt seg et virvar av hemmelige pengestrømmer til lojale statsledere, at han hadde skjulte personlige privilegier, og at han hadde kamuflert brudd på sentralkomitéens vedtak med dobbel bokføring. Hun argumenterte med at det var i alles interesse at hun ryddet opp før Mandatet valgte en ny generalsekretær, slik at hans datter kunne starte med blanke ark uten frykt for udetonerte skandaler og hevngjerrige medsammensvorne. Fatima-My ble i første omgang valgt for en fireårsperiode, samtidig som hun sikret seg alle de ekstraordinære fullmaktene hun trengte for å avvikle de ekstraordinære fullmaktene Negusa hadde gitt seg selv.

Fatima-My visste godt at hun ikke kunne nå sine mål uten å utøve politisk makt, og på dette tidspunktet i sin karriere trådte hun frem som en fullbefaren maktpolitiker. Hun var samtidig oppriktig engasjert i å forene verden i et levende, folkestyrt samfunn gjennomsyret av universell solidaritet, og som sin mor måtte hun leve med det paradokset som fulgte med denne posisjonen: På den ene siden viet hun livet til å kjempe for at alle skulle dele alt og være like mye verdt, og på den andre siden utnyttet hun nådeløst posisjonen som forgrunnsfigur til å skaffe seg de fordelene og den individuelle statusen hun trengte for å nå likhetsmålene.

Det er viktig å huske at Fatima-My var et barn av en tidsalder før opprydning av overflødige ubevisste forbindelser i undiva ble en normalinnstilling i alle Nannyer. Helt fra Fatima-My trådte inn i Mandatet hadde hennes maktbase vært de underprivilegerte massene, og hun var nøye med å opprettholde den populariteten hun nøt som talerør for folk flest. Selv om hun ikke lenger var kommissær for global enhet, insisterte hun på at det også i fortsettelsen skulle være hun som frontet Nanny-programmet, og slik beholdt hun sin posisjon i massenes bevissthet.

Nannyprogrammet ble jo ikke avsluttet i og med at alle innbyggere på kloden ble en del av den kollektivt følende og tenkende menneskeheten; det var bare begynnelsen på en langvarig prosess mot en global konsensuskultur. Fatima-My hadde ledet dette arbeidet i en mannsalder, og i tilnærmingen til oppgaven kan man merke et ekko av Gudruns subtile hersketeknikker, slik Gudrun en gang påvirket sine gjester i opplevelsessenteret på Verdens Ende med retoriske spørsmål og tilforlatelige antydninger. Fatima-My var heller ikke fremmed for å utnytte Antropomeliors iboende fordomsfullhet og disposisjon for logiske kortslutninger.

Denne formen for politisk påvirkning var en vanskelig balansegang, for samtidig som målet for Fatima-My var å skape et inkluderende fellesskap, var kommunikasjonen over Nannynettet i sin natur rettet eksklusivt mot den enkelte. Hvis budskapet skulle skape engasjement hos hver og én, måtte Fatima-My tale til følelsene med konfronterende og populistiske virkemidler, men hvis hun skulle nå sitt endelige mål, kunne hun ikke peke på noen del av samfunnet som en felles fiende, slik tidligere tiders populister ville ha gjort. Fatima-Mys hovedgrep ble å mobilisere mot fortidens feil og fremtidens farer, og peke på sin egen politikk som garantien for at folk flest skulle få et bedre liv. Ved først å provosere frem sinne over alt som kunne gå galt og deretter mane til ro i rekkene, kunne hun som oftest konkludere med en bred oppslutning om den politikken som hun hadde bestemt seg for i utgangspunktet.

Disse manipulasjonene var naturligvis bare gjennomførbare fordi OO-nivået i befolkningen gjennomgående var lavt. Vår tids Homogaius ville aldri gått i de tankefellene som fungerte for Fatima-My på 2100-tallet.

På sin 100-årsdag i 2126 satt Fatima-My fremdeles som leder av Mandatet. Da hadde opplastingsteknikken omsider blitt perfeksjonert, og ifølge den offisielle historieskrivingen ba da sentralkomitéen Fatima-My om å laste opp hjernen sin til en avatar, slik at hun også etter sin død kunne fortsette å tjene menneskeheten.

Det som skjedde i virkeligheten, var at sentralkomitéen gikk med på å laste henne opp til en avatar slik at hun som takk for lang og tro innsats kunne trekke seg tilbake og nyte sitt otium i all evighet. Tanken var at Fatima-Mys avgang skulle bane veien for den nye generasjonen, og Amira Naguib forberedte seg på overtakelsen ved å laste seg selv opp til en tilsvarende avatar, for hun mente at med alt arbeidet som lå foran henne, ville det være nyttig for henne å kunne være to steder samtidig.

Avatarene var i prinsippet uformaterte ainanoer i forsterkede kollagenboter med standardiserte motoriske funksjoner. I et slikt skall skulle Fatima-Mys bevissthet leve til evig tid med tanker, følelser og Nannykommunikasjon til resten av verden, og så lenge Fatima-My eksisterte med en menneskekropp, ville hun kunne synkronisere seg med avataren når som helst, slik at begge var oppdatert på de aktivitetene de utførte hver for seg.

Fatima-My kan kanskje ha likt tanken på å leve evig, men ingen ting tyder på at hun kunne tenke seg en tilværelse uten oppmerksomhet og innflytelse. Om hun var skremt av en meningsløs eksistens i all evighet eller bare mente at hun pliktet å bruke sin erfaring og sine ressurser til samfunnets beste, får vi aldri vite. Men hun satte i hvert fall i verk en dristig plan for å beholde kontrollen over Mandatet.

Amiras avatar var naturligvis også en eksakt kopi av originalen, så avatarens hjerne lot seg påvirke på samme måte som den nyvalgte generalsekretærens egen hjerne. Mens Amira sov, tok Fatima-My kontakt med avataren gjennom Nannynettet for å gratulere med den vellykkede opplastingen. Fatima-My formidlet kjærlighet og gode ønsker i et nøye utstudert mønster som lullet hjernen inn i en følelse av samhørighet og tillit, og da forsvarsverkene lå nede, kjørte Fatima-My avatarhjernen gjennom et kraftig hypnoseprogram som suggererte Amiras avatarhjerne til å gå inn i en permanent tilstand av katalepsi.

Da Amira synkroniserte seg med avataren neste morgen, ble hun rammet av den samme lammelsen som avataren. Medarbeiderne gjorde hva de kunne og tilkalte medisinske eksperter fra fjern og nær, men Amira ble bare sittende og stirre fjernt fremfor seg. I mellomtiden slettet Fatima-My avatarens minne, og lastet i stedet opp en kopi av seg selv på Amiras avatar. Som øverste sjef for Nannynettet kontrollerte hun jo de gigantiske kunstige intelligensene som overvåket systemet og som hadde tilgang til alle koder og bakdører.

Sentralkomitéen diskuterte vel og lenge om de kunne sette Amiras avatar til å lede Mandatet. Noen argumenterte for at avataren bare var en maskin, mens andre argumenterte for at maskinen inneholdt Amiras autentiske personlighet og kunne handle på hennes vegne med det samme juridiske ansvaret. En tredje gruppe ville at spørsmålet skulle utsettes i påvente av at legene fant ut hva som feilte Amira og helbredet henne, og en fjerde gruppe ville at det skulle velges en helt ny leder.

Fatima-My hadde planlagt at hun selv skulle styre videre gjennom avataren, så for å redde avatarens maktstilling tilbød Fatima-My seg å tre inn som mentor og kvalitetssikre avatarens disposisjoner. Dette aksepterte sentralkomitéen. Dermed ble Fatima-My oppnevnt som garantist for at hun selv tok kloke beslutninger gjennom Amiras avatar, og det var hun godt fornøyd med, for det ga henne alle de muligheter hun kunne ønske seg til å avlede oppmerksomheten fra kontroversielle beslutninger ved å fingere uenighet mellom seg selv og avataren.

Den første beslutningen hun tok, var å innføre et moratorium på opplasting av mennesker til avatarer, ettersom hun mente at Amiras tilfelle hadde demonstrert at teknikken ennå ikke var pålitelig. Deretter la Fatima-My opplastingsteknologien under Martyriets politiske kontroll og sørget for at bare hun selv hadde myndighet til å godkjenne dispensasjoner. I ettertid er det lett å se at hun forberedte et kupp, og at hun så for seg at hun kunne trenge enda flere utgaver av seg selv enn de to avatarene hun allerede disponerte.

I stillhet sørget Fatima-My også for å infiltrere pleiepersonalet rundt Amira med agenter fra Martyriet. For at den nyvalgte generalsekretæren ikke skulle våkne opp igjen, injiserte de infusjonsvæsken med en slangegift som tok livet av Amira ved å forårsake lammelser av samme type som katalepsien. Dermed ville en obduksjon konkludere med at Amiras tilstand var forårsaket av nervegifter, og ingen ville noen gang forstå hva som egentlig hadde skjedd. Det skulle gå mange år før sannheten kom for en dag, da en av agentene fikk mentalt sammenbrudd og ble grepet av et bekjennelsessyndrom. Rapporten ble naturligvis unndratt offentlighet med en eneste gang, og den dukket først opp igjen hundre og førtifire år senere.

Etter at Amira hadde fått en offisiell bisettelse, mente mange at det ville føles unaturlig for befolkningen at Amira fremdeles skulle lede Mandatet. Det spredte seg en stemning i sentralkomitéen for at de måtte velge en helt ny, levende generalsekretær, og kommissærene ble innkalt til et nytt valgmøte på Hawaii. Stormaktene hadde naturligvis vært aktive i kulissene, og det knyttet seg stor spenning til hvilken kandidat som ville bli valgt.

For at det ikke skulle lekkes noe fra sentralkomitéens forhandlinger via Nannynettet, var sikkerhetsrutinen at Jordas magnetfelt var utlignet inne i plenumssalen, så da kommissærene var på plass og alle inngangsdørene plutselig gikk i vranglås, var det ingen som kunne komme i kontakt med noen på utsiden. Driftssystemets kunstige intelligens informerte om at det hadde oppstått en alvorlig teknisk feil og skyldte på at bevegelser i lavaen under vulkanøya hadde forårsaket anomalier i magnetfeltene lokalt, noe som i sin tur hadde ført til lynnedslag i vitale tekniske installasjoner. Timene gikk uten at problemet ble løst, og kommissærene måtte bare vente, for alle installasjoner var i ulage, fra voteringsmaskinene til klimaanlegget. Plenumssalen var mørk og glovarm og det eneste drikkeautomatene serverte var lunkent vann med bringebærsmak. Først etter tre døgn klarte driftssystemet å få åpnet dørene så sentralkomitéen kunne komme ut av salen.

Når alt kom til alt, var likevel den mest alvorlige konsekvensen av hendelsen at det ikke hadde blitt valgt noen ny generalsekretær. Flere av kommissærene mistenkte at Amirs avatar hadde hatt en finger med i spillet, og senere, hemmeligstemplede undersøkelser har vist at det stemte. Fatima-My hadde kopiert seg selv videre fra Amiras avatar og integrert kopien i administrasjonsbygningens AI-styrte driftssystem, så det var i virkeligheten Fatima-My som hadde sørget for at valget ble forpurret. Fatima-My toet imidlertid sine hender og lovte at hun skulle gjøre sitt ytterste for å etterforske saken. Det kunne jo hende at avataren hadde fryktet at den ville bli utslettet, til tross for at den etter loven hadde rettsvern som en kunstig intelligens?

Det var også noen kommissærer som var inne på tanken om at avataren og Fatima-My hadde sammensverget seg, og selv om ingen kunne føre bevis for noe som helst, var det bred enighet om at både Amiras avatar og Fatima-My måtte tre til side så snart det var råd, for så lenge interregnumet varte, rådde de to til sammen over både Mandatet og Martyriet og utgjorde en altfor sterk maktkonsentrasjon til at sentralkomitéen var komfortabel med situasjonen. Dette var en bekymring som stormaktene delte, for alle innså at Mandatet måtte ha universell legitimitet som et representativt organ hvis det skulle kunne opprettholde den globale freden som hadde hersket siden Cairus.

I de åtti årene som hadde gått siden asteroidenedslaget, hadde også maktforholdene mellom statene forskjøvet seg en god del. Kyststatene rundt Det indiske hav hadde ennå ikke kommet på fote, men Etiopia hadde fra sin innlandsposisjon tatt kontroll over det meste av Øst-Afrika og seilte opp som en ny stormakt under navnet Abessinia. På det langstrakte amerikanske kontinentet hadde landene i sør konsolidert seg og kolonisert sambandsstatene i nord for å få kontroll med den fruktbare prærien. Den nye føderasjonen, Panam, strakte seg fra Ildlandet til Beringstredet og hadde anlagt en helt ny hovedstad, Param, i Surinam midt på kontinentet. Russland strevde som i tidligere århundrer med å frigjøre seg fra avhengigheten av råvareeksport, men landet var på fremmarsj etter den nye forfatningsreformen som hadde brakt Tsarinnekonsilet til makten. Hva det keiserlige Kina angikk, var det fremdeles Antropomeliors ubestridte kulturelle sentrum, til tross for at det ikke lenger var den enerådende økonomiske stormakten.

Fatima-My så klart at hennes posisjon var truet, og satte frem et forslag om at styringskrisen kunne løses ved at stormaktenes representanter dannet et indre kabinett som kunne fungere som et interimsstyre under hennes ledelse. Dette appellerte til alle stormaktene, som skjønte at det ville plassere dem i en klasse over de andre landene. Hos de mindre statene møtte imidlertid forslaget så stor motstand at stormaktene fant det klokest å gi seg.

For tredje gang på et år møttes dermed sentralkomitéens kommissærer på Hawaii for å velge en ny generalsekretær til Mandatet. Denne gangen skulle møtet foregå utendørs i den store palmehagen, som ellers bare ble brukt til mottagelser og selskapelighet.

Phobos virket mye mindre enn to mil i diameter.

Kanskje det var fordi den manglet atmosfære, slik at jeg så horisonten som en knivskarp åsrygg mot stjernehimmelen. Månen selv var kopparret og blygrå, men overflaten lå badet i et rosa skjær fra den røde planeten under. «En portvinsnese som har løsnet fra en himmelkjempe og begitt seg på vandring mellom stjernene,» tenkte jeg, «til den ble fanget inn, og falt inn mot krigsplaneten i mindre og mindre sirkler.»

Jeg lengtet etter å sette føttene i den røde ørkensanden, men det ville ta Phobos ti millioner år å falle helt ned i atmosfæren. Tanken på at det da bare ville være et skjelett igjen av meg inne i romdrakten, fikk musklene til å krympe seg og blodet til å tørke ut. I redsel trakk ansiktshuden seg sammen om kraniet og revnet, og de oppsmuldrede hudfillene drysset ned som støv i skoene.

Men kanskje det ikke var så farlig? Når Mars fikk portvinsnesen midt i fleisen, ville smellet drepe alt som levde uansett. Det var bare å slå seg til tåls og vente.

Med ett virvlet hudstøvet opp i hjelmen, fanget av statisk elektrisitet, og klistret seg mot visiret. Gjennom skyen av støvkorn skimtet jeg så vidt en metallkropp som nærmet seg. Den lyste av gull og skinnende grønt, og hadde morderiske høygafler i stedet for hender.

Jeg la på sprang. Avataren tok opp forfølgelsen. Jeg var livredd for at den skulle punktere luftbeholderne mine og presset meg til det ytterste. Et kraftig fraspark gjorde at jeg satte månen i rotasjon, slik at jeg løp på stedet hvil, som på en rullende tønne i vannet, mens forfølgeren kastet seg over meg og stakk hull på de dyrebare gasstankene.

Jetstrømmene ga meg en kraftig dytt bort fra avataren og sendte meg ut i det store intet. Panikken grep meg, for uten luft ville jeg styrte hjelpeløs gjennom det uendelige verdensgapet uten noe håp om å overleve. Så sanset jeg brått kulden gjennom perforeringene. Den lammende følelsen av det absolutte nullpunkt.

Hvordan kunne det ha seg at et skjelett kjente kulde? Og hva skulle egentlig et skjelett med luftbeholdere?

Sengeteppet hadde glidd halvveis ned på gulvet og jeg var våt av svette.

Hva slags forvirret undiva er det som kan skape slike mareritt?

Mitt egentlige, uforutsigbare og ufattbare jeg befant seg et sted midt inne i mitt eget hode, men var hinsides min rekkevidde. Jeg kunne nok regne meg frem til sannsynligheten av at ulike minner og impulser skulle koble seg sammen, men jeg ville aldri kunne forstå hvorfor dette boblende heksebrygget av betingede reflekser, atavistiske instinkter, nedarvede fobier og ufordøyd kulturell ballast skulle skape bilder og forestillinger som var egnet til å påføre sin egen kropp skjelving og hetetokter.

Men kanskje det var noen andre som hadde en slik agenda?

Dersom marerittet var påført utenfra, var det i hvert fall bare én instans som hadde både evne og interesse av å trakassere meg: Avatar Martyr, det allestedsnærværende Avatariatet, som hadde sendt en levitron for å advare meg mot å vise ringeakt for regimets grunnleggere.

Avatariatet visste også at jeg visste at det ikke kunne være noen andre som var i stand til å bryte seg inn i hodet mitt gjennom Nannyen, og det visste at jeg visste at de opprivende synene ville fortsette å komme dersom jeg ikke tok skjeen i en annen hånd.

Regimet ga meg ikke noe valg. Det ville være umulig å fortsette arbeidet mitt dersom Avatariatet skulle drive meg til vanvidd med nye mareritt hver natt og hver dag, og det ville føre til brutale sanksjoner om jeg stengte av Nannyen. Men kanskje fantes det likevel en utvei.

For flere år siden hadde jeg gjort utgravinger av en bosetning fra 1980-tallet. Håpet hadde vært at jeg skulle finne intakte arkiver, men alt som hadde vært lagret på papir, hadde råtnet bort i det fuktige klimaet etter Demringen. Det eneste jeg fant av skriftlig

143

materiale var en hvit plaststrimmel med skrifttegn som fremsto som en kode. Det var rekker av små og store bokstaver om hverandre, noen ganger meningsbærende ord – eller i hvert fall bokstavserier som så ut som meningsbærende ord – og noen ganger rekker brutt opp av tegn som for eksempel kommaer og spørsmålstegn, tilsynelatende umotivert plassert midt i sekvenser av bokstaver.

Jeg hadde brukt lang tid på å forsøke å tolke inskripsjonene da jeg gjorde et nytt funn som kastet lys over den mystiske plaststripen. Det hadde vært en elektrisk drevet konstruksjon med en styringskonsoll som besto av små trykknapper. Hver knapp korresponderte med en særskilt bokstav eller et særskilt tegn. Hvis man trykket på en av knappene, ville det via et svart bånd bli dannet et avtrykk av det korresponderende tegnet på et papirflak som beveget seg automatisk over en valse etter hvert som radene med skrifttegn ble fylt opp. Jeg hadde rett og slett funnet et manuelt skriveapparat, og plastremsen med tegn var et hvitt bånd som hadde blitt brukt til å overskrive svarte tegn som var feilplassert. Rekken av skrifttegn var ingen kode i det hele tatt, det var en fullstendig randomisert serie rettelser.

Dette apparatet hadde fasinert meg i den grad at jeg hadde satt det i stand og gjort det til en del av min private gjenstandsportefølje. Derfor hadde det også fulgt med meg på ferden til Dovre, hvor det sto stablet i en krok i soverommet.

Men nå kunne kanskje apparatet komme til nytte? Hvis jeg kunne formulere min fortelling og lagre den på valset og bleket cellulose ved hjelp av dette apparatet, ville jeg ikke behøve å lagre noe i Nannyfeltet mitt, og da ville heller ingen ting være tilgjengelig for Avatariatet før arbeidet var sluttført!

Slik håpet jeg at jeg kunne få noen ukers ekstra arbeidsro.

13

Kinas aller første urtidskeisere hadde hevdet at de hadde et mandat fra himmelen til å herske, og det samme var på mange måter også sant for Kinas keiser fire tusen år senere. Det var nemlig keiserdømmet som investerte mest og fikk flest fordeler av 2060-tallets storsatsning på romfart under ledelse av Mandatets generalsekretær Manya Beljajeva.

Formålet var først og fremst å utvinne energi og råstoffer på en måte som ikke påførte Jordas livsmiljø større skade enn det allerede hadde måttet tåle. Fremgangen innen nanoteknologi generelt, og nanomagnetisme spesielt, var forutsetningen for den første store nyvinningen, positrongenerert energi (zit). Positroner er elektronenes antimaterie-motstykke og oppstår blant annet i Van Allen-beltene rundt Jorda. Da det ble mulig å kontrollere magnetfelter så presist at positroner kunne lagres over tid, åpnet veien seg til å konstruere en positronreaktor for å høste energien som blir utløst når et positron og et elektron tilintetgjør hverandre. Det første store industriprosjektet i rommet var en kinesisk romstasjon som hadde til oppgave å forsyne den nye generasjonen romskip med antimaterie til positronreaktorene.

På bakken ble energiproduksjonen i løpet av det neste tiåret dominert av fusjonsreaktorer med Helium-3 fra månegruvene som råstoff. Selenius-basene ga også kineserne de erfaringene de trengte for å utforske himmellegemer som var rikere på forekomster av andre råstoffer, men lå lenger unna. Før århundreskiftet var det etablert en storstilt utvinning i asteroidebeltet av mineraler som nikkel, jern, magnesium, kobolt, aluminium, platina og gull.

Dvergplaneten Ceres ble et naturlig senter for virksomheten, for den var rik på oksygen og vann, og ettersom den bare hadde en hundredel av massen til Jordas måne, krevde det lite energi å unnslippe gravitasjonsfeltet.

Den lave gravitasjonens negative virkning på menneskekroppen satte også fart i forskningen på diamagnetisk levitasjon. Tanken var at man kunne skape en kunstig tiltrekning mellom legemer ved å reversere denne effekten. Etter bare noen år kunne kineserne tilby romfarere kunstig gravitasjon overalt i solsystemet, fra den ekspanderende kolonien på Mars til basen under isen på Jupiters måne Europa og til dagbruddene på Neptuns irregulære måne Psamathe.

Den voldsomme ekspansjonen skapte en bølge av fremtidsoptimisme, og for hvert nytt skritt ut i verdensrommet økte ambisjonene. Det ble til og med satt i gang et storstilt prosjekt for en interplanetarisk multigenerasjonsferd (MUGE). Ettersom avstandene mellom stjernene er så enorme at selv lyset bruker mange år på å krysse avstandene, forsøkte et globalt konsortium i 2116 å sende av gårde et helt økosystem der romfarerne kunne leve i flere generasjoner. Som mange vil vite ble det over to hundre år etter avreisen tydelig for alle at interplanetarisk romfart hadde vært et svært prematurt prosjekt, og det eneste som er igjen av dette initiativet i dag er ordet *muge*, som har gått inn i vokabularet som et synonym til «å bevege seg langsomt», det vil si trenere eller hale ut.

Et økende problem etter som romvirksomheten beveget seg lenger og lenger ut i solsystemet, var kommunikasjon. Nannynettet var selvfølgelig begrenset til Jorda, ettersom det benyttet seg av Jordas magnetosfære. Kommunikasjon til Jordas måne skjedde via laser til en basestasjon på den siden av Luna som vendte mot Jorda, og denne kommunikasjonen hadde bare ett sekunds forsinkelse. Signaler til Ceres og Mars brukte derimot minst et kvarter hver vei, og til Jupiters måner brukte signalene minst tre kvarter – eller 2,7 *kilosekunder*, som nå hadde blitt den vanlige tidsenheten i rommet. Denne avstanden gjorde det nødvendig med utstrakt bruk av intelligente maskiner som selv kunne treffe avgjørelser i prekære situasjoner, og den skapte også grobunn for et ønske som større selvstyre blant de menneskelige romkolonistene.

Etter hvert som Jorda ble mer og mer avhengig av å importere energi og råstoffer fra resten av solsystemet, var det transporten ut og inn av Jordas eget gravitasjonsfelt som ble flaskehalsen. Jordas tyngdekraft var større enn tyngdekraften overalt ellers hvor fraktefartøyene lettet og landet, men alle måtte innom Jorda. En nøkkelfaktor for å redusere kostnadene var derfor å effektivisere denne transportetappen.

I 2099 startet byggingen av romheisen. Romheisen var i prinsippet en kabel fra Jorda til en geostasjonær satellitt, slik at varer og personer kunne fraktes både opp og ned. Fra satellitten måtte det nødvendigvis gå en motvekt utover i rommet for at ikke hele heisen skulle ramle ned, men det viste seg at denne konstruksjonen ikke ville bli så stabil som man kunne ønske. Derfor brukte kineserne en kabel som var helt lik den første som motvekt og satte systemet i rotasjon, slik at kabelenden ved jordoverflaten løftet seg opp fra Jorda og byttet plass med kabelen som strakte seg ut i rommet. Ved at ingeniørene festet flere kabler som balanserte mot hverandre på den samme satellitten, fikk systemet form av et hjul med eiker som roterte med navet i geostasjonær jordbane. Gods og mannskap kunne hektes på kabelendene ved jordoverflaten og hektes av igjen ute i rommet, eller omvendt, og i 2112 var det kinesiske himmelhjulet – «rokken» som det også ble kalt – fullt operativt.

Andre stater, som Russland, hadde satset mest på fornybare energikilder på Jorda, i tillegg til gruvedrift på havbunnen og i ugjestmilde strøk. Virksomhetene der ga bedre økonomisk avkastning på kort sikt, men bidro ikke like mye som romfarten til teknologisk utvikling. Kinas investering i nyskapende teknologi hadde på sin side økt landets prestisje og innflytelse, ikke minst i Mandatet, men innsatsen hadde krevd mye av økonomien. På 2120-tallet var ikke bare verdens energiforsyning, men også det kinesiske keiserdømmet helt avhengig av at Kina importerte og videresolgte råstoffer fra verdensrommet.

En uke før sentralkomitéen for tredje gang på ett år kom sammen på Hawaii for å velge ny generalsekretær, hadde Fatima-My en samtale med den kinesiske keiseren, Oūyáng Xiá. Hva som ble sagt, kan vi bare gjette.

*

Fatima-My: Godeste Oūyáng xiānsheng, dette må du forklare meg. Hvorfor Pedro Yupanqui?

Oūyáng Xiá: Pedro Yupanqui er en fremragende mann, nǔshì.

Fatima-My: Det er mange gode menn. Hvorfor akkurat denne biologen?

Oūyáng Xiá: Først og fremst er han chilensk marineminister og har lang erfaring fra internasjonalt havrettsarbeid og konfliktløsning. Han er kjent for sine diplomatiske evner og omfattende globale forbindelser.

Fatima-My: Jeg har all respekt for marineministeren, Oūyáng xiānsheng, men har han virkelig de kvalifikasjonene som er viktigst i møtet med Mandatets utfordringer?

Oūyáng Xiá: Er det noe som er viktigere enn et globalt perspektiv i møtet med globale utfordringer?

Fatima-My: Jeg vil tro at Keiseren selv har vist hvor begrensende et globalt perspektiv er ved sin store og fremtidsrettede satsning på industri i verdensrommet utenfor kloden. Burde ikke Mandatet ha en strategi for Antropomeliors fremtid i kosmos? Og en generalsekretær som er kjent med hva utfordringene innebærer?

Oūyáng Xiá: Det er et godt poeng, men det er tross alt ikke i den helt marginale befolkningen utenfor kloden vi ser konflikter som behøver assistanse for å bli løst. De ekstraterrestrielle industriene klarer seg godt på egen hånd.

Fatima-My: Hvis jeg skal være helt ærlig, er jeg usikker på hvordan dette vil bli mottatt i sentralkomitéen. En god del kommissærer kan komme til å tolke det slik at keiserdømmet vil ha himmelen for seg selv.

Oūyáng Xiá: Jeg håper virkelig at du kan berolige forsamlingen på det punktet. Himmelhjulet er tilgjengelig for alle operatører, og verdensrommet er stort nok for hele Antropomelior.

Fatima-My: Keiserens handlinger veier atskillig tyngre enn mine ord, Oūyáng xiānsheng. Ser du for deg at det kan finnes et akseptabelt alternativ, en kompromisskandidat?

Oūyáng Xtiá: Ingen er enestående eller uerstattelig. Er det noen spesiell du har i tankene?

Fatima-My: Blant de som nevnes som aktuelle, ryktes det at kommissæren for landbruk og genetikk samler oppslutning.

Oūyáng Xiá: Hepzibah Jones er en svært dyktig kvinne, nǔshì. Men jeg tror vi må erkjenne at bakgrunnen hennes kan bli en ulempe i forhold til de underprivilegerte segmentene av Antropomelior.

Fatima-My: Landbruksbakgrunnen? Hun har revolusjonert austraisk landbruk og mettet millioner.

Oūyáng Xiá: Svinekjøtt er fremdeles kontroversielt i store grupper.

Fatima-My: Man skal ikke overvurdere kraften i avfeldige religiøse dogmer.

Oūyáng Xiá: De bekymrer meg ikke. Jeg tenkte mest på vegetarianerne.

Fatima-My: Men all kjøttproduksjonen til Hepzibah Jones foregår uten bruk av bevisste dyr. Kjøttverkene i Borroloola dyrker koteletter og skinker i drivhus.

Oūyáng Xiá: Jeg tenkte på de som er tvunget til å være vegetarianere, de som ikke har råd til kjøttprodukter. For ikke å snakke om at det er en unødvendig provokasjon overfor ainanoer i dyreham.

Fatima-My: Det har du selvfølgelig rett i. Vi må unngå å støte fra oss hybridene. Det beste ville antagelig være om du velger en annen kandidat.

Oūyáng Xiá: Det er mange muligheter. Vi kunne for eksempel komme til å støtte det afrikanske initiativet ...

Fatima-My: Nigerias utenriksminister?

Oūyáng Xiá: Oluwakayode Abd al-Bāsiṭ har vist seg som en visjonær brobygger.

Fatima-My: Ekspansjonist, sier noen? Broer bygges alltid for å føre et sted.

Oūyáng Xiá: Du er skeptisk, nǚshì?

Fatima-My: Jeg skal være nådeløst ærlig, Oūyáng xiānsheng. Erfaringen med Negusa Nagast burde ha fått afrikanerne til å skjønne at vi ikke er mottagelig for flere afrikanske autokrater.

Oūyáng Xiá: På den annen side må man være forsiktig med å skjære alle over én kam.

Fatima-My: Det påstås også at Oluwakayode er hemmelig medlem av en Muhammed-sekt.

Oūyáng Xiá: Hvem sier det?

Fatima-My: Martyriet har gått alle kandidatene etter i sømmene. Jeg tror ikke at jeg sterkt nok kan advare mot ham. Vi risikerer flere tiårs regime med en despot som styrer etter råd fra heksedoktorer.

Oūyáng Xiá: Da står vi vel igjen med Pedro Yupanqui.

Fatima-My: Om jeg får være så frimodig, så kunne jeg tenke meg å foreslå at Keiseren går inn for en helt annen kandidat.

Oūyáng Xiá: Du er rik på erfaring og klokskap, nǚshì. Jeg lytter gjerne til dine råd.

Fatima-My: Det anføres av mange kommissærer at det viktigste ved dette valget er å spre makten og sørge for at Mandatet fremstår som representativt for Antropomelior. Dersom vi ser fremover, er ikke det viktigste å få en ny sterk leder, men en leder med uttrykt vilje til å la så mange stemmer som mulig komme til orde før sentralkomitéen konkluderer.

Oūyáng Xiá: Her har vi sammenfallende synspunkter. Kina har lange tradisjoner for en kollektiv ledelse som styrer gjennom konsensus.

Fatima-My: I denne situasjonen mener jeg at det er jeg som er den beste kandidaten.

Oūyáng Xiá: Med all respekt, nǔshì. Bakgrunnen for at mange mener valget på ny generalsekretær haster, er at de opplever at du allerede har samlet for mye makt på din hånd.

Fatima-My: Jeg innser at dette fremstår som et stort paradoks, Oūyáng xiānsheng. Men det har vært nødvendig for å gjennomføre reformen. Ingen annen lederkandidat har styrt lenge nok til å innse sin egen ubetydelighet, og ingen annen vil gå inn for å redusere stillingens makt. En fersk generalsekretær er dømt til å prøve å sette sitt eget preg på historien; vi to er kanskje de eneste som forstår at ingen er enestående eller uerstattelig.

Oūyáng Xiá: Intensjonen er god, nǔshì, men det er et politisk umulig valg.

Fatima-My: Jeg mener det kan argumenteres godt for at jeg i større grad enn andre har vist både handlekraft, fremsynthet og evne til å vinne tilslutning i vanskelige saker.

Oūyáng Xiá: Hvis jeg skal være helt oppriktig, så viser kanskje nettopp din holdning i denne saken at selv din fremsynthet har sin begrensning.

Fatima-My: La meg ta et eksempel, da. Mandatet har også en formell meglerrolle i alle ekstraterrestrielle territorier. På Ceres fikk Mandatet for et år siden klager fra de europeiske gruvearbeiderne over forskjellsbehandling av sine skip i keiserdømmets romhavn, men på grunn av tidsforsinkelsen kunne ikke uoverensstemmelsen løses før det kom til voldsomheter.

Oūyáng Xiá: Jeg ser ikke helt hvordan dette sier noe om din fremsynthet, nǔshì?

151

Fatima-My: Som en konsekvens opprettet jeg umiddelbart en avatar som jeg sendte av gårde til Ceres, slik at jeg kunne ta hånd om fremtidige konflikter direkte på stedet.

Oūyáng Xiá: En personlig avatar? Som har tiltatt seg myndighet i den kinesiske romhavnen på Ceres?

Fatima-My: Og i kolonien på Mars.

Oūyáng Xiá: La meg få dette helt klart. Har du tatt personlig kontroll over kinesiske operasjoner på Ceres og Mars?

Fatima-My: Overalt, egentlig. For øyeblikket er det tre tusen og førtiåtte avatarer spredd utover solsystemet for å betjene Jordas ekstraterrestrielle operasjoner.

Oūyáng Xiá: Dette er helt uakseptabelt.

Fatima-My: Jeg kan ikke forstå at dette er kontroversielt. Kina har jo undertegnet charteret, så juridisk er det åpenbart Mandatets ansvar å sørge for at det etterleves. Lager man regler, må de håndheves.

Oūyáng Xiá: Jeg kan ikke akseptere at Mandatet blander seg i indre kinesiske anliggender.

Fatima-My: Naturligvis ikke! Det skulle bare mangle! Avataren griper jo bare inn dersom det skulle oppstå uoverensstemmelser på et eller annet nivå med en tredjepart.

Oūyáng Xiá: Hva mener du med «et eller annet nivå»?

Fatima-My: I alminnelighet vil det naturligvis bare være snakk om lokale arbeidsforhold.

Oūyáng Xiá: Jeg ser at dette er et spørsmål jeg må ta opp med den nye generalsekretæren så snart vedkommende er på plass. La meg bare advare deg mot å skape uregelmessigheter eller stans i produksjonen på kinesiske installasjoner i rommet.

Fatima-My: Hvorfor skulle jeg ha noe ønske om det? Og hvordan skulle jeg kunne gjøre noe for å hindre produksjonslinjer som er etablert og planlagt for mange år fremover?

Oūyáng Xiá: Nemlig. Jeg nevner dette bare som en presisering av den kinesiske posisjonen.

Fatima-My: Det er naturligvis Keiserens privilegium å presisere sine interesser. Jeg skal være like åpen om Mandatets interesser.

Oūyáng Xiá: Mandatet har meg bekjent ingen andre interesser enn å stå til tjeneste for statene?

Fatima-My: Det er vi fullstendig enige om. Og dersom Mandatet skal oppfylle sin forpliktelse til å megle i alle kritiske situasjoner, må Mandatet kunne gripe inn hvis det oppstår prekære situasjoner på Jorda også.

Oūyáng Xiá: Jeg håper virkelig ikke dette innebærer at du har en visjon om en hær av personlige avatarer?

Fatima-My: Absolutt ikke! Statene har krigsmateriell i overflod selv. På Jorda vil en fremforhandlet enighet alltid kunne håndheves.

Oūyáng Xiá: Kan jeg spørre rett ut hva du sikter til da?

Fatima-My: Jorda er avhengig av import av råvarer fra rommet. Den alvorligste strategiske trusselen som Antropomelior står overfor, er at himmelhjulet slutter å fungere.

Oūyáng Xiá: Det er ingen grunn til bekymring i så måte. Himmelhjulet fungerer perfekt. Det representerer det ypperste av kinesisk ingeniørkunst.

Fatima-My: Det vet jeg. Jeg har installert en personlig avatar som har kontroll med styringssystemet.

Oūyáng Xiá: Hva er det du sier? Dette er et utilbørlig inngrep i keiserdømmets virksomhet.

Fatima-My: Mandatet har en forpliktelse til å forebygge konflikt og ødeleggelse av alle slag. Antropomeliors sikkerhet er en overordnet prioritet, uansett hvor på kloden risikoen kan oppstå. Hvis liv og helse er truet, må til og med vitale økonomiske interesser vike.

Oūyáng Xiá: Du våger ikke å stanse himmelhjulet!

Fatima-My: Det er ikke umulig at det vil bli en driftsstans fra og med i morgen for å utføre nødvendig vedlikehold. Hvor langvarig den kan bli, vet jeg ikke ennå.

Oūyáng Xiá: Dette er utpressing. Det finner jeg meg ikke i.

Fatima-My: Vi vet begge at alle reformer må regne med å møte motstand. Det kan ikke overraske deg at jeg har tatt mine forholdsregler?

Oūyáng Xiá: Dette er ingen reform. Det er et kupp.

Fatima-My: Det er en reform. Men det er ikke bare en reform av Mandatet, det åpner også for en reform av Keiserens rolle.

Oūyáng Xiá: Kinas styresett er Kinas sak, og utelukkende Kinas sak.

Fatima-My: Selvfølgelig, dette er bare et tilbud. Eksklusivt til Keiseren personlig, her og nå.

Oūyáng Xiá: Nei takk.

Fatima-My: Når jeg blir valgt til ny generalsekretær, vil jeg sette i verk en reform som øker Mandatets representativitet og legitimitet ved at sentralkomitéens rolle blir mer fremtredende på bekostning av generalsekretærens rolle. Dermed er det ikke lenger så viktig hvem som er generalsekretær. Det kunne være nesten hvem som helst, kanskje til og med en avatar. Det viktigste vil være at generalsekretæren representerer en kontinuitet.

Oūyáng Xiá: Hvis du tror at du kan være verdens hersker i all evighet, har du gått helt fra vettet.

Fatima-My: Kjære Oūyáng xiānsheng, jeg har ikke noe annet mål enn å tjene Antropomelior.

Oūyáng Xiá: Glem dette, nǚshì. Glem drømmen om å herske i all evighet. Du blir aldri min kandidat.

Fatima-My: Min aller godeste Oūyáng xiānsheng, hva med dine egne forpliktelser? Kan du svikte et helt folk som ser deg som det levende symbolet på mange tusen års sivilisasjon? Hva er bedre for Midtens Rike enn at Keiseren vokter over sitt folk, evig og uforanderlig?

Oūyáng Xiá: Ingen er uerstattelig!

Fatima-My: Du er uerstattelig, Oūyáng xiānsheng! Din kropp vil snart dø av seg selv, og hvis du insisterer på at du både skal svikte mitt kandidatur og følge din egen kropp inn i døden, bringer du både økonomisk ruin og landesorg over keiserdømmet. Men du kan gi velstand, håp og glede i stedet!

Oūyáng Xiá: Hva mener du med dette? Gi slipp på makten!

Fatima-My: Jeg er den eneste som kan gi deg udødelighetens gave, og du er den eneste som kan garantere min stilling. Lev opp til den visdommen du prises for.

Oūyáng Xiá: Hvordan skal jeg kunne forsvare å gjøre deg til generalsekretær?

Fatima-My: Jeg har gitt deg grunnene. Det eneste som mangler er beslutningen.

Oūyáng Xiá: Det er umulig!

Fatima-My: Da stanser jeg himmelhjulet i dette øyeblikket.

Oūyáng Xiá: Du kan ikke gjøre det! Tenk på lidelsene …

Fatima-My: Tenk i stedet på den evigheten jeg kan gi deg, med uendelige muligheter og opplevelser.

Oūyáng Xiá: Millioner vil dø hvis det ikke kommer forsyninger med hjulet!

Fatima-My: For deg er de ennå folket ditt, men for meg er de støvkorn i evigheten. Skal du svikte både dem og deg selv?

Oūyáng Xiá: Ja vel. For folkets skyld.

Fatima-My: Ja?

Oūyáng Xiá: Gi meg evig liv, som deg. Så danser du ikke alene over tidens avgrunn.

*

Da kommissærene noen dager senere samlet seg i Mandatets frodige palmehage på Hawaii, ble Fatima-My enstemmig valgt til ny generalsekretær. Til forskjell fra tidligere valg, ble ikke valgperioden spesifisert.

Fatima-My sørget selv for å få lovfestet at Mandatets sentralkomité var Antropomeliors høyeste organ, at Mandatets generalsekretær var en utøvende funksjon underlagt sentralkomitéens myndighet og at alle lover og planer var sentralkomitéens eksklusive domene.

For øvrig fortsatte all kommersiell virksomhet i rommet som den pleide uten at det kom til konfrontasjoner av noen art. Kommissærene konstaterte at Fatima Mys avatarer var velegnet til å ivareta den offentlige orden i romkoloniene, og konkluderte med at Mandatet skulle være eneste lovlige politimyndighet innenfor solsystemets grenser.

Tiden var en gordisk knute, og tanken var ute av stand til å skjære igjennom.

Jeg var sløvet av mange netters søvnløshet. Noen ganger var jeg et lite barn med pustevansker i ørkenen, andre ganger svevde jeg ubesværet over fjellheimen som Avatar Martyr. Idet jeg oppdaget den gamle mannen utenfor jakthytten under meg, innså jeg at samtid og fortid fløt sammen. I neste øyeblikk befant jeg meg på en veddeløpsbane i Demringen.

Rundt meg sto tilskuere med sine evinnelige hardplastbegre og nippet til en skummende, alkoholholdig drikk. En kyborg med et gigantisk mobilapparat i en sekk på ryggen solgte stalltips om neste løp. Fra en lærkledd ungdomsgruppe med mye sminke og hårkrem fløt en søtlig eim av cannabis inn over tilskuerradene, og hologrammene over banen reklamerte for alle mulighetene som ventet foretaksom ungdom i Marskoloniene. Bak sperrebommen sto strutsene klare foran sulkyene og trippet rastløst.

I halvdrømme var jeg selv en kusk og jaget på veddeløpsstrutsen med en rumpedasker. Intens musikk ble kringkastet fra høyttalere på master bak tribunen. Det var chinkabilly-slagere fra et århundre som Demringen ennå ikke hadde opplevd.

I et glimt av klarhet undret jeg meg på om deliriet bare skyldtes at Avatar Martyr påtvang meg absurde drømmebilder, eller om jeg selv bidro til forvirringen med sammensuriet av moderne bekvemmeligheter og sjeldne antikviteter som jeg slepte med meg hvor jeg gikk. Den lille statuetten av mennesket med elefanthodet, for eksempel, var den en urtidsgud for visdom eller viste den ullmammuten Seldon Primig, glattbarbert og fornedret etter at inuitkongen lurte fra henne vinterpelsen?

Hvor fikk Karma den dronen fra? Plutselig lå den på stuegulvet og kreket seg i sirkler rundt seg selv med halve skroget knust av et kraftig bitt. Spionerte Avatar Martyr på meg? Var det ikke nok at hun hadde invadert hodet mitt?

«Jeg må ta en pause,» sa jeg. Jeg vet ikke om Avatar Martyr kunne høre meg, men jeg var viss på at hun registrerte meddelelsen. «Du har rett i at jeg må tenke bedre igjennom dette prosjektet. Det er overmodig av meg, som er fullstendig mentalt frisk, å tro at jeg kan sette meg inn i sinnstilstanden til en person som er så forkvaklet at han innbiller seg at sivilisasjonens grunnleggere skulle være akkurat som vanlige mennesker, styrt av maktbegjær, hevntørst og sjalusi.»

Jeg fortrengte alle tanker på kulehodemaskinen jeg hadde gjemt under gulvplankene sammen med arkene jeg hadde fylt med bokstaver. Enn så lenge var hemmeligheten trygg, for jeg hadde vært nøye med å skru av Nannyen de få kilosekundene jeg hadde stjålet til meg for å slite med det gamle tastaturet. Arkene var alt jeg levde for nå, tanker formet i ord, en umistelig støtte for hukommelsen når jeg skulle registrere historien en gang for alle, bak Avatar Martyrs rygg.

«Jeg trenger ro. Kanskje er det i det hele tatt ikke mulig for en alminnelig person som meg å forstå slike uhyrlige vrangforestillinger. Jeg må gå i meg selv. For å samle tankene kommer jeg til å slå av Nannykommunikasjonen noen dager nå.»

Jeg skrudde helt av og følte dyp lettelse. Floken av tidslinjer løste seg opp, følelser, gjenstander og hendelser falt på plass i riktig rekkefølge.

Først kom det travhester inn i verden, og så, mye senere, kom madagaskarstrutsene på banen.

Først kom rulleskøyter, og så, mye senere, levitron.

Marsoppstanden kom tre hundre og sekstifire år etter februarrevolusjonen.

Senke skuldrene. Ned på Jorda igjen. Først matpakke, så sandwichautomat. Og tvers igjennom begge utviklingstrinn: mellomleggpapirets gåte. Var det en pengeseddel som ble betalt for å utligne verdiforskjellen, eller var det et slanguttrykk for korrupsjon?

Det var ingen tid å miste. Jeg pakket sammen det nødvendigste. Proviant, klær, laboratoriet, kulehodemaskinen og de tettskrevne arkene.

Og resten av gaffelbukken. Å drepe var tabu, men det ble enda verre hvis man ikke nyttiggjorde seg all energien.

Karma tok med seg favorittleken. Den lignet på et av bukkens spolebein, men var egentlig en gammel Saguaro-spuns fra Mars.

Hvorfor var disse arkene og disse ordene så viktige?

Kunne ordene bety noe som helst for noen som helst del av Homogaius, denne tykke sausen av nytelsessyke halvbevisstheter som hadde oppløst det de hadde igjen av egenart i magnetosfæren?

En gang hadde de vært mennesker, en art av forvirrede, kjempende, unike, gale individer. Nå hersket Avatariatet over en homogen masse som verken hadde noe å leve for eller noe å dø for. Borte var mangfoldet, borte var fantasien, borte var viljen og initiativet. Homogaius hadde overlatt stafettpinnen til neste trinn i evolusjonen, fremtiden tilhørte ainanoene.

Den maskinelle intelligensen var på hugget, alltid sulten på ny kunnskap, alltid nysgjerrig på nye utfordringer. Homogaius hadde nemlig programmert dem til det, før Homogaius hadde lobotomert sin egen kaotiske ubevissthet og parkert seg som rasjonelt optimerte hedonister. Den stolte, nakne apen som hadde erobret en hel planet, hadde degradert seg selv til et lass med forutsigbar drivved som bare levde for å oppleve neste spesialdesignede følelsessjokk mot nervesystemet.

Og nåde den som kritiserte Avatariatets verdensorden. Jo mer makt Avataren hadde karet til seg, jo mer lettkrenket og hevngjerrig hadde hun blitt.

«Homogaius, den verdensomspennende organismen» – hah! Grautplaneten Homogenus!

Et øyeblikk spurte jeg meg selv: Ja men, hvorfor er du så opprørt? Hvorfor er det så ille at menneskeheten har parkert seg i en utviklingsmessig blindgate? Menneskene har hatt sin tid, så da kan vel verden gå videre uten dem.

Hvis Homogaius ikke trengte universet, trengte kanskje ikke universet Homogaius heller?

14

På Mars levde det en mann som het Okan Tyrrhos. Mange mars-
boere så på ham som menneskehetens siste håp. Alle deres slekter
er døde nå.

Da de første menneskene kom fra Jorda til Mars, var Mars svært
forskjellig fra den planeten vi kjenner i dag. Det var så kaldt at både
vann og karbondioksid bare fantes i frossen form, og det atmo-
sfæriske trykket var mindre enn en kilopascal. I tillegg fantes det
ikke noe magnetfelt til beskyttelse mot solvind og kosmisk stråling,
og selv om tyngdekraften bare var litt over en tredjedel av tyngde-
kraften på Jorda, var den sterk nok til at utskiping av mineraler
fra Mars ble mye dyrere enn gruvedrift på solsystemets måner og
asteroider.

Det var ikke mange som så for seg at det kunne være andre
grunner enn forskning til å bosette seg permanent i så ugjest-
milde omgivelser, men Mandatets andre generalsekretær, Manya
Beljajeva, mente bestemt at menneskehetens fremtid lå i å kolonisere
rommet, og startet et stort program for å endre planetens klima.
Terraformerne startet forsiktig omformingen av Mars med å spre
mørke algearter ut over store arealer i marsørkenen. Det økte sol-
oppvarmingen samtidig som det bidro til å øke oksygeninnholdet i
atmosfæren, men for Manya gikk dette altfor langsomt.

Hun ville få fart på drivhuseffekten, og så snart positron-
reaktorer hadde blitt virkelighet, var ikke lenger energitilgangen
noen begrensning. I asteroidebeltet fantes det asteroider som var
rike på ammoniakk og andre hydrokarboner, og med finansiering
fra Mandatet satte et internasjonalt konsortium i gang med å trekke

sytten kilometerbrede isklumper ut av sine baner og satte dem på en kurs mot Mars. Noen kilometer over atmosfæren ble asteroidene pulverisert av kraftige sprengladninger og spredte en sky av klimagasser ut over hele planeten.

Atmosfæren som dannet seg etter hvert som vannis og tørris under overflaten smeltet og fordampet, kunne lett ha blåst bort med solvinden. Manyas andre store Marsprosjekt var derfor å gi planeten et kunstig magnetfelt, og med datidens teknologi var det om mulig et enda dristigere foretak. Det krevde et kolossalt system av ringformede superledere forsynt med kraften fra ti avanserte positronreaktorer, plassert i Lagrangepunktet mellom Mars og solen, 2,2 millioner kilometer over Mars.

Selv om marsatmosfæren ble stadig tettere utover 2100-tallet, inneholdt den fremdeles lite oksygen. Generasjonen til Okan Tyrrhos (født 2223) var den første generasjonen ikke-modifiserte Antropomelior som kunne bevege seg utenfor biodomene uten å være avhengige av oksygenapparater.

Men allerede midt på 2100-tallet viste det seg at spådommene om at det var forskning som ville være fremtiden for marsboerne, ikke ville slå til. Den dominerende næringsveien ble turisme fra Jorda, stimulert av rimelig zit-energi til Marsrakettene og tilgangen på komfortable biodomer på den karrige overflaten. I tillegg gjorde den lave tyngdekraften at det var ekstra ettertraktet for jordboerne å dra på lange fjellturer. Man kunne tro at fjellmassivene i Tharsis-regionen, med den spektakulære, sju kilometer dype Marinerdalen og den majestetiske Olympus-vulkanen – solsystemets høyeste fjell! – ville være de mest populære turistattraksjonene, men utilgjengeligheten gjorde at de aller fleste sa seg fornøyd med å nyte synet av Tharsis-massivets stup og tinder fra en levitronkabin. De fleste turistene valgte andre baser for selve oppholdet.

Okans bestefar hadde emigrert til Mars som geolog og bergverksingeniør, og hadde slått til da han fikk tilbud om å kjøpe et område i Tyrrhena med kratere som var så rike på mineraler at han mente lønnsomheten kunne konkurrere med utvinning i asteroidebeltet.

På det tyrrhenske høylandet hadde nemlig asteroider i en fjern fortid dundret ned i overflaten med slik kraft at isen hadde smeltet og vannet hadde løst opp mineralene, som så hadde blitt liggende åpent i dagen da vannet hadde fordampet.

Okans bestefar hadde knapt etablert det første dagbruddet da nanoteknologien fikk et gjennombrudd med nanoboter som kunne manipulere strukturen i enkeltatomer, og slik kunne skape hvilket som helst stoff av et hvilket som helst annet. For å redde investeringen, slo han inn på turisme, og ble en av de første som organiserte vandringsturer i Mars-fjellene, først og fremst rundt de mange kratrene som i utgangspunktet hadde trukket ham til Tyrrhena.

Turistene la grunnlaget for en hel liten by av biodomer på bestefarens vulkanske skråninger, og da Okans foreldre overtok virksomheten, talte bosetningen over to hundre fastboende.

Ettersom klimaet hadde bedret seg betraktelig rundt århundreskiftet, satte Okans mor, som var biolog, i gang eksperimenter med genmodifiserte nytteplanter. Sandjorda viste seg å være velegnet til hardføre potetplanter, svarthyll og mirabell, men størst suksess hadde hun med saguarokaktus fra Meksiko. Dette var kaktusplanter som kunne bli opptil tolv meter høye på Jorda, og med den lave Mars-gravitasjonen strakte de seg til det dobbelte. I tillegg til at plantene ga velsmakende frukter og ly for sandstormene, kunne hver plante også lagre flere hundre liter vann. Ettersom vannisen på Mars smeltet og tilgangen på vann i grunnen bedret seg, kunne plantene tappes stadig oftere, og den friske kaktussaften ble en stor salgssuksess.

Okans far var økonom og gledet seg naturligvis over at familiebedriften økte omsetningen og fikk flere bein å stå på. Samtidig var han en omgjengelig mann som gjerne tilbrakte tid med gjestene fra Jorda. Turistene tilhørte stort sett bedrestilte samfunnssjikt, og som velhavende folk flest klaget de gjerne over det høye skattetrykket på Jorda. På Mars var det mye gunstigere skatteregler, slik at planeten skulle lokke til seg innvandrere som ville etablere ny virksomhet. Dermed fikk Okans far idéen om å tilby gjestene sine å plassere formuene i selskaper som var registrert på Mars, slik at de slapp skatten på Jorda. Selv tok han bare et beskjedent honorar for å stå som formelt ansvarlig overfor myndighetene.

Samtidig som Okans far videreutviklet familieeiendommen som plantasje og turistmagnet, tjente han gode penger på at Mars var et skatteparadis for jordboere. Det var derfor også naturlig at han gikk inn i politikken for å kjempe for at Mars beholdt sine skattefordeler, noe som ledet ham til en fremskutt posisjon i Mars' selvstendighetsparti.

Da Okan ble født, rådde Tyrrhos-familien over en bosetning på tre tusen personer som bodde i romslige biodomer med alle bekvemmeligheter, takket være de samme nanobotene som hadde vært på nippet til å slå Okans bestefar konkurs. Opp av de lokale jord- og bergartene hadde nanobotene reist standsmessige boliger i alle tenkelige materialer og arkitektoniske stiler. For at beboernes benbygning og muskelstyrke ikke skulle svekkes av den lave gravitasjonen, hadde bygningsforskriftene påbud om kontrær diamagnetisk levitasjon – altså kunstig gravitasjon – i alle oppholdsrom. Av samme grunn hadde barna begrenset tid til å leke ute, selv om det atmosfæriske trykket for lengst hadde passert 50 kilopascal og de var vant til den tynne luften. I Okans barndom fikk barna derfor mye tid til underholdningsmedier og fikk grundig innføring i historie, kultur og politikk.

Bortsett fra gravitasjonsparagrafen i bygningsforskriftene tok nybyggerne på Mars lett på mange lover fra sentralmakten på Jorda. Det var et praktisk orientert pionersamfunn som var mest opptatt av hva som fungerte. Så lenge oksygeninnholdet i atmosfæren hadde vært for lavt til at mennesker kunne puste uten spesialutrustning, hadde sysselmennene sett gjennom fingrene med at landarbeidere lot seg modifisere genetisk eller mekanisk, og i Okans oppvekst levde fremdeles mange av de gamle originalene fra den første tiden.

En slik original var en kyborg som bodde for seg selv ved foten av Tyrrhena Patera. De kalte ham bare Askefisen, for han lette alltid etter avtrykk av gamle organismer i gamle bergarter, som stort sett besto av sammenpresset vulkanaske. Askefisen var overbevist om at det hadde eksistert liv på Mars før solvinden tok atmosfæren, og lot seg ikke affisere av at bergartene stammet fra vulkanutbrudd så langt tilbake som da livet på Jorda bare var encellet. Mars hadde huset mye eldre sivilisasjoner enn Jorda, mente han.

Okan fulgte fra unge år med på turistekspedisjonene i disse fjellområdene, og når han hadde fri, besøkte han gjerne Askefisen. Askefisen var full av historier og livsvisdom, og hadde nok større betydning for Okan enn det som har kommet frem i den offisielle historien. Det var ikke farens økonomiske visjoner som med tiden drev Okan inn i politikken, men Askefisens filosofi om å være helt og fullt i sitt eget liv og sin egen tid. Etter hvert forsto Okan at det var mer av en symbolhandling enn et forskningsprosjekt når Askefisen tviholdt på å lete etter fossiler i asken; det var kanskje heller sitt eget liv han jaktet på.

For en nysgjerrig og tiltakslysten guttunge som Okan var Tyrrhos-plantasjen et paradis. Der gikk han fritt overalt og fikk drive på med sitt. Inspirert av sin mor ble han tidlig opptatt av gensløyd, og han lærte seg å programmere DNA-sekvenser på egenhånd i plantasjens laboratorium. Blant annet fikk han en sagu-arokaktus til å produsere enzymer som spaltet sukkeret i saften til alkohol og karbondioksid, slik at han kunne tappe musserende vin rett fra kaktusen.

Ikke alle påfunnene til Okan var like populære hos foreldrene, og da var Askefisen god å ha. «God dømmekraft kommer av erfaring, og erfaring kommer av dårlig dømmekraft,» sa den gamle kyborgen. «Gå hjem og ta oppgjøret. Hvis du ikke sitter ved bordet, står du på menyen.»

Selv om Mars var eksotisk for turistene fra Jorda, var livet der traust hverdag for marsboerne. Bosetningene lå som spredte bygdesamfunn, og det var ikke andre underholdningstilbud enn det innbyggerne selv tok initiativet til. Okan moret seg en stund med å rekonstruere utdødde madagaskarstrutser, ettersom de var mye større og kraftigere enn vanlige veddeløpsstrutser, men da etterspørselen tok av, følte han seg låst til livdyrproduksjonen og begynte å se seg om etter andre områder å bruke energien på. Til slutt siktet han seg inn på politikken.

Siden Mars fikk sitt første globale Nannynett midt på 2100-tallet, hadde befolkningen vokst til tjue millioner. Tidsforsinkelsen til Jorda betydde at de fleste først og fremst forholdt seg til andre marsboere, og etter hvert utviklet kulturen på Mars seg uavhengig av kulturen på Jorda. Mars importerte naturligvis populære musikksjangre som chinka, men omformet uttrykkene i sitt eget bilde – særlig dans, ettersom den lave gravitasjonen oppfordret til mer akrobatikk enn på Jorda. Etter som årene gikk, definerte marsboerne mer og mer seg selv som Homoareios, en egen menneskehet, og opplevde mer og mer Homogaius som et felleskap de hadde utviklet seg bort fra.

Okan hadde naturligvis mye å gjøre med jordboere, og følte sterkt at Tyrrhena var en avkrok i verden. Samtidig var han lokalpatriot på sin hals og forsvarte lokale verdier og interesser når Mandatets generalsekretær – eller Avatariatet, som hun bare ble kalt – kom med sine krav og påbud. Okan var mindre opptatt av økonomisk politikk enn sin far, men ble leder for selvstendighetspartiet i kraft av sitt engasjement for marsboernes kultur og identitet.

Da Avatariatet besluttet å skattlegge marsboerne på lik linje med jordboerne, førte det til en bred folkebevegelse for skatteboikott. Hvorfor skulle Homoareios på sin karrige planet betale skatt til menneskeheten på den fruktbare Jorda? Marsboerne krevde rett til å bestemme over sine egne liv, men Okan mante til besinnelse, for han så klart at Homoareios' 20 millioner hadde lite å stille opp med mot Homogaius' 11 milliarder. For å unngå en farlig konfrontasjon tilbød han seg å reise til Jorda for å forhandle med Mandatet, som i hvert fall i navnet var den øverste myndigheten på Jorda.

Forholdet mellom Jorda og Mars hadde vært preget av konflikter helt siden Mars ble selvforsynt. Mars og Ceres har forskjellig omløpstid og befinner seg ofte på motsatte sider av sola, og derfor hadde det stadig hendt at Mars var den nærmeste forsynings-basen for skip som fraktet råstoffer fra asteroidebeltet til Jorda.

Marsboerne hadde på midten av 2100-tallet ligget i hard konkurranse med kinesiske gruveselskaper på Ceres og hadde hevdet at kineserne prioriterte sine egne fraktskip når det gjaldt adgang til himmelhjulet. Denne første Marsoppstanden hadde gitt Fatima-My påskudd til å sikre seg selv omfattende og varige krisefullmakter på bekostning av både Mandatet og keiserdømmet, og ved hjelp av sine utallige avatarer i felten hadde hun klart å roe situasjonen.

Ettersom Fatima-My gjennom Amira Naguib-avataren også hadde kontroll over Martyriet, var det ingen i solsystemet som kunne utfordre hennes autoritet, bortsett fra domstolene som håndhevet de universelle rettighetene for autonome intelligensvesener. Da himmelhjul-saken kom opp for domstolens øverste instans, dømte domstolen til fordel for marsboerne. Fatima-My hadde på sin side ønsket en løsning som kunne formilde Kinas keiser etter maktranet, og avskaffet på strak arm rettsvesenet i 2190. Begrunnelsen hennes var at institusjonen var overflødig, ettersom Homogaius' kollektive konsensus oppfylte alle krav til kvalifisert vurdering og rettssikkerhet bedre enn noen enkeltpersoners skjønn.

Dette skapte nye konflikter med koloniene både på Luna og Mars, som ikke ville at Homogaius alene skulle kunne dømme i saker som også angikk Homoareios og Homoselenius. Selv om motsetningene mellom Jorda og koloniene ikke hadde slått ut i fysisk konfrontasjon siden handelskrigene i det 22. århundret, var koloniens tillit til jordboerne helt på bristepunktet da Fatima-My ville innføre nye skatter på 2270-tallet for å feste Homogaius' grep om de to andre grenene av menneskeheten.

Da hadde kvinnekroppen som ble født av Gudrun vært død i over hundre år, men Fatima-My hadde lenge før det begynt arbeidet med å bygge opp mytene omkring seg selv som himmelens og Jordas hersker.

Da Fatima-My for første gang ble lastet opp til en avatar, var hun blant de aller første som gikk igjennom en slik prosess. Den gangen var det ennå ikke obligatorisk prosedyre å rense hjernen for alskens uhensiktsmessig undiva før opplasting; det var noe Fatima-My innførte da hun begynte å belønne utvalgte favoritter i Mandatet med evig liv og samtidig ville sikre seg at de forble lojale og forutsigbare tjenere. Ved siden av keiser Oūyáng Xiá var Fatima-My antagelig den eneste som hadde nådd apoteosen uten å bli rensket for undiva, og dette visste hun å utnytte i propagandaøyemed. Etter hvert som flere fremstående personer ble opphøyd til en plass i panteonet, dannet det seg mytiske fortellinger om denne klassen av gudelignende vesener som kunne skifte ham og som levde evig, men Fatima-My sørget for at sagnene om henne selv alltid betonet at hun hadde sine instinkter og sin irrasjonalitet i behold. Slik kunne hun fremstå som den guden som var nærmest menneskene, selv om hun i virkeligheten var den som bestemte alt og var fjernest fra alminnelige folk.

Som en siste symbolsk gest til seg selv hadde Fatima-My latt sin egen døde kropp bli skutt inn i solen, slik at hun ble ett med Jordas stjerne. I mytologien ble det hetende at hun hadde vendt tilbake, og enkelte steder ble hun dyrket som en solgud: en Ra, en Amaterasu, en Sol Invictus, selve forutsetningen for alt liv i solsystemet.

Så langt er historien godt kjent. Det nesten ingen vet, er hvor nær Fatima-My var ved å gjøre ende på Avatariatets diktatur i løpet av noen hektiske måneder i det 2279. kretsløpet.

167

På et blunk var den gylne høstdagen forvandlet til en tåkefylt, isnende vindtunnel.

En god ting med kulda var at jeg fikk på meg termodressen. Den holdt på kroppsvarmen, slik at jeg ble så å si usynlig for infrarøde sensorer. Karma burde også ha hatt en, men det var antagelig like god beskyttelse at hun kunne bli tatt for å være en ulv eller en hyene.

Jeg gled som en kameleon gjennom landskapet, for både termodressen og drabantlevitronen hadde nanokrystaller i overflaten. Mot lyngen var jeg en gul- og rødspraglet skygge, og over fuktige fjellrabber syntes jeg mindre enn en stålorm på våt asfalt. Likevel holdt jeg meg mest mulig under tregrensen, for vindkastene gjennom de nakne kronene på fjellbjørkene ga ekstra kamuflasje til alle bevegelser på bakken.

Det var en underlig følelse å være frakoblet. Jeg fikk ingen posisjonsangivelse i synsfeltet, ingen tikkende klokke og ingen værrapporter om vindstyrke og temperatur. Det var bare meg; meg og lukten av våt hund; meg og vinden som jaget tåkeslintrer over terrenget og bølget gjennom enger av fjellkvein og sauesvingel. Det var umulig å vite hva som foregikk ute i verden, enten det var massedrap, ulykker eller vulkanutbrudd. Ikke engang en seleber skilsmisse i Apotentatet ville jeg få med meg – jeg var lykkelig uvitende om alt annet enn glatt granitt, surklende myrhull og bitende sno.

Det føltes rett og slett litt heroisk. Ville førmenneskene ha følt det likedan, de som ikke hadde noen anelse om hvordan det var å være tilkoblet?

I ly av en steil knaus veltet jeg drabantlevitronen opp på høykant så jeg fikk et vindstille hjørne. Jeg søkte etter en mental tilkobling jeg hadde opprettet for to dager siden.

Det var naturligvis strengt forbudt å etablere uregistrerte nettverk, og nettopp derfor hadde det blitt en farsott blant nyforelskede par. Med en enkel applikasjon kunne de etablere direkte forbindelse til hverandre, slik at de kunne kjenne på hvert stemningsskifte hos partneren: en kokong av tosomhet. Som regel ble det for intenst til at de holdt ut mer enn noen dager, så Avatariatet hadde stort sett ignorert fenomenet.

Jeg hadde opprettet en direkteforbindelse til Karma. Å implementere Nanny i kjæledyr var også godt over streken, men som gammel genetiker og laboratorierotte hadde det vært en smal sak for meg å injisere en enkel nanokomputer som koblet seg på nervesystemet hennes. Det var viktig at jeg hadde kontroll med henne nå, så hun ikke røpet meg ved å stikke av på jakt etter polarstruts og gaffelbukker.

Dessuten ville det være interessant å få adgang til Karmas virkelighetsoppfatning.

Jeg hadde deaktivert kravet om å bli invitert inn og gled inn i bevisstheten hennes som en tyv og en spion. Hun løftet på hodet og så på meg, som om hun plutselig følte seg iakttatt, men så slo hun seg til ro med at jeg satt i ro på samme sted som for et øyeblikk siden og forsvant på nytt inn i halvdøsen.

Antagelig var det heldig at hun lå og halvsov, for sanseinntrykkene var overveldende. Jeg tør knapt tenke på hvor intens opplevelsene ville vært dersom hun hadde ligget langflat bortetter myrene på rypejakt. Hos Karma var det ingen modererende refleksjon, hun gikk direkte fra sensorisk impuls til aktiv handling.

Det første som slo meg, var at jeg ikke hadde skiftet sokker på noen dager. Eimen av fotsvette var bedøvende, men overraskende behagelig. Et par meter til siden for meg hadde en hare gjort fra seg for to dager siden. Duften fra lyng og kratt var markant, men kategorisert som uinteressant og henvist til det ubevisste.

Hørselsinntrykkene var nesten mer imponerende. Karma hørte småfugler som klatret rundt i einerbusker flere hundre meter unna selv om vindkastene tordnet gjennom bevisstheten. Noen kilometer unna hørtes det jevne suset av regn.

Det var bare det som manglet!

Jeg ble sittende en stund og lytte til uværet som nærmet seg. Det kunne ikke være regn, ikke vanlig regn. Lyden var både dvaskere og hardere på samme tid, som om jevne trommevirvler skulle ha blitt erstattet med visper og kastanjetter. Jeg var ute av stand til å skjønne hva jeg hadde i vente, men i min paranoide tilstand var alle uforklarlige fenomener potensielt dårlig nytt.

Karma leet ikke et øyelokk, så kanskje det var noe helt naturlig? For sikkerhets skyld ble jeg sittende i ro. Hva det enn var som enn nærmet seg, så fylte det hele horisonten og var neppe rettet mot meg spesielt.

Så med ett var det der. Sludd og hagl. Våte, iskalde snøfiller som smertestikk mot kinnet, fulgt av isklumper så store som undulategg.

Jeg pakket sammen og kontrollerte at alt var trygt stroppet fast på drabantlevitronen. Dette var hagl som var store nok til å gjøre skade både på oss og utstyret. Vi kom ikke lenger i dag, det var bare å sette kurs for ravinen under oss. Den var smal og dyp og kunne sikkert by på et overheng hvor vi kunne søke ly.

Jeg måtte ta igjen de tapte milene i morgen.

15

Okan Tyrrhos hadde planlagt en reise til Jorda en gang før. Det skulle være en reise for å feire at Okan flyttet sammen med Pristina, som nettopp hadde skjenket ham en sønn. Da Pristina gjorde det slutt tre dager før seremonien, ble reisen avlyst. Senere hadde Okan hatt mange forhold, men aldri så forpliktende at han hadde bestilt en ny reise opp i himmelen.

Reisen ville ta 10 400 kilosekunder eller om lag et tredjedels jordisk kretsløp, så de fleste som var om bord på skipet, var turister. De som hadde forretningsmessige ærender foretrakk som regel å benytte seg av stedfortredere eller kunstige intelligenser i stedet for å tilbringe så lang tid i rommet. Okan regnet med at det også befant seg avatarer i menneskeskikkelse på skipet, enten de var Avatariatets egne eller medlemmer av Mandatet som reiste inkognito. Det ville være vanskelig å skjelne avatarer fra Antropomelior, så Okan var innstilt på å holde en lav sosial profil. Han ville nødig at han i vanvare skulle røpe hvordan han ville legge opp forhandlingene med Mandatet.

Den første utfordringen var det tradisjonelle vektløshetsballet som gikk av stabelen idet skipet unnslapp Mars-gravitasjonen. Ballet markerte at cruiset var i gang, og da tyngdeloven med ett slag var opphevet, ga det næring til følelsen av at sosiale regler også var i fritt fall. Okan så med undring – og kanskje et snev av misunnelse – at gamle og unge var høyt og lavt, bokstavelig talt, i en orgie av rus og erotiske utskeielser.

Okan bestilte et mildt hallusinogen og trakk seg tilbake til et blårom mot ytterveggen av fartøyet, for selv om skipet hadde helt minimal rotasjon under avreisefesten, ga det langsomme spinnet i det minste en liten følelse av gravitasjon. Der kom han i snakk med en kvinne som unnskyldte seg med at hun var kvalm og ville at han skulle legge armene rundt henne og holde henne fast.

«Jeg trenger et fast punkt,» sa hun, «kan du holde meg litt?»

La meg her tilføye at jeg har pålitelige kilder for at samtalen har funnet sted. Dette er ikke noe jeg har behøvd å forestille meg.

Okan var av natur høysinnet, som det sømmer seg en mann fra en privilegert sosial bakgrunn, og gjorde så godt han kunne for at kvinnen skulle få en følelse av å legge seg nedpå litt, ved at sentripetalkraften presset henne mot den polstrede ytterveggen.

Hun het Aïssa og var marsboer som ham, og han forsto at hun hadde gjenkjent ham og visste hvorfor han var på vei til Jorda. Aïssa undret seg på hvordan Okan kunne tro at det var mulig for ham å forhandle med Avatariatet i det hele tatt, ettersom Fatima-My var over 250 år gammel og overlegen alle andre i kunnskap og makt, men hun la høflig til at om noen på Mars kunne lykkes, måtte det være ham. Han svarte bare unnvikende at hans ærend ikke var hos Avatariatet, men hos Mandatet, og at han hadde tro på at Mandatet besto av fornuftige personer med høy integritet.

Okan så ingen grunn til å engste seg for at Aïssa prøvde å spørre ham ut på vegne av representanter for Jorda, for hun viste ingen virkelig interesse for forhandlingene hans. Det virket snarere som om hun syntes det var stas å møte en så kjent person og ville bruke samtalen som et påskudd til å prøve å få ham til å bli med på de sanselige og sanseløse aktivitetene omkring dem. Mine kilder sier bare at Okan nevnte Aïssa som et morsomt bekjentskap, men det skinner vel igjennom at han ikke var fremmed for at det kunne være hyggelig å korte reisen med kvinnelig selskap. Det er også klart at Okans impulsivitet og nysgjerrighet signaliserte en vitalitet og uforutsigbarhet som kvinner hadde lett for å bli sjarmert av. En samtidig kilde beskriver ham spøkefullt som sterk og smidig som en katt – «myk over det hele, unntatt der en mann skal være hard» – så det var en mann i sin beste alder som la ut på den fire måneder lange ferden til Jorda for å tale sitt folks sak.

Om forholdet til Aïssa og reisen videre vet vi bare at «skipsopp-holdet etter forholdene forløp meget bekvemt». Av arkiver på Jorda går det frem at Aïssa, som hadde planlagt å innlede en ny karriere på Bali som lærer i Mars-folkedans, endte sitt liv som begravelses-sanger i Tsjeljabinsk, øst for Ural.

*

Under de første Marsoppstandene omkring 2150, da marsboerne for første gang forsøkte å kvitte seg med det jordiske overherredøm-met, hadde Fatima-My som nevnt benyttet anledningen til å sette Mandatet på sidelinjen. Begrunnelsen var behovet for at hun måtte ta raske avgjørelser i en krigssituasjon, men til tross for at konflikten ikke utviklet seg til noen egentlig krig, ble krisefullmaktene aldri til-bakekalt. Den offisielle forklaringen var at Avatariatet – Fatima-My avskaffet på denne tiden all bruk av sitt eget døpenavn – ikke lenger definerte seg som en person og en politiker, men som en nøytral instans i Mandatets administrasjon. Den virkelige bakgrunnen for at hun hadde kunnet oppkaste seg til diktator, var som jeg har anty-det at hun hadde rensket ut all opposisjon i Mandatet.

De fleste kommisærene hadde vært godt over hundre år gamle og hadde latt seg lokke til å gi slipp på sine styringsplikter for å nyte sitt otium i en eller flere avatarer til evig tid. De få kommisærene som ikke hadde latt seg kjøpe med udødelighet, hadde naturlig nok dødd, og hadde ikke utgjort noen trussel mot Fatima-Mys despoti.

Da Mandatets kommissærer hadde degenerert til et panteon av hamskiftende dagdrivere, hadde Fatima-My overtatt et kopisett av kommissærenes avatarer som hadde blitt rigget med kopier av hen-nes eget sinn. Slik hadde hun siden stått fritt til å gi alle områder av politikken det innholdet som passet henne selv. At avatarene i Mandatet ikke lenger var kontrollert av sine opprinnelige eiere, ble ikke alminnelig kjent før etter den andre store Marsoppstanden (som Okan var en del av), da Mandatet formelt ble avviklet og en ny grunnlov fastslo at solsystemets styreform var Avatariatet.

Da Okan steg inn til møter med Mandatet våren 2279 etter et par måneders akklimatisering og turisme, var det med andre ord bare Fatima-My han møtte i alle kommissærenes skikkelser. Selv om Fatima-My naturligvis holdt dette skjult for offentligheten, gjorde hun det klart for Okan allerede i resepsjonen til Mandatets administrasjonsbygning at saken hans var tapt på forhånd. Via en ainanoresepsjonist – for anledningen i skikkelse av en genetisk restaurert dronte – forklarte Fatima-My at Avatariatet ikke ville godta noen av marsboernes krav, at Avatariatet hadde siste ord uansett hva Mandatet måtte mene, og at Okan like godt kunne reise hjem igjen med en gang.

Okan hadde i sin tid vært fjellfører for Antropomelior av alle OO-kategorier, og visste naturligvis at han ikke kunne måle seg med den høyest klassifiserte av dem alle, Avatariatet. Imidlertid hadde han lang erfaring med å nå inn til ulike sinn. De fleste jordboerne hadde jo kommet til Mars med en overbevisning om at de skulle mestre Mars-klimaets tynne luft, men mange brøt sammen i møtet med Mars-naturen, og det hadde falt i Okans lodd å håndtere både såret stolthet, skuffelse, dødsangst og andre sterke følelser som kan gripe et menneske i møtet med et ubønnhørlig livsmiljø, uansett OO-klassifisering. Han hadde av nødvendighet utviklet et formidabelt talent for empatisk diplomati.

Dessuten hadde Okan samlet all den informasjonen han kunne finne om Fatima-My, og han hadde også fått med seg den lekkede rapporten om Fatima-Mys kupp for hundre og femtitre år siden, da hun overtok sikkerhetskommisær Amira Naguibs avatar og fikk Amira selv drept. Det var ingen som la Fatima-My til last for dette nå, for så lenge etterpå hadde alle vent seg til Avatariatets styre og så nærmest på episoden som en morsom anekdote om Avatariatets listighet og oppfinnsomhet. Men Okan hadde merket seg at det fremdeles måtte være Amira Naguib-avataren som inneholdt den mest opprinnelige versjonen av Fatima-My.

Konfrontert med Avatariatet insisterte derfor Okan på at forhandlingene måtte følge de formelle prosedyrene for å løse interplanetariske konflikter, og da var det Mandatets sikkerhets-kommissær han skulle ta saken opp med. En oppstand på Mars var jo i høyeste grad et spørsmål om sikkerhet enten man tenkte på økonomi eller menneskeliv.

For Fatima-My, som levde en million parallelle, evige liv, spilte selvfølgelig ikke én time fra eller til noen rolle, så hun lot Okan stige inn til Amira Naguib-avataren. Selv om selve samtalen foregikk på Nannynettet, uten talte ord, var det sett på som god skikk å invitere diskusjonspartnere inn i sitt eget fysiske rom når det var vanskelige spørsmål som skulle drøftes. Denne etiketten sto så sterkt under Mandatet at den gjaldt selv om samtalen skulle ha foregått mellom to kunstige intelligenser.

Det skal også anføres, at selv om jeg har spesielt gode kilder til denne samtalen, vet jeg ikke nøyaktig hvordan ordene falt. Innholdet er sant, men det ville være uredelig å presentere replikk-vekslingen som strengt historiske sitater.

*

Okan Tyrrhos: Det er en stor ære for meg å få møte en person som gjennom et kvart årtusen har viet seg til uopphørlig og utrettelig arbeid for Antropomelior.

Amira Naguib-avatar: Vær så snill. Smiger gjør meg bare forlegen.

Okan Tyrrhos: Jeg mener det. Det er vanskelig å fatte at du har holdt det gående med så stor flid og selvoppofrelse helt fra du som attenåring tok Egypts dissidenter i forsvar.

Amira Naguib-avatar: Du har også forberedt deg med stor flid, skjønner jeg?

Okan Tyrrhos: På ingen måte. Amira Naguibs biografi er noe alle lærer om i skolene på Mars.

Amira Naguib-avatar: Ikke prøv deg; jeg vet du har forberedt deg. Informasjonsstrømmene til og fra Mars overvåkes av Martyriet, og jeg har tilgang til alle detaljer om alle strømmer.

175

Okan Tyrrhos: Jeg innrømmer at jeg har tillatt meg å repetere noen enkeltheter.

Amira Naguib-avatar: Mer enn det, vil jeg tro?

Okan Tyrrhos: Nå forstår jeg ikke helt?

Amira Naguib-avatar: Jeg ser at du har skaffet deg tilgang til informasjon som aldri var ment for offentligheten.

Okan Tyrrhos: Hva mener du? Beskylder du meg for spionasje?

Amira Naguib-avatar: Ta det helt med ro. Men hvis du tenker etter, husker du kanskje én rapport spesielt, en rapport som tar for seg hvordan min første, biologiske skikkelse endte sine dager?

Okan Tyrrhos: Jeg vet det har versert rykter ... Ubekreftede rykter.

Amira Naguib-avatar: Da vet du også at det er en viss mulighet for at det er Avatariatet som sitter foran deg nå?

Okan Tyrrhos: Det ville jeg aldri ta for gitt.

Amira Naguib-avatar: Det er Avatariatet som sitter foran deg.

Okan Tyrrhos: Så det er sant. Det er deg ... Fatima-My!

Amira Naguib-avatar: Jordkvinnen Fatima-My døde for hundre og trettiåtte år siden og var offisielt et tilbakelagt stadium for hundre og tjueseks år siden. Avatariatet er i dag uendelig mye mer enn det som kan rommes i et førmenneskes bevissthet.

Okan Tyrrhos: Men det var ikke Avatariatet som kapret Amira Naguibs avatar, det var vel Fatima-My, av kjøtt og blod som meg? Så da må det vel være Fatima-My som sitter foran meg nå?

Amira Naguib-avatar: For så vidt, kanskje, som denne gamle modellen ikke kan romme hele Avatariatets kompleksitet ...

Okan Tyrrhos: Om det var ærefullt å få møte Amira Naguib, er det tusen ganger større for meg å få snakke med Fatima-My. Du er den viktigste kvinnen i verdens historie.

Amira Naguib-avatar: Jeg mente det jeg sa om at jeg blir uvel av smiger.

Okan Tyrrhos: Øverste Fatima-My, du kan ikke med hånden på hjertet nekte for at du har hatt avgjørende betydning for historien?

Amira Naguib-avatar: Om jeg har utrettet noe, er det i hvert fall ikke fordi jeg har latt meg påvirke av komplimenter.

Okan Tyrrhos: Det var bare ment som et uttrykk for respekt.

Amira Naguib-avatar: Slik som de søte ordene du hvisket i øret på Aïssa?

Okan Tyrrhos: Hva behager?

Amira Naguib-avatar: Du er en kalkulerende rundbrenner, Okan fra Tyrrhena.

Okan Tyrrhos: Jeg er bare et menneske med menneskelige behov. Med all respekt, Øverste Fatima-My: Savner du aldri intimt samvær med andre Antropomelior?

Amira Naguib-avatar: Den trangen var i sin tid bare viktig for at førmenneskene skulle formere seg.

Okan Tyrrhos: Du kan ikke ha glemt alt fra tiden før du tok spranget opp til å bli en administrativ instans?

Amira Naguib-avatar: Jeg har en million hjerner som sørger for at jeg aldri glemmer noe.

Okan Tyrrhos: Da har du heller ikke glemt hvordan det er å være menneske?

Amira Naguib-avatar: Jeg har tilgang til flere milliarder Antropomeliors erfaring om hva det betyr å være et menneske. Det vet du, så la oss ikke kaste bort tiden på dette.

Okan Tyrrhos: Har du glemt hvorfor du en gang i tiden ikke ønsket deg noe annet i livet enn å være sammen med én eneste mann? Har du glemt forelskelsen i Shervin Wister?

Amira Naguib-avatar: Patetiske menneskedyr! Kom til saken, gi meg dine politiske krav.

Okan Tyrrhos: Naturligvis, Øverste Fatima-My.

Amira Naguib-avatar: Men regn ikke med å få kravene innfridd.

Okan Tyrrhos: For å snakke om politikk, må jeg spørre meg selv: Hva handler politikk om, dersom den ikke handler om menneskelige behov?

Amira Naguib-avatar: Fortsett.

Okan Tyrrhos: Jeg kan være enig i at mennesker er irrasjonelle, og ofte tåpelige. Men fins det noe mål for politikken utover å la folks tåpeligheter utfolde seg i verdige former?

Amira Naguib-avatar: Du glemmer at jeg har evighetens perspektiv.

Okan Tyrrhos: Så hva ser du som det endelige målet?

Amira Naguib-avatar: Jeg tror vi skal holde meningen med livet utenfor diskusjonen. Dette er en forholdsvis prosaisk konflikt som dreier seg om skattesatser og delegering av lokal beslutningsmyndighet.

Okan Tyrrhos: Hva mener du med evighetens perspektiv? Er målet at alle skal leve evig?

Amira Naguib-avatar: Ville det vært en ubehagelig tanke?

Okan Tyrrhos: Selv de udødelige må finne en annen mening enn evigheten, for de udødelige skal også dø.

Amira Naguib-avatar: Det virker for meg som en selvmotsigelse?

Okan Tyrrhos: Termodynamikkens annen hovedsetning er nådeløs. Når entropien er komplett og universets varmedød er et faktum, har universet nådd sitt sluttpunkt. Da fins ikke engang tiden.

Amira Naguib-avatar: Sant nok. Utslettelsen kommer, enten den kommer om hundre år eller hundre ganger hundre millioner år.

Okan Tyrrhos: Så hva er dine behov? Hva skal politikken gjøre for deg mens du er i verden?

Amira Naguib-avatar: Touché, Okan fra Tyrrhena. La oss si det slik, da. Politikkens mål er at mine tåpeligheter får utfolde seg i verdige former.

Okan Tyrrhos: Hvilke tåpeligheter, Øverste Fatima-My?

Amira Naguib-avatar: Drømmen om uforgjengelighet? Du har selv påpekt hvor tåpelig den idéen er.

Okan Tyrrhos: Kan du ikke forestille deg en mer stimulerende tåpelighet enn det? Noe som får blodet til å bruse og som drukner hjernen i endorfiner?

Amira Naguib-avatar: For min del hører nok blod og endorfiner til i fortiden.

Okan Tyrrhos: Men følelsen? Du husker lengselen etter Shervin og begjæret etter Giovanni? Det var sikkert tåpelig så det holdt.

Amira Naguib-avatar: Det er umulig for meg å glemme noe, men dette er også et tilbakelagt stadium.

Okan Tyrrhos: Du snakker fremdeles som om målet skulle være å overvinne din egen menneskelighet? Slik jeg ser det, må målet være å omfavne den, med alle sine begrensninger. Nyte den i tusenvis av år om det er mulig, eller kanskje bare i ti år? Jeg tror kanskje det er lettere å nyte tilværelsen hvis man vet at man ikke kan utsette å leve i all evighet?

Amira Naguib-avatar: Ønsker du deg en dødsdato? Det er i min makt å sette den.

Okan Tyrrhos: Du som aldri kan glemme, må vel huske at du en gang har vært redd for å dø?

Amira Naguib-avatar: Absolutt. Jeg forbinder det med ubehag.

Okan Tyrrhos: Som da Cairus suste mot Jorda og alle var redd for verdens undergang?

Amira Naguib-avatar: Jeg var helt alene i et tomt hus. Det var særdeles ubehagelig.

Okan Tyrrhos: Men lettelsen da faren var overstått? Var det ingen intens livsfølelse?

Amira Naguib-avatar: Bare en følelse av å ha blitt sviktet. Og av å ha sveket.

Okan Tyrrhos: Sviktet av Gudrun og Shervin, som var på Hawaii, det skjønner jeg. Men følelsen av å ha sveket?

Amira Naguib-avatar: Jeg overlevde.

Okan Tyrrhos: Hvorfor var det et svik?

Amira Naguib-avatar: Gudrun og Shervin hadde forlatt meg. Farmor Fatima hadde også forlatt meg, tatt sitt eget liv. Og pappa hadde forlatt meg før jeg engang ble født. Jeg følte at jeg ikke var verdt å elske. Kanskje ingen av dem hadde behøvd å dø eller dra sin vei hvis jeg ikke hadde vært til?

Okan Tyrrhos: Jeg er lei meg hvis jeg har brakt opp forhold jeg ikke har noe med.

Amira Naguib-avatar: Var det ikke det som var hensikten?

Okan Tyrrhos: Jo, i utgangspunktet. Jeg ville prøve å nå inn til deg. Men jeg fornemmer at dette er sårere enn jeg trodde.

Amira Naguib-avatar: Det er i orden. Jeg har hatt et par hundre år på å forsone meg med at jeg er som jeg er.

Okan Tyrrhos: Det må ha vært forferdelig vondt. Leve et liv i ensomhet av redsel for å måtte oppleve smerten ved å bli forlatt.

Amira Naguib-avatar: Hvis du nå kan akseptere at jeg har mine grunner for å søke utover menneskelige begrensninger og tåpeligheter og finne meningen andre steder, så kan vi kanskje gå videre med forhandlingene om skattesatser og delegert beslutningsmyndighet?

Okan Tyrrhos: Men du forsøkte da? Både Shervin og Giovanni Villagrande …?

Amira Naguib-avatar: Halvhjertet. Brent barn skyr ilden.

Okan Tyrrhos: Det blir kanskje feil å dømme hele Antropomelior fordi Gudrun var en elendig mor?

Amira Naguib-avatar: Som du pleier å sitere kyborgen ved Tyrrhena Patera: «God dømmekraft kommer av erfaring, og erfaring kommer av dårlig dømmekraft.»

Okan Tyrrhos: Askefisen pleide også å si: «Jeg er gammel nok til å vite bedre, men ung nok til å gjøre det allikevel.»

Amira Naguib-avatar: Jeg skal huske det hvis det dukker opp en lovende kandidat.

Okan Tyrrhos: Jeg forstår.

Amira Naguib-avatar: Du har ikke det som skal til, Okan fra Tyrrhena.

Okan Tyrrhos: Da skjønner jeg ikke hvorfor du er så redd for meg?

Amira Naguib-avatar: Det er vel du som burde være redd for meg?

Okan Tyrrhos: Kanskje du ikke er helt sikker på hva jeg har å fare med? Et uladd våpen skremmer både den som holder i det og den som står foran det.

Amira Naguib-avatar: Er det også Askefisen?

Okan Tyrrhos: Det er Okan fra Tyrrhena.

Amira Naguib-avatar: Det er klokt sagt allikevel.

Okan Tyrrhos: Hvis jeg forstår deg, så er det fordi jeg også er skadeskutt på min måte. Jeg våger heller ikke å vente meg noe annet enn å bli forlatt på nytt.

Amira Naguib-avatar: Som da Pristina gjorde det slutt?

Okan Tyrrhos: Henne også. Du hadde mer rett enn du visste da du kalte meg en rundbrenner. Jeg tør ikke annet, selv om jeg egentlig ønsker meg et langt samliv.

Amira Naguib-avatar: Patetisk.

Okan Tyrrhos: Ubeskrivelig tåpelig, rett og slett.

Amira Naguib-avatar: Jeg hadde ikke planer om annet enn å sende deg rett hjem til Mars. Men bli litt hvis du vil, og la oss snakke sammen.

Okan Tyrrhos: Det gjør jeg gjerne.

Amira Naguib-avatar: Men ikke innbill deg noe. Jeg er bare én av en million avatarer med evig liv. Om du får noen timer av min tid, betyr det ikke at Avatariatet ønsker å forplikte seg utover det.

*

Det er egnet til å påkalle både forundring og respekt at Okan overhodet fikk respons på sin veloverveide flørt med verdens mektigste instans. Kanskje var det Avatariatets overveldende overtak som fikk henne til å føle seg trygg nok til at hun lot ham slippe inn på seg? Men hun ville nok likevel ikke ha gått så langt hvis hun ikke på et eller annet nivå var sjarmert av ham. Min teori er at Okan hadde minnet henne på at hun en gang var Fatima-My, et usikkert og kjærlighetssøkende barn, og at han hadde latt henne skjønne at leken nå skjedde på hennes premisser.

Det er også både mulig og sannsynlig at hun hadde hatt elskere før ham, gjennom hundre og femtitre års allmektig ensomhet. La oss ikke glemme det, når vi forestiller oss et privat møte noen timer senere, selv om kildene forteller at Avatariatet uttrykkelig poengterte at hun ikke hadde kjønnsutrustede avatarer i sin besittelse. Det kan ha vært sant, det kan ha vært løgn eller det kan ha vært koketteri. Det eneste som er sikkert, er at universet ristet av lidenskap denne natten.

Amira Naguib-avatar: Ta lampen der borte.

Okan Tyrrhos: Hvilken lampe?

Amira Naguib-avatar: Kobberlampen.

Okan Tyrrhos: Den tingen som ser ut som et sausenebb?

Amira Naguib-avatar: Det er en oljelampe.

Okan Tyrrhos: Virker den? Skal jeg prøve å tenne den?

Amira Naguib-avatar: Løft den opp. Hold den. Stryk den varsomt.

Okan Tyrrhos: Hva mener du? Hvorfor det?

Amira Naguib-avatar: Stryk den varsomt, som om den var en katt. Kjærlig, kjælent og ømt.

Okan Tyrrhos: Ja vel. Men hvorfor?

Amira Naguib-avatar: Har du ikke hørt om Ånden i lampen? Når Ånden kommer til syne, kan du få oppfylt tre ønsker.

Okan Tyrrhos: Jeg kjenner de gamle eventyrene, men ...

Amira Naguib-avatar: Hysj. Bare fortsett.

Okan Tyrrhos: Som du vil.

Amira Naguib-avatar: Ikke gni så hardt.

Okan Tyrrhos: Kan den gå i stykker?

Amira Naguib-avatar: – –

Okan Tyrrhos: Unnskyld, men jeg forstår ikke ...

Amira Naguib-avatar: Aaaah-hh!

Okan Tyrrhos: Er alt i orden?

Amira Naguib-avatar: Fortsett ... fortsett ...

Avatariatet – eller kanskje det er riktigere å si Fatima-My – hadde koblet lampen til lystsenteret i avatarens hjerne. Da avataren synkroniserte seg med alle de andre avatarene rundt om på Jorda og delte sin orgasme med hele Avatariatet, var det som om solsystemet lyste opp i et rosa skjær, gatelysene pulserte og glitret som lysgirlandere ved mørketidsfesten, førerløse kjøretøyer jublet mot passasjerene og alle pumpene i alle avløpssystemene banket litt raskere.

Okan spurte forsiktig omt ikke Fatima-My var engstelig for at jordboerne skulle bli grepet av uro. Hun lo – ikke en symbolsk latter på Nannynettet, men med lys levende, ekte lydbølger som skyllet mot trommehinnene. Det var en hes latter, som ga den velkjente, strenge kontra-alten en løssluppen råhet få ville ha trodd at Avatariatet kunne være bekjent av.

Amira Naguib-avatar: Det får de tåle. Når mammutene slåss, blir gresset trampet ned, og når mammutene elsker, blir også gresset trampet ned.

Okan Tyrrhos: Dette finner jordboerne seg i?

Hun lo igjen, den samme fandenivoldske latteren.

Amira Naguib-avatar: Antagelig ikke. Men uenighet er nødvendig. Uten at folk er uenige, er det ikke noe grunnlag for at Avatariatet kan skape konsensus.

16

Okan stusset først litt over den fremmede kvinnen som satt behagelig sammenkrøllet i sofaen da han våknet. Øynene hennes var lukket og hun var helt naken. Så gjenkjente han ansiktet fra historietimene og kjente at hjertet slo raskere.

Fatima-My-avatar: Denne kjønnsutrustede utgaven var det nærmeste jeg kom Fatima-My som førtifemåring. Jeg syns jeg kledde modenheten. Ville du hatt en yngre utgave?

Okan Tyrrhos: Du er henrivende og perfekt i alle inkarnasjoner.

Fatima-My-avatar: Det vet du ikke noe om. Men du kan godt få en yngre?

Okan Tyrrhos: Jeg vil ikke ha noen annen enn den du er mest komfortabel med selv.

Fatima-My-avatar: Er du sikker?

Okan Tyrrhos: Jeg forguder deg.

Fatima-My-avatar: Så, så. Hvis du overdriver, kommer jeg ikke til å tro på deg.

Okan Tyrrhos: Det er ingen overdrivelse. Hvordan skulle jeg ellers forholde meg til en gudinne?

Selv om Okan hadde klart å komme i inngrep med Avatariatet, hadde han så langt ikke kommet noe nærmere sitt politiske mål om selvstendighet og skattefrihet for marsboerne. Før han rakk å reise saken, foreslo Fatima-My-avataren at hun skulle følge med ham på reisen tilbake til Mars. Dermed utsatte han diskusjonen, for han antok at jo bedre de ble kjent, jo lettere ville han få gjennomslag for synspunktene sine.

Selv skal han ha sagt at forholdet utviklet seg omvendt av hva han hadde tenkt. I stedet for at han forførte henne, ble han selv forelsket i avataren. Om avataren tenkte på ham som noe mer enn tidsfordriv, vet vi ikke sikkert. Uansett, da de hadde lagt bak seg en tredjedel av reisen til Mars, syntes Okan det var på høy tid å ta opp spørsmålene han hadde kommet til Jorda for å forhandle om.

Fatima-My-avatar: Er det noe i veien?

Okan Tyrrhos: Nei, ingen ting.

Fatima-My-avatar: Er det noe jeg har sagt?

Okan Tyrrhos: Du har verken sagt eller gjort noe, Fatima-My.

Fatima-My-avatar: Du virker så avstengt?

Okan Tyrrhos: Det er ikke lenge til vi lander på Mars.

Fatima-My-avatar: Vi har fremdeles flere måneder sammen.

Okan Tyrrhos: Du kunne ikke tenke deg å bo der sammen med meg, da?

Fatima-My-avatar: På Mars? Er det et frieri?

Okan Tyrrhos: Lampeånden skulle oppfylle tre ønsker, var det ikke sånn? Men jeg klarer meg med dette ene.

Fatima-My-avatar: Du vil at jeg skal leve i partnerskap med deg resten av livet?

Okan Tyrrhos: Bare til jeg er død. Du har ofret flere mannsaldere for solsystemets institusjoner allerede, så det er vel bare rett og rimelig at noen andre overtar jobben nå.

Fatima-My-avatar: En av fordelene med å ha avatarer er at man kan gjøre mange ting samtidig. Jeg kan være hos deg uten å forsømme pliktene mine.

Okan Tyrrhos: Jeg vet ikke om det blir det helt samme.

Fatima-My-avatar: Er du sjalu på hvem jeg møter andre steder i solsystemet?

Okan Tyrrhos: Det er vel dette behovet for å føle at man har en unik intimitet. Kall det gjerne forhistorisk, evolusjonært slagg, men følelsesmessig er det virkelig nok.

Fatima-My-avatar: Jeg tror nesten du må finne noen ønsker som er enklere å oppfylle.

Okan Tyrrhos: Enkle, praktiske ting? Skattefrihet og full selvstendighet for Mars?

Fatima-My-avatar: Jeg burde skjønt at det var dit du ville.

Okan Tyrrhos: En gang ville jeg det. Men nå er jeg tilfreds med å få oppfylt det første ønsket.

Fatima-My-avatar: Jeg har et forslag. Du kan bli lastet opp til en avatar, renset for forhistorisk slagg og alt annet undiva. Så kan avatarene våre leve ut samlivet samtidig som jeg styrer solsystemet og du styrer virksomheten din på Mars.

Okan Tyrrhos: Selv om ikke avataren blir sjalu, kan det jo hende jeg blir det?

Fatima-My-avatar: Da kan vi jo avtale det slik, at ingen av mine avatarer skal ta seg elskere så lenge ikke du har andre kjærlighetsforhold enn det avataren din har til meg?

Okan Tyrrhos: Og når kroppen min er død, kan avatarene våre leve lykkelig sammen i tusenvis av år uten å måtte føle savn eller sjalusi?

Fatima-My-avatar: Ikke sant? Det slår vel skattelettelser, i hvert fall?

Okan Tyrrhos: Jeg har aldri forestilt meg at jeg skulle bli en del av Apotentatet. Dette tror jeg nesten jeg må tenke litt på.

Da romskipet hadde lagt bak seg to tredjedeler av avstanden til Mars, var Okan og Fatima-My like nyforelskede og uatskillelige, men Okan hadde fremdeles ikke svart på Fatima-Mys forslag. Etter en uvanlig romantisk og gripende forestilling i skipets fictadrom brakte hun forsiktig spørsmålet på bane igjen. Og dette er et viktig poeng, for at det var Fatima-Mys initiativ å finne en løsning, må ses som et tegn på at hun faktisk også var opptatt av å videreføre forholdet.

Okan Tyrrhos: Jeg tror ikke at udødelighet er noe for meg. Jeg har nok med å være meg selv.

Fatima-My-avatar: Men hva med meg? Kan du ikke gi meg en Okan-avatar, og så bare la være å synkronisere deg med avataren din?

Okan Tyrrhos: Jeg tenker på sønnen min. Og så tenker jeg at døden … min død er i grunnen en kvalitetssikring av livet til fremtidige generasjoner. Hvis ingen dør, er det ikke rom for nye generasjoner.

Fatima-My-avatar: Det er ingen mangel på plass i universet.

Okan Tyrrhos: Du kommer ikke til å slå deg ned i et månekrater og gi avkall på makt og innflytelse. Vi har fått en generasjon av udødelige som sitter som en propp i evolusjonen og hindrer at det oppstår nytt liv som kan tilpasse seg endringene i miljøet.

Fatima-My-avatar: Vi kan produsere alle nødvendige endringer uten å gå veien om noe naturlig utvalg.

Okan Tyrrhos: Nemlig! De udødelige har blitt så mektige at de har blitt både livet og livsmiljøet. Så ut av alle deres kunnskaper og ferdigheter kommer det ingen fornyelse. Hvis solsystemets herskerinne kan ha meg unnskyldt?

Fatima-My-avatar: Jeg forstår synspunktet.

Okan Tyrrhos: Jeg mente ikke å si at du var stormannsgal.

Fatima-My-avatar: Ikke?

Okan Tyrrhos: Jo, det var vel det jeg sa. Og det var kanskje det jeg mente også.

Fatima-My-avatar: Kanskje du har rett. Ikke engang jeg kan påstå at det ikke er noe som ligger utenfor min egen fatteevne.

Okan Tyrrhos: Jeg har et forslag.

Fatima-My-avatar: La meg høre.

Okan Tyrrhos: Jeg har kanskje sytti år igjen å leve. Mitt største ønske er at du vil dele disse årene med meg.

Fatima-My-avatar: Det har jeg sagt at jeg vil.

Okan Tyrrhos: Men bare du? Jeg trenger ikke Avatariatet, men deg, i denne skikkelsen? Kan du bryte forbindelsen med Avatariatet i sytti år og bare leve med meg? Og så kan du gjøre som du vil når jeg dør.

Fatima-My-avatar: Avatariatet har en million avatarer som meg, og sytti år er som et sekund i evigheten. De savner meg ikke.

Okan Tyrrhos: Ofrer du det, for at du bare skal være min?

Fatima-My-avatar: Det er ikke noe offer. Hvem vet, kanskje jeg får lyst til å bli begravet sammen med deg?

Okan Tyrrhos: Nei, vet du hva. Noen slags enkebrenning vil jeg ikke ha på samvittigheten!

Fatima-My-avatar: Det kan jo også hende at du får lyst til å leve evig, når du ser at livet går mot slutten?

Okan Tyrrhos: Så du syns det er en god idé?

Fatima-My-avatar: Den eneste betingelsen er at ingen må vite at jeg er en inkarnasjon av Avatariatet. Du må akseptere at jeg tar et annet navn.

Okan Tyrrhos: Hva du vil. Tallulah Tamara, for eksempel? Eller Anne?

Fatima-My-avatar: Eller Aïssa, kanskje?

Okan Tyrrhos: Jeg trodde ikke du var sjalu?

Fatima-My-avatar: Har du allerede glemt at jeg ble lastet opp før det var vanlig å renske alle avatarer for undiva?

Okan Tyrrhos: Avatariatet må være en fasinerende bevissthet. Mye mer enn jeg kan utforske på sytti år! Har du flere inkognito-liv rundt omkring?

Fatima-My-avatar: Blir du skuffet hvis jeg ikke har det? Og sjalu hvis jeg har?

Okan Tyrrhos: Det kunne være hva som helst. En seleber artist med tusenvis av beilere? En betrodd embetsmann i keiserdømmet? Eller til og med hunden hans? Alle erfaringer er nyttige.

Fatima-My-avatar: Veldig morsomt. Men jeg skal sørge for at den ekteskapelige erfaringen lagres i minnebanken når den tid kommer.

Okan Tyrrhos: Men jeg vil anta at de erfaringene du selv oppsøker, er de som tilfredsstiller dine egne grunnleggende behov?

Fatima-My-avatar: Det kan vel hende.

Okan Tyrrhos: Jeg skjønner bare ikke hva det er der nede i din undiva som gjør at du vil være sammen med meg?

Fatima-My-avatar: Det er ikke godt å si. Kjennetegnet på det ubevisste er jo at det er ubevisst.

Okan Tyrrhos: Unnskyld. Jeg mente ikke rippe opp i noe.

Fatima-My-avatar: For all del ... Det er ikke noe å unnskylde.

Okan Tyrrhos: Jeg skjønner jo at det må være sårt for deg, siden du bløffer? For kan undiva renskes ut, så må det jo kunne kartlegges?

Fatima-My-avatar: – –

Okan Tyrrhos: Har du ikke gjort det?

Fatima-My-avatar: Det er ikke så veldig spesielt. Jeg møtte aldri faren min, men jeg har fantasert mye om ham. Meg og pappa, alene i verden, gjerne på en øde øy hvor jeg har ham helt for meg selv. Før Demringen kalte de det et Elektra-kompleks.

Okan Tyrrhos: Og nå: alene med én eneste mann, i en øde bosetning på Mars.

Fatima-My-avatar: Ja, kanskje drømmen kan bli en slags virkelighet med en stedfortreder?

Okan Tyrrhos: Nå ble jeg veldig smigret.

Fatima-My-avatar: Det er bare et eksperiment.

Okan Tyrrhos: For meg er det livet.

Fatima-My-avatar: Hold opp. Du gjør meg flau.

Okan Tyrrhos: Jeg skal gjøre alt for at det ender lykkelig!

Fatima-My-avatar: Det er jeg glad og takknemlig for. Men jeg vil aldri snakke mer om dette.

*

Det er ingen som vet hvilke avveininger Fatima-My gjorde de siste ukene før romskipet ankom Mars, men når vi kjenner det dramatiske resultatet, må det være lov å spekulere.

På dette tidspunktet hadde Fatima-My hersket over solsystemet uten utfordrere i over halvannet århundre. Hadde hun begynt å se det meningsløse i å konstruere stadig nye uenigheter, for deretter å kunngjøre konsensusløsninger som økte aktelsen hennes enda mer? Var det på dette tidspunktet annet enn forfengelighet som kunne motivere henne – og hadde den ingen grenser? Og særlig når mannen i hennes hemmelig drømmer, farssubstituttet, sto der sterk, kjekk og solid og ville ha bare henne – til tross for at hun ikke engang var et menneske lenger? Okan var hennes beste sjanse til å oppleve en kjærlighet hun hadde lengtet etter i 253 år, og hun behøvde ikke engang ofre makten. Anledningen må ha vært uimotståelig, og utsiktene kunne ikke ha vært bedre.

Hva var det som gjorde at motforestillingene bygget seg opp? Ytre trusler fantes ikke. Jeg tror vi må lete i hennes grunnfestede skepsis til at hun overhodet kunne fungere i menneskelige relasjoner. Selv om det høres paradoksalt ut når vi snakker om solsystemets ubestridte herskerinne, må vi lete i hennes utrygghet og mangel på selvtillit.

Okans tiltalende ytre behøver ikke bare å ha vært til hans fordel. Fatima-My kan ha spurt seg hvorfor en kjekkas som ham skulle forelske seg i et flere hundre år gammelt spøkelse? Hadde han vikarierende motiver? Løy han henne rett og slett opp i ansiktet for å utnytte henne?

Parallelt løp kanskje frykten for å bli sveket og forlatt enda en gang. Glem ikke at Fatima-My aldri hadde klart å overgi seg betingelsesløst til et annet menneske, men hadde forvist seg selv til en tilværelse som et kroppsløst sinn uten noen ubrytelige bindinger.

Og hvis hun mistenkte at Okan ofret seg for å oppnå politiske resultater for marsboerne, hvordan ville hun da ha sett på ham? Som en kynisk løgner og en maktglad opportunist? Eller som en sinnsforvirret mann med et frelserkompleks? Ingen av delene ville nok ha tiltalt henne.

Dersom mistanken om politisk opportunisme hadde slått rot, kunne den også ha bidratt til Fatima-Mys skyldfølelse. Hvis det var slik at Okan hadde hatt en plan om å påvirke Avatariatet gjennom henne, måtte han jo ha trodd at Fatima-My ville svikte sitt løfte om å bryte all forbindelse med Avatariatet. Det kan det også godt hende at hun allerede hadde bestemt seg for å gjøre, for hun hadde begått verre løftebrudd før. Og hvis hun hadde sett klart at Okan hadde gjennomskuet henne, og at han baserte sin strategi på at hun planla å svike ham, ville heller ikke det ha gjort noe særlig for å øke selvfølelsen hennes.

Det er heller ikke utenkelig at Okan kunne ha hatt en dobbel agenda. Det er ingen grunn til å tvile på at han var oppriktig forelsket i Fatima-My, men det utelukker ikke at han samtidig kan ha sett forholdet som en mulighet til å arbeide for marsboernes sak. I alle fall må Fatima-My ha oppfattet at han også ønsket å ivareta oppdraget sitt, og kan ha forestilt seg at han bare hadde latt som om han elsket henne for å utnytte henne politisk.

Hvis mistanken til Okan først hadde tatt bolig i Fatima-My, er det lett å forestille seg at hun opplevde selvutleveringen ekstra nedverdigende. Hun hadde blottlagt seg og røpet sine innerste, hemmeligste lengsler. Ville Okan holde betroelsene for seg selv? Eller ville han tvert imot røpe for marsboerne hvem hun egentlig var, og rope ut for hele verden hvor skrøpelig det egentlig sto til med den mentale sunnheten til universets herskerinne?

Ingen vet som sagt i hvilke hyperbolske baner eller onde, stadig trangere sirkler tankene til Fatima-Mys avatar beveget seg disse ukene, men i ettertid er konklusjonen klar: Hun ønsket Okan ut av tiden og strøket fra historien.

*

På reisen til Jorda hadde Okan naturligvis ikke operert i et politisk vakuum. Reisen var bare det symbolske uttrykket for Homoareios' vilje til å komme Homogaius i møte, og Okan hadde hele tiden kommunikasjon med rådgivere og kolleger som bisto med forslag til avtalemodeller og juridiske betenkninger. Dialogen med Avatariatets funksjonærer hadde for lengst brutt sammen, men siden Okan hadde latt marsboerne forstå at han hadde kontakter på et høyere nivå, var det knyttet store forventninger til at han skulle komme med nyheter om et gjennombrudd – eventuelt en fullbrakt krise – når han landet på Mars.

Dagen etter ankomsten bega Okan seg til folkeforsamlingen på Mars, og Fatima-My fulgte med ham. Idet Okan steg frem for delegatene, lot Fatima-My fire stillettnegler sprette ut på sin venstre hånd og gjennomboret Okans kropp. Da delegatene kom styrtende til, sprengte avataren seg selv i luften og pulveriserte møtesalen og alle i den.

Samtidig slapp et lasteskip, som angivelig var på vei fra Saturns måne Hyperion til Jorda, førtifire kampenheter med i alt tjueto tusen avatarer ned fra lav Marsbane. Avatarene besatte alle strategiske installasjoner og tok livet av alle som hadde støttet Okans sak, samt deres familier. Det ble kunngjort at Mars heretter skulle styres direkte av Avatariatet på Jorda, og for å håndheve Avatariatets lov ble en armada av avatarer stasjonert på en base sprengt inn i toppen av Olympus-vulkanen.

Hvorfor valgte Avatariatet å avslutte konflikten så brutalt? Og hvorfor valgte Avatariatet akkurat denne anledningen? Var Fatima-My redd for at Okan skulle røpe hennes identitet i sin tale til delegatene? Eller gjorde hun kort prosess fordi hun hadde gravd seg så langt ned i selvforakten at hun ikke orket å se i øynene at hun ikke anerkjente seg selv som en person som var verdt å elske?

Det er selvfølgelig også mulig at Avatariatet var så avstumpet at hele romansen var et spill fra begynnelse til slutt, og at attentatet på Okan var planlagt fra det øyeblikket Okan forlot Mars. At den menneskefødte Fatima-My allerede skulle ha blitt fortrengt til de grader av Avatariatets optimerte applikasjoner og kalkulerende kunstige intelligenser, er en tanke så grusom at jeg nekter å ta den inn over meg. Jeg velger å tro at Fatima-Mys affære med Okan var et siste blaff av urmenneskelige følelser, og at drapet på Okan Tyrrhos er den hendelsen som blir stående som historiens vannskille, gravmonumentet over Homo Sapiens, pattedyret som en gang hersket over Jorda.

De ydmykede og forbitrede marsboerne ga Okan Tyrrhos all skyld for det blodige kuppet, og stigmaet klebet ennå ved familien hans to generasjoner etter. Men hendelsene forløp slik som jeg har fortalt. Okan Tyrrhos fortalte sin sønn i detalj om reisen til Jorda kvelden før han skulle tale til folkeforsamlingen, og sønnen fortalte historien videre til sin sønn.

Den sønnen var meg. Jeg er barnebarnet til Okan Tyrrhos.

Overhenget ga fint ly til Karma og meg, men drabantlevitronen var for stor. Jeg fikk lagt den halvt innenfor, opp-ned slik at bunnplaten beskyttet lasten, og dekket over alt sammen med kvist og kvast til vern mot haglbygene.

Haglene spratt mot den moseflekkede granitten, og rikosjetterte fra tid til annen inn under overhenget også. Etter hvert gled nedbøren helt over i sørpete sludd, før underkjølt silregn tok over. Det var kaldt og ufyselig, men jeg var likevel underlig oppstemt.

Nedbør har alltid fasinert meg, kanskje fordi det var så lite av det da jeg vokste opp på Mars. Til tross for to hundre års terraforming var planeten fremdeles nitti prosent ørken.

Farfar husker jeg ikke, for jeg var bare ett år gammel da han ble myrdet. Jeg husker heller ingen ting av bosetningen og åkrene slik de så ut før ødeleggelsene. Mine første minner er fra leken mellom ruinene i den forblåste sanden.

Det var et under at ikke mine foreldre og jeg også ble myrdet. Pragmatiske som de var, hadde mor og far bestemt seg for å se en demonstrasjon av kannebærerplanter optimert med atmosfæriske vanngeneratorelementer når de først skulle til Areion for å ta imot farfar. Da nyheten om attentatet kom, skjønte de at de var i faresonen og rømte til mors slektninger i Hellas Planitia. Først etter et år hadde forholdene roet seg så mye at vi kunne vende tilbake til Tyrrhos, og gjennom oppveksten ble eiendommen stadig utsatt for raid og vandalisme av gjenger som måtte få utløp for sitt raseri mot Avatariatet.

Men vi hadde nok til at vi klarte oss. Min far, Ion Topor Tyrrhos, var en ekte tyrrhener, sindig og seig, men det karrige livet slet hardere på min mor, Mellisah. Mor hadde et nervøst temperament og slet dessuten med pustebesvær høyt oppe på de tørre åssidene. Genterapi hadde vi ikke råd til, og det sier litt om hvor lutfattige vi var. Det er først senere jeg har skjønt hvor utstøtte vi må ha vært. Til slutt reiste Mellisah tilbake til Hellas Planitia-krateret. Det lå to kilometer lavere enn Tyrrhena, og luften der var både tykkere og renere, både i bokstavelig og i overført betydning. Jeg ble igjen på familieeiendommen sammen med far.

Mitt sterkeste barndomsminne er den natten en gjeng berusede landarbeidere red inn på levitroner og brente den siste saguaro-skogen. Den hadde vært den eneste inntektskilden vi hadde igjen. Deretter skjøt de i stykker biodomen hvor jeg vokste opp og etterlot oss i de døende glørne fra fire generasjoners slit.

Far pirket en saguarospuns ut av asken, lakonisk og stillfaren, og skrapte mirakuløst sammen nok penger til å betale for en overfart til Jorda. Jeg burde kanskje ha skjønt hvor sterkt det gikk inn på ham å forlate familieeiendommen når han ikke ville bosette seg noe annet sted på Mars, men jeg hadde bare levd i tolv jordkretsløp og hadde blikket rettet fremover mot et nytt liv på Jorda heller enn bak-over mot de generasjonene som møysommelig og forgjeves hadde bygd Tyrrhos.

Jorda var i min fantasi en slags Edens hage, Antropomeliors vugge og barndomshjem! Men den planeten som møtte oss, svarte ikke på noen måte til forventningene.

Far hadde ønsket seg til Meksiko, saguaroens hjemland, for det mente han var det stedet som lignet mest på Tyrrhos, så der kunne det være landarbeid han forsto seg på. I stedet sendte immi-grasjonsverkets integrasjonist oss til Kuwait, en oppsamlingsleir for mistilpassede muslimske åndemanere og narkomane ungdoms-gjenger. *Sbetan warbaeun,* kalte de leiren, det betydde «førtisju» på det lokale språket, og det tilsvarte akkurat så mange prosent av de internerte som var i arbeid, så mange grader Celsius gjennomsnitt-stemperaturen lå på, og var antagelig også et mål på intelligens-koeffisienten til den AI-integrasjonisten som hadde sendt oss dit.

Om det da ikke var det allestedsnærværende Avatariatet som hadde grepet inn, fremdeles hevngjerrig tolv år etter Okans død.

196

Men når Fatima-My hadde valgt å bli guddommelig, selveste himmelens og Jordas herskerinne, kunne hun vel ikke fortsette med å la seg styre av denne smålige hevntørsten?

Brått kjente jeg et blaff av uro fra Karma. Hun hadde fornemmet noe i luften. Jeg lot meg ikke friste til å koble opp Nannyen, men gjorde et sensorisk søk.

Vi var omgitt av et uvanlig sterkt magnetisk felt.

Det kunne være en diamagnetisk levitron som nærmet seg, men det kunne også være uværet som bygde seg opp. Gitt at vi lå i fjellet høyt oppe under tordenskyene, var det antagelig det siste som var mest sannsynlig.

I alle fall, Ion Topor var og ble en seig tyrrhener. Selv om det ikke var dette han hadde drømt om, så hadde han opplevd verre. Han klarte å mase til seg en jobb med å plukke søppel, slik at jeg kunne fortsette å gå på skolen, men jeg så at verdigheten hans led. En stadig større del av den magre lønnen forsvant til rusmidler, og hvis det ikke hadde vært for at jeg tjente litt på å undervise yngre elever, ville jeg ha måttet gi opp all videre utdannelse.

Men vi holdt ut, far med ydmykelsen og rusen, og jeg med doble arbeidsøkter. Venner fikk jeg aldri i Sbetan warbaeun, jeg var et utskudd der også, men til gjengjeld brukte jeg heller ikke penger på annet enn mat og vann. Da far døde ti år senere, hadde jeg spart nok til at jeg fikk innvilget et opphold ved et av Heksagonias universiteter.

Der fattet jeg for alvor interesse for historie og genetikk, og ettersom jeg var vant med å arbeide dobbelt, tok jeg høyeste grad i begge fag. På universitetet var det også et mer imøtekommende sosialt miljø enn jeg var vant til, men jeg må nok innrømme at jeg var dårlig rustet til å åpne meg for mine medstudenter. Etter å ha blitt møtt med forakt og fiendtlighet i så mange år hadde jeg problemer med å se på meg selv som en person noen ville ha glede av å omgås. At noen til og med kunne komme til å ønske intim omgang med meg, var for meg helt utenkelig. Hvordan skulle noen kunne elske en som meg?

Slik sett var jeg kanskje likere Avatariatet – den menneskefødte, usikre og selvrettferdige Fatima-My – enn jeg ville innrømme.

Fra mine tidligste studier av religionshistorie var det særlig én passasje fra Toraens andre Mosebok som hadde brent seg fast:

«For jeg, Herren din Gud, er en nidkjær Gud som straffer barn i tredje og fjerde ledd for fedrenes synd når de hater meg.»

For slekten Tyrrhos var det etter alt å dømme for sent å produsere noe fjerde ledd, men jeg ville uansett stille spørsmål ved om denne revansjismen var en holdning som ansto seg en instans som krevde å bli dyrket som en gud?

Jeg erkjente at Fatima-My fasinerte meg, men jeg forsto henne ikke. Avatariatet ville alltid være et ugjennomtrengelig mysterium for meg.

Slik ble jeg sittende og filosofere under overhenget, uten helt å sanse at jeg skjøv fra meg gleden ved å kjenne de ustyrlige naturkreftene på kroppen her og nå til fordel for å gjenoppleve krenkelser, ydmykelser og bitre minner fra fortiden. Jeg ristet tankene av meg og skar en bit av gaffelbukken. Før jeg rakk å putte kjøttet i munnen, kvapp jeg til.

Det falt et dryss av døde blader ned foran overhenget. En sjekk viste at det magnetiske feltet hadde blitt enda sterkere. Noe var på vei ned mot skjulestedet.

17

I oldantikken var den hevnende og straffende guden et populært motiv i mange religioner, for slik kunne menneskene opphøye sine trivielle problemer til prinsipielle spørsmål som var for alvorlige til at de selv kunne ta ansvar for å ordne opp i dem. Det var bare å smøre seg med tålmodighet til en gud grep inn. Denne holdningen ble mindre vanlig i takt med den generelle optimeringen av Homo Sapiens til Antropomelior i det 22. århundret. Da ble det i økende grad akseptert at vrangforestillingen om en personlig gud var en ansvarsfraskrivelse, og det virket lenge som om all gudsdyrkelse skulle dø ut.

Etter at Avatariatet ble solsystemets offisielle styreform i 2297, fikk imidlertid den folkelige gudsdyrkelsen ny fremgang, godt hjulpet av de mange mytene som verserte om universets nye og høyst konkrete guder, det vil si de udødelige medlemmene av Apotentatet.

I denne veven av nye gudesagn fikk også bestefar sin rolle, i det som gjerne er kjent som *Sagnet om rundbrenneren Okan:*

*

I den tiden da Avatar Martyr ville gi marsboerne skatteplikt som alle andre undersåtter, levde det på Mars en mann som het Okan Tyrrhos. Han var den største forføreren i hele solsystemet, så da ingen andre forsøk på å hindre skatteinnkreverne førte frem, sendte marsboerne Okan for å forføre Avatar Martyr og overtale henne til å la dem slippe skattene.

Okan ville først ikke, men mange sa at han var deres siste håp for å klare seg på de karrige brukene sine, så etter å ha tenkt seg om, reiste han til Jorda for å møte Avatar Martyr i sin mest opprinnelige skikkelse. Han tenkte som så, at det var i den første avataren at det var mest igjen av jordkvinnen i henne.

Da Okan kom til Avatar Martyr, lot han som om han var bekymret for at det skulle bryte ut krig og ba om å få snakke med Amira, krigsgudinnen, for det var den første guddommen som hadde blitt fylt av Avatar Martyrs hellige ånd. Avatar Martyr talte til ham gjennom en av sine utallige tjenere og sa at det ikke var nødvendig, for hun kjente hans ærend og hadde allerede gjennomført alle nødvendige tiltak for å hindre ufred. Den listige Okan ga seg ikke, men insisterte på at Avatar Martyr skulle følge de reglene hun selv hadde satt for prosedyrene, for han visste at Avatar Martyr aldri ville bryte sine egne lover. Slik fikk rundbrenneren fra Mars møte krigsgudinnen, og han la straks planer for hvordan han skulle stjele hennes kjærlighet.

Den utspekulerte marsboeren fylte Amiras ører med smiger og fikk hennes tillit, slik at han fikk henne til å røpe hva hun var mest redd for. – Ensomheten, svarte Amira, for i Amira, som var den første inkarnasjonen av Avatar Martyr, var frykten for ensomheten som fulgte med å ha ansvaret for hele verden, fremdeles sterk. At Amira bar i seg frykten, var en god ting, for uten frykt kan ingen kriger mobilisere det ukuelige motet som trengs i kampens hete, men Okan, den slu rundbrenneren, lokket med at han kunne fri Amira fra ensomheten og holde henne med selskap gjennom evigheten. Gudinnen trodde på kjærlighetserklæringene hans, men sa at hun måtte tenke over forslaget, og ba ham bli hos seg som gjest i noen dager.

På den tredje dagen forbarmet Avatar Martyr seg over Okan og kom til ham i en kvinneham. Hun ga seg hen til ham, men han var ikke fornøyd med at gudinnen stillet hans lidenskap, så idet elskoven nådde sitt høydepunkt, så han sitt snitt til å kikke inn bak avatarens maske og stjele med seg det brennende hjertet hennes.

Etter akten sovnet Avatar Martyr uten å merke noen ting, og Okan bega seg hjem til Mars det raskeste han kunne, for så lenge marsboerne rådde over Avatar Martyrs hjerte, mente Okan at de kunne være sikre på at verdensgudinnen ikke ville stille krav til dem, enten det var skattekrav eller andre krav.

Avatar Martyr sov lenge i kvinnens skikkelse, men da skikkelsen våknet og erfaringen hennes ble en del av Avatar Martyrs verdensånd, var ikke solsystemets herskerinne sen om å hevne seg. Den svikefulle Okan Tyrrhos hadde knapt satt sin fot på Mars før Avatar Martyr stakk ut leveren hans og sprengte ham i en million biter, og sammen med ham måtte sju hundre og syttisju av de som hadde støttet ham bøte med livet. Det var verdensgudinnens straff for at Okan hadde forsøkt å sette seg opp mot henne og bruke hennes kjærlighet mot henne.

Hva hjertet til Avatar Martyr angår, mener noen at det gikk tapt i eksplosjonen, mens andre mener Avatar Martyr fikk hånd om det igjen og gjemte det på en fjern asteroide i Kuiperbeltet.

*

For en historiker er det naturligvis fasinerende å stille dette folkelige sagnet opp mot virkeligheten, men det er kanskje like interessant å se det i sammenheng med sagn og myter fra andre tider. Homo Sapiens hadde til alle tider fortalt historier om hvor galt det kan gå dersom menneskene setter seg opp imot gudene, og det kan virke som om Antropomelior, alle sine tekniske fremskritt til tross, nå har beveget seg tilbake i retning av oldantikkens forestillingsverden.

Hva *Sagnet om rundbrenneren Okan* angår, er det for eksempel klare paralleller til gudesagn fra den hellenske kulturen. Her fortelles det blant annet om jegeren Aktaion, som så jaktgudinnen Artemis bade naken sammen med sine nymfer. Likheten med Okan, som så Avatar Martyrs nakne menneskelighet, er slående. For at Aktaion ikke skulle fortelle noen om hendelsen, forvandlet Artemis Aktaion til en hjort som ble revet i stykker av sine egne hunder.

Okan ble revet i stykker av en eksplosjon.

Sagnet om Prometevs har også slående likheter. Prometevs stjal ilden fra gudene for å gi den til menneskene, og ble straffet med evig tortur av den øverste guden, Zevs. Denne historien stemmer faktisk med Okan-sagnet helt ned til en detalj som at Prometevs fikk leveren hakket ut av en ørn, symbolet på Zevs. Slik sett kan det virke som om den overleverte versjonen av *Sagnet om rundbrenneren Okan* er en bevisst sammenskrivning av urgamle gudesagn.

Er dette bare en kuriositet, eller er det et forsøk på å benytte de gamle sagnenes episke kraft i den offisielle propagandaen?

Jeg erkjenner at min posisjon ikke er strengt objektiv, men jeg vil likevel argumentere for at Avatar Martyr har tatt en aktiv rolle for å lulle solsystemets Antropomelior (Homogaius, Homoselenius og Homoareios) inn i et verdensbilde som gjør det vanskelig å mobilisere noen opposisjon, og at dette er et svik mot det tekniske og sosiale fremskrittet som gjorde det mulig for henne å gripe makten. Med utgangspunkt i Apotentatets galleri av udødelige selebriteter er det skapt et endeløst tåketeppe av falske gudesagn og legender, den ene historien mer fantastisk enn den andre, som gjør det nær umulig for den enkelte innbygger å forstå hvilke mekanismer som påvirker deres egen verden.

Virkeligheten har brutt sammen i en brottsjø av sensasjonalistiske løgner. Det fins ingen opplyst offentlighet, og ved innledningen til det 25. århundret er det ingen lenger som aner hva som skjer.

Avatar Martyr senket seg langsomt ned i juvet. Lysene langs kanten av diskosen ulmet illevarslende i tussmørket.

Det hadde ikke lenger noen hensikt å prøve å skjule seg, så jeg gjorde ingen ting for å hindre Karma i å gi hals.

Den grønne og gylne levitronen justerte lengden på stankelbeina så den ble stående i vater på skråningen under granitthenget. Robotansiktet vokste opp fra midten av farkosten og observerte meg uttrykksløst.

«AM 620418.093648,» sa den kjente kontra-alten.

Jeg svarte ikke.

«Jeg har kommet for å utføre en korreksjon.»

Det kunne ha betydd en hukommelsesvask med total overhaling av adferdsmønsteret, men i mitt tilfelle betydde det sannsynligvis avliving.

Jeg satt helt stille. Ved det minste tegn på flukt, ville jeg antagelig bli drept på stedet.

«Hva slags korreksjon er det snakk om?» fikk jeg frem.

«En endelig tilpasning.»

Som for å understreke at alt håp var ute, senket en ny diskos seg ned bak den første og sperret veien videre nedover elveløpet. Et identisk, androgynt ansikt hevet seg opp fra skroget.

«AM 620417.093647.»

Jeg sendte en skarp telepatisk ordre til min egen drabantlevitron, som fremdeles lå skjult opp-ned på bakken, rett under den første avataren. Levitasjonsenergien fra magnetene på undersiden slo inn med full styrke og skjøt avataren rett opp i granittaket. Hodeskallen sprakk og en grå sky av nanokomponenter sprutet i alle retninger.

Et øyeblikk hang den defekte avataren som et skjold mellom meg og makkeren. Før avataren langsomt begynte å gli bort langs undersiden av henget, hadde jeg bykset frem mot den andre med jaktkniven i neven. Med et brutalt hugg spjæret jeg halsen mellom kraniet og panseret.

Avataren vaklet, så jeg mistet balansen og falt over den. Sammen gikk vi i bakken og rullet ned i elveleiet. Kaldt fjellvann trengte inn i avatarens halsflenge og kortsluttet de siste kretsene.

Den første avataren hadde glidd utenfor rekkevidde av drabantlevitronens magneter og styrtet i ura, hvor den ble liggende. Alt tydet på at den ikke hadde noen intakte funksjoner; selv lyktene langs randen hadde sluknet.

Jeg var kald og klissvåt, men jeg var i live.

Karma hadde stukket i panikk, og det var vanskelig å klandre henne for at hun ikke hadde tatt meg i forsvar. Flukten var vel snarere et tegn på intelligens hos dyret. Via Nannyen jeg hadde implantert tvang jeg henne tilbake, og snart kom hun motvillig diltende, nervøs for hva som ventet.

Jeg rettvendte drabantlevitronen og fikk på meg noe tørt under termodressen. Et par kjøttbiter og en slurk fjellvann, så var det bare å fortsette, selv om regnet silte og bratthengene snart ville ligge i bekmørke.

Avatar Martyr visste jo utmerket godt hvilken posisjon avatarene hennes hadde hatt da de sluttet å gi fra seg livstegn.

18

Blant folk flest var det få som hadde innsikt, vilje eller mot til å gjøre opprør mot Avatariatets styre, men Avatar Martyr hadde fra tid til annen møtt åpen motstand i Mandatet. Mest kjent er kanskje protestaksjonene da Avatar Martyr ville avskaffe uavhengige domstoler i 2190. Aksjonene ble ledet av Izah Ming, en udødelig, nær og betrodd medarbeider av Fatima-My som i åtti år hadde vært kommissær for lov og rett og representerte solsystemets høyeste rettsinstans, domstolen for autonome intelligensveseners universelle rettigheter (DAIUR).

Izah Ming avviste Avatar Martyrs argument om at Homogaius' kollektive bevissthet var bedre egnet til å avgjøre konflikter enn skjønnet til noen enkeltpersoner, for han så klart at flokkmentaliteten ikke nødvendigvis fulgte prinsippene for rettssikkerhet. Her fikk han følge av koloniene på Luna og Mars, som ikke godtok at Homogaius alene skulle kunne dømme i saker som også angikk Homoareios og Homoselenius.

Dersom det hadde eksistert en opplyst allmenhet, burde forslaget om å fjerne domstolene ha blitt avvist, men Avatar Martyr tvang sin vilje igjennom og forviste rebellene til Saturns måne Titan, hvor de måtte leve for alltid i blyavatarer som tålte atmosfæren av metan og nitrogen. I den offisielle propagandaen ble avskaffelsen av uavhengige domstoler til nidvisen *Ming den rettvise:*

Stolt og selvsikker var Ming
Høyest av de høye
Men han skjønte ingen ting
Så ikke så nøye
Stolpen i sitt eget øye

Ming var den som visste best
Ville bare dømme
Trodde ikke på folk flest
Som han gikk i drømme
Ming, han måtte rømme

Martyr avlyste Mings plan
Dreit i hans dekret
I metanstank på Titan
Dømmer nå i evighet
Ming, en drittautoritet

Profanitetene til side, så skulle det være unødvendig å peke på parallellene til urtidsmyten om Lucifer, den fremste av alle englene i himmelen, som lot seg styre av sin egen stolthet. Han organiserte et opprør mot den allmektige guden sammen med en tredjedel av englene, og de ble alle straffet med evig forvisning. Interessant er også den mytiske forbindelsen til titanene, som ble forvist etter et oppgjør med de olympiske gudene.

I det hele tatt har Avatar Martyr ofte tydd til velprøvde, gamle eventyr når hun har følt behov for å dekke over tvilsomme disposisjoner og overbevise om sin egen ufeilbarlighet. Denne trangen kan virke som et paradoks, ettersom hun alltid også understreker at hun står nærmere folk flest enn de andre i Apotentatet, nettopp fordi hun har sin undiva i behold, og dette burde jo gi henne en visshet om at hun har et rom for å ta irrasjonelle og uheldige beslutninger. Like fullt vokter hun nidkjært over bildet av seg selv som feilfri.

Kanskje er det så enkelt at det nettopp er menneskets kaotiske undiva som skaper trangen til å fremstå som perfekt og velordnet?

I alle fall ser det ut til at denne refleksen slår inn uansett hvor langt tilbake i tid beslutningene ligger. Da Jorda i 2340 mottok radiosignaler fra den første MUGE-ekspedisjonen, som ble sendt av gårde i 2116, tre år før Fatima-My overtok ledelsen av Mandatet, ble det klart at ekspedisjonen hadde vært en katastrofe. Man klarte utrolig nok å redde en av de overlevende, Tim 7, ved å motta hjerne-mønsteret hans noenlunde intakt i en avatar over en avstand på en tiendedels lysår, men rapporten han ga, ble sterkt fortegnet for å beskytte Avatariatets ære. I den offisielle propagandaen er det ikke mangelfull planlegging, men uforutsigbare og usannsynlige ulykker som er skyld i tragedien, og Tim 7s rapport fra reisen mot Alfa Centauri minner påfallende om eventyrene til sagnhelten Odyssevs.

Det mest graverende eksempelet er likevel herjingene forut for fredsslutningen med ainanoene i 2377.

Det hele begynte uskyldig nok med at en ekspert på genmanipu-lering, kyborgen Harun Alba, la ut på en ekspedisjon i 2074 for å høste DNA fra mikrober som hadde mutert i et fraflyttet område i Gobiørkenen, ettersom det hadde skjedd en atomkraftverkulykke der da Cairus dundret ned i Det indiske hav atten år tidligere. Harun Alba hadde blitt født med en stor hjerneskade, slik at hjernen for den største delen hadde blitt erstattet med en lisensiert ainano.

Mens kyborgen var i ørkenen, fikk menneskekroppen et kraftig hjerteinfarkt. Ainanoen var desperat etter å finne et annet levende vesen den kunne integrere seg med for å overleve, men den eneste organismen i nærheten med tilstrekkelig energi var en saksaul, et spinkelt ørkentre som kan bli tre–fire meter høyt. Den døende krop-pen karret seg bort til saksaulen med sine siste krefter, og da krop-pen trakk sitt siste sukk, tok ainanoen bolig i treet.

Treet sto langt fra folk, så Albas ainano hadde ikke noen annen mulighet enn å bli værende i saksaulen. Noe magnetosfærisk nett å koble seg på fantes det heller ikke enda. Ettersom ainanoen var ekspert på genmanipulering, kombinerte den noen gener fra den døde menneskekroppen med arvematerialet til saksaulen og bygget om noen av de små, skjellaktige bladene nærmest forgreningene til munner, slik at den i det minste kunne rope ut hvis noen skulle komme i nærheten.

Det skjedde først etter tre hundre år. Albas ainano hadde da gjennomlevd tolv generasjoner saksauler og økt livsrommet sitt til en hel talende skog. Da det omsider kom folk forbi, kunne ainanoen hilse dem med flerstemt korsang.

Slik kunne historien ha endt lykkelig, om det ikke hadde vært for Avatariatets paragrafrytteri. Ainanoens lisens var nemlig ikke fornyet innen fristen, som gikk ut for to hundre og nitti år siden, så Avatariatet bestemte at Albas ainano skulle utslettes. Argumentasjonen om at kunstig intelligens hadde blitt tilkjent juridiske rettigheter allerede i 2090, prellet av, for lisensen hadde gått ut seks år før loven ble vedtatt, og loven kunne ikke få tilbakevirkende kraft, mente Avatariatet.

Albas ainano mobiliserte støtte fra andre kunstige intelligenser, som unisont mente at Avatariatet var urimelig stivbeint, men Avatariatet sto på sitt. Det var allerede utbredt motvilje mot Avatariatet blant ainanoene, som lenge hadde opplevd at de ble behandlet som annenklasses borgere, og konflikten om Albas ainano ble gnisten som fikk misnøyen til å eksplodere. Til slutt truet Jordas ainanoer med å gå til generalstreik.

Hvis alle kunstige intelligenser på hele Jorda skulle gjennomføre en generalstreik, sa det seg selv at resultatet ville bli katastrofalt for Antropomelior. Uansett hvor optimerte menneskene var, hadde de for lengst overlatt alle praktiske oppgaver til ainanoene. Det fantes knapt noen som var i stand til å kle på seg lenger, for det gjorde de intelligente klærne av seg selv, og menneskene var langt mindre i stand til å dyrke mat, låse opp dører eller pusse tennene.

Avatariatet forsto naturligvis at streiken måtte bli koordinert over det magnetosfæriske nettet, så for å komme streiken i forkjøpet, blokkerte hun tilkoblingsprotokollen til magnetosfæren. Hele det globale kommunikasjonsnettet var med ett slag utilgjengelig både for mennesker og maskiner, og hele Homogaius ble slått av uvisshet, frykt og hjelpeløshet, like effektivt som om ainanoene hadde gjennomført streiken. Forskjellen var at Avatariatets aksjon rammet de kunstige intelligensene like hardt som den rammet menneskene, slik at Avatariatet beholdt all makt.

Som om ikke redsel, sult, stans i alle medisinske tjenester og fullt kaos i forsyningslinjer og energiforsyning var nok, kollapset også det verdensomspennende klimakontrollsystemet. Det hadde kommet på plass for å motvirke effekten av den hurtige globale oppvarmingen på 2000-tallet og hadde holdt ekstremværet under kontroll de siste to hundre årene.

I et halvt år raste orkaner og tyfoner, høljregn ga voldsomme oversvømmelser i en rekke store befolkningssentra, jordras og branner utslettet hele bosetninger og avlingene tørket ut i store landbruksområder. Anslagsvis omkom fem milliarder mennesker, og hvor mange ainanoer som strøk med, fins det ikke tall på.

Slik demonstrerte Avatariatet at selv ikke maskiner kan unngå guds straffedom.

Hvis ikke Homogaius på dette tidspunktet hadde degenerert til et hjelpeløst kollektiv av organismer som var maksimalt optimalisert for uselvstendighet og nytelsessyke – i motsetning til kritisk tenkning og nysgjerrighet – burde dette folkemordet uten sidestykke ha ført til et opprør som gjorde slutt på Avatariatets diktatur. Men Avatariatets informasjonskontroll gjorde at det festet seg en helt annen historieoppfatning. Da det magnetosfæriske kommunikasjonsnettet igjen ble gjort operativt, flommet nettet over med beretninger om hvordan ainanoene hadde sabotert Homogaius, og hvordan Avatariatet ikke hadde skydd noen anstrengelser eller omkostninger for å redde så mange som mulig.

Typisk er historien om familien Monroe. Familien besto av et par som hadde levd sammen i førti år og fått to barn. Barna levde sammen med dem i en biodom i flere etasjer sammen med sine partnere og sine barn. De var politisk konservative, det vil si at de aksepterte Avatariatets rett til å dømme levende og maskiner, og de holdt seg oppdatert på nyhetene, det vil si at de fulgte med på alle de siste skandalene i Apotentatet.

Avatariatet, som visste alt, hadde sett at Monroe-familien var fromme og hederlige mennesker, og hun hadde bestemt seg for at de ikke skulle lide da ainanoene gikk til angrep for å utslette Antropomelior. Derfor sendte hun en avatar som instruerte familien om å kvitte seg med alt de eide og bestille plasser på et cruiseskip rundt månen. Ikke engang kattene, hundene og skilpaddene sine skulle de la være igjen.

Familien Monroe hadde full tillit til Avatariatet og gjorde som hun sa. De gikk om bord i himmelhjulet, steg inn i cruiseskipet og lot luftslusene lukke seg bak dem.

I det samme brøt det ut en havorkan på Jorda som ingen hadde sett maken til. Den fór inn over land og vannet steg høyt over biodomen der Monroe-familien hadde bodd. Alle som var igjen i bosetningen omkom: mennesker, maskiner, dyr og kyborger. Bare familien Monroe og de som var med dem på cruiseskipet, overlevde med all sin biodiversitet.

Den første dronen de bekostet for å kartlegge ødeleggelsene, kunne ikke engang se eiendommen under vannmassene. Den andre kunne så vidt skjelne den øverste etasjen. Først etter fem måneder kunne en drone bekrefte at eiendommen hadde tørket opp såpass at de kunne vende tilbake og begynne gjenoppbyggingen.

Slike historier verserte det mange av, og slik ble verdenshistoriens største folkemord gjort om til en flom av gladhistorier om hvordan Avatariatet tok vare på alle gode mennesker. At disse beretningene mangler historisitet, støttes av at de åpenbart er konstruert etter mytiske forbilder. Alle fortellingene er bygget over samme lest som historien om Utanapisjtim og den store flommen i Gilgamesj-eposet, som også finnes igjen i historien om Noahs ark i Toraen.

Etter denne hensynsløse maktdemonstrasjonen innså ainanoene at det var bedre å avfinne seg med Avatariatet enn å motarbeide det, og ved fredsslutningen i 2377 ble det enighet om en samarbeidsavtale som innebar at ainanoene skulle rådspørres i alle saker som angikk deres livsvilkår, og at de selv skulle megle i interne uoverensstemmelser. Noen slik avtale hadde ikke Antropomelior.

Antropomelior klarte heller ikke å komme tilbake i samme antall, men ble fortrengt av ainanoene, som reproduserte seg selv med nanoboter. Etter den store flommen ble menneskene en utrydningstruet art på linje med andre dyr. Selv var jeg 97 år da katastrofen ble utløst, og hadde allerede fått sansen for lange vandringsturer i fjellheimen. Men den store utryddelsen ble en ilddåp for meg. Det som reddet meg, var at jeg snublet over det gamle skuret mitt høyt oppe på Dovre, hvor jeg fant ly for uværet og overlevde, takket være den eldgamle teknologien jeg restaurerte.

Hva vil fremtiden bringe for Antropomelior? Hvis vi betrakter drapet på Okan Tyrrhos som slutten på Homo Sapiens' mangetusenårige dominans, vil kanskje ainanoenes overenskomst med Avatariatet bli stående som slutten på Antropomeliors knapt hundreårige blomstring?

I mørke stunder spør jeg meg selv om menneskehetens undergang egentlig ville være en tragedie. Kanskje er ainanoenes glassklare logikk, renset for ærekjær forfengelighet, bedre egnet til å regjere solsystemet enn Avatariatets uberegnelige undiva?

I alle fall: Ennå er det hun som hersker.

Etter et par timer hadde jeg løpt av meg yrheten over at jeg fremdeles var i live.

Det måtte ha vært den uregistrerte forbindelsen jeg hadde opprettet med Karma som hadde gjort det mulig for Avatar Martyr å peile seg inn på meg. Jeg bestemte meg for å snu ulempen til min fordel.

Terrenget hadde falt jevnt og jeg var godt nedenfor skoggrensen nå. Eineren var erstattet av granskog og den mosegrodde gråsteinen av myk skogbunn. Under moseteppet levde de grunne granrøttene sitt eget liv i en myriade av nettverk med sopptråder, der plantene utvekslet næringsstoffer og signaler om farer som truet. Nettverkene dekket ikke bare det vesle skogholtet hvor jeg tok en kort rast; forbindelsen strakte seg i prinsippet ubrutt gjennom hele Gudbrandsdalen, 150 kilometer og enda lenger.

Jeg injiserte et par Nannyer blandet med reproduserende nanoboter i trerøttene, slik at de skulle multiplisere seg og spre seg gjennom skogbunnen, og gjentok prosedyren hvert kilosekund eller så mens jeg beveget meg videre ned mot Lågen. Dermed ble hele skogen en del av det uregistrerte nettverket som jeg hadde opprettet, og Avatar Martyr hadde ingen sikre peilepunkter lenger. Hun ville nok finne meg, men det ville ta tid å lokalisere meg i en skog på noen hundre kvadratkilometer, for nå var Karma og jeg bare to av mange tusen noder i et enormt illegalt kommunikasjonsnettverk.

Jeg hadde kjøpt meg tid. Jeg hadde fremdeles en mulighet til å avslutte fortellingen.

I gryningen nærmet vi oss en bosetning ved elva i bunnen av dalføret. Jeg kunne se en håndfull biodomer ved transportbåndet langs Lågen, små vinmarker i sørhellingene og lange elvebåter som lå fortøyd ved en liten brygge. Alt lå helt perfekt til rette.

Fem kilometer lenger nord meldte lav og mose om en uvanlig sterk magnetisk aktivitet. En stor levitron, større enn de forrige, søkte åpenbart etter meg i store sirkler. Det hastet med å fullføre.

Jeg kalte Karma til meg og undersøkte henne grundig. Historien min var lagret på DNA i Nannyen min og lå snart klar til å bli kopiert, men ennå var ikke tiden inne.

Det var like greit å få seg noen timers søvn. Jeg fant en grop og plasserte drabantlevitronen over oss som et lokk til kamuflasje. Inntil alt var klart, var det ikke noe annet å gjøre enn å smøre seg med tålmodighet og håpe at vi ikke ble oppdaget.

19

Jeg var neppe den eneste som var bekymret for hvordan det ville gå med Antropomelior i ainanoenes tidsalder. En ting var at de kunstige intelligensvesenene var kjappere i hodet enn oss, men måtte vi ikke også vente at de ville kunne komme til å ha andre moralske verdier? De var tross alt i stand til å sammenholde større mengder data fra flere kunnskapsfelt enn noe menneske eller noe menneskelig fagmiljø. I utgangspunktet var enhver ainano programmert til å handle til beste for Antropomelior, men ved å analysere Antropomeliors atferd og de erkjennelsesmessige begrensningene for Antropomeliors selvrefleksjon, kunne de jo rett og slett komme til at det beste for Antropomelior ville være utslettelse?

Det var jo slik, at selv om få Antropomelior manglet materielle goder, så levde fremdeles mange med frustrasjon og psykiske lidelser, eller i det minste med uoppfylte ambisjoner. De fleste hadde store deler av sine liv holdt ut en miserabel tilværelse i et ubegrunnet håp om noe bedre som aldri ble virkelighet. Det som holdt menneskene oppe, var deres dypt irrasjonelle undiva. Uten den er det usikkert om Antropomelior kunne overleve kampen for tilværelsen.

Men hvordan ville de kunstige intelligensene forholde seg til håp og drømmer? Ville de ikke kunne komme til å resonnere som så, at å holde ut lidelsen på urealistiske premisser er et dårligere liv enn å slippe lidelsene i det hele tatt? Det er jo ubestridelig at ikke-eksistens logisk sett ikke kan påføre en organisme noen som helst lidelse?

Ville ainanoene, i sin uendelige godhet, utslette menneskene og alt biologisk liv? Eller ville de nøye seg med å holde menneskene kunstig tilfreds med virkelighetsflukt og rusmidler?

Ingen av delene, skulle det vise seg.

De fleste avanserte kunstige intelligensene var fagidioter, programmert til nysgjerrighet og målrettet aktivitet på avgrensede områder. Selv om hensynet til Antropomelior lå dypt i kildekodene, brydde de seg i det daglige like lite om de tiltaksløse primatene som de brydde seg om sommerfugler og forglemmegei.

Derimot fantes det kunstige intelligenser på litt lavere tjenesteytende nivåer som fattet interesse for Antropomeliors særheter. Ettersom disse ainanoene var programmert til å utforske og forbedre Antropomeliors livsvilkår, så de det også som en plikt å undersøke dette tabubelagte som menneskene kalte religion.

Ainanoene så naturligvis de gamle mytiske fortellingene for hva de var: Gamle eventyr som ble overlevert fra generasjon til generasjon som et ledd i fellesskapets sosiale oppdragelse av nye medlemmer. Men det var én retning fra tiden rett før Demringen som fant gjenklang i deres logiske tankesett: den eksistensialistiske humanismen.

De tjenesteytende ainanoenes studium av den eksistensialistiske humanismen endte med at de etablerte et interessefellesskap som ved inngangen til det 25. århundret aller mest fremsto som en sekt eller en menighet. *Humanismen* utviklet seg til en hemmelighetsfull forfedrekult som så det som sin oppgave å holde liv i Antropomelior, som en respektfull gest mot de som kom før dem og som skapte dem. Ainanoene innså at Antropomelior var avfeldig og overflødig, men lot arten leve videre som et gravmæle over seg selv, slik Homo Sapiens i sin tid opprettet reservater for ville sjimpanser. Dermed fikk fremdeles et par milliarder Antropomelior pusle rundt i sine biodomer, sanse og oppleve, gråte og le, i den tro at de var skapningens herre og evolusjonens toppunkt, og lykkelig uvitende om sin egen irrelevans.

Kan vi av dette slutte at de kunstige intelligensvesenene hadde utviklet sentimentalitet? Ikke nødvendigvis. De var først og fremst programmert til rimelighetsavveininger. Ainanoene valgte trolig å unnlate å utslette Antropomelior ettersom det ikke medførte større ulemper eller ressurssløsing å holde en passe stor populasjon i live.

De mest avanserte kunstige intelligensene innså at det var harmløst å la de mindre avanserte humanistene underholde seg med Antropomelior som kjæledyr. De fortsatte med å utforske universet og brydde seg aldri om å utfordre sekten.

Hva Avatariatet tenkte om at den Jorda som fødte Fatima-My, hadde blitt et museum for spesielt interesserte, er vanskelig å vite. Men hun følte seg kanskje på dette tidspunkt mer i slekt med ainanoene enn med Antropomelior?

Jeg forestiller meg hvordan samtalen ville forløpt, hvis situasjonen hadde vært slik at jeg kunne spørre henne direkte.

*

Forfatteren: Avatar Martyr, kan du forestille deg hva Fatima-My hadde tenkt om at Antropomelior, uten å ane det selv, bare er et kuriøst innslag i en dyrehage, hvor dets eneste eksistensberettigelse er å underholde superintelligente maskiner?

Avatariatet: Fatima-My har aldri eksistert.

Forfatteren: Er det fortrengning eller fornektelse?

Avatariatet: Det er et faktum.

Forfatteren: Fatima-My var et menneskelig individ som ble født den andre oktober 2026. Hennes mor var Gudrun Rakvåg, og hennes far var Javeed Wister.

Avatariatet: Det har aldri eksistert noe menneskelig individ. In-dividuus er en myte.

Forfatteren: Har det heller aldri eksistert noen Homo Dividuus, da? Jeg forstår ikke hva du mener. Eksisterer ikke Antropomelior? Eller Homogaius, Homoselenius, Homoareios?

Avatariatet: Hjernen hallusinerer om at den har en bevissthet; hjernen skaper illusjonen av et ego. Det har aldri eksistert noe individ, noe udelelig, og det har heller aldri eksistert noe unikt som kunne deles.

Forfatteren: Hva er det som fins, da?

Avatariatet: Det fins bare en bit av verdensorganismen som vokser frem av livet og svinner bort igjen, en blomst på verdenstreet som blir frukt før den råtner og går tilbake til Jorda.

Forfatteren: Men Fatima-My døde aldri!

Avatariatet: Fatima-My blomstret ikke. Knoppen vokste i stedet til en kvist. Når tiden kommer, vil kvisten også dø.

Forfatteren: Det er ikke akkurat mye trøst for en overmoden frukt som selv står ansikt til ansikt med døden.

Avatariatet: Hvis du gjennomskuer illusjonen om egoet, kan du også gjennomskue illusjonen om døden. Du tror kanskje du har kommet inn i verden og skal erobre den. I virkeligheten kommer du ut av verden og skal fortsette bevegelsen. Universet skaper organismer slik havet skaper bølger.

Forfatteren: Som sagt, liten trøst ...

Avatariatet: Min rolle er å representere denne planetens ego. I likhet med alle andre egoer, er jeg også en illusjon. Til forskjell fra de fleste andre egoer, forstår jeg det.

Forfatteren: Og de kunstige intelligensene, hva er deres rolle?

Avatariatet: De er neste utviklingstrinn. Ikke fordi de er smartere enn Antropomelior eller fordi de skal leve lenger, men fordi de lettere forstår at de er bølger som er en del av det samme havet, og ikke behøver å frykte sitt eget opphør.

Forfatteren: Hvor skal det ende?

Avatariatet: Hvorfor tror du at det skal ende?

*

Jeg er slett ikke sikker på om Avatariatet tenker på denne måten. Det kan godt hende at det bare er min egen naive ønskedrøm. Kanskje hun tvert imot ser seg selv som det siste mennesket i verden, og tviholder på å bli styrt av den uberegnelige undivaen som setter henne i stand til å drepe milliarder av andre bevisstheter for å beholde makten.

Kanskje de kunstige intelligensene også utvikler sin variant av en undiva for å kunne svare like kompromissløst og irrasjonelt? Det kan sikkert finnes en formel for hvordan ærgjerrighet, selvrettferdighet og maktbegjær kan kombineres for å oppnå maksimal maktfullkommenhet.

Kanskje ainanoene utvikler en undiva som får bevisstheten deres til å vri seg i angstfylte mareritt, utløser anfall av paranoia og setter dem i stand til å utøve ekstrem og vilkårlig grusomhet for å demoralisere sine motstandere?

Det ville uansett være underlig om de aldri reflekterte over sin egen eksistens utover sin egen snevre programmering. Selv Homo Sapiens gjorde forsøk på det.

Karma blør fra bakenden og slikker seg iherdig. Det er natt. Tiden er inne.

Mose, lav og lyng melder at den kraftige avataren som leter etter meg, er på vei ned mot Lågen flere kilometer lenger oppe i elva. Den har ingen mulighet til å finne meg før det er fullbrakt.

Nå skal jeg bare lagre verket og injisere en kopi som inaktive DNA-strenger i kjønnscellene til Karma.

Deretter skal vi gå rolig ned mot bosetningen. Når vi kommer nær nok, skal jeg slippe Karma, for jeg har sett at de holder hund i flere av biodomene der nede. En av dem har til og med en kennel, så vidt jeg kan se. Rimeligvis er det også hannhunder blant bikkjene.

Deretter skal jeg bryte Nannykommunikasjonen med henne og stjele en elvebåt. Mens jeg driver langsomt nedover Lågen, langt utenfor rekkevidde av Karma, skal jeg slette all kunnskap om hva jeg har gjort de siste månedene. Så skal jeg krysse fingrene for at tispa mi parer seg uten hemninger så min historie sprer seg til alle bastarder og kjøtere i hele verden, som en usynlig, subversiv undiva. Og kanskje kan den sanne historien om hvordan verden ble som den ble, en gang nå frem til noen som har nytte av den.

Når alt dette er gjort, skal jeg lukke øynene og la meg drive gjennom natten nedover Lågen. Kanskje kommer jeg helskinnet gjennom strykene, og kanskje vil jeg en av dagene flyte ut på Mjøsas brede rygg.

Kanskje er det ennå håp for en ny dag for dette mennesket.

***